COLLECTION FOLIO

Robert Merle

Week-end à Zuydcoote

Gallimard

A la mémoire de
Jacques des Essarts

Toute ressemblance de nom avec des personnes vivantes est fortuite.

SAMEDI MATIN

Le soleil brillait toujours sur les deux files de voitures abandonnées qui, à perte de vue, flanquaient les deux côtés de la rue. Maillat remarqua tout en marchant une très belle Mercury kaki. Elle avait dû appartenir à un général : elle portait encore un fanion. Deux soldats y dormaient. Ils avaient démantelé le dossier du siège avant, l'avaient rabattu en arrière et, étendus de tout leur long sur les coussins, dormaient côte à côte, les mains ouvertes, avec un air de satisfaction profonde. Maillat entendit un bruit de roues sur les pavés et au même instant un petit charreton, poussé par un biffin, débouchait sur sa droite. Une femme y était étendue, jambes en avant. Sa robe, retroussée presque jusqu'au ventre, laissait voir deux cuisses roses et grasses qui, à chaque mouvement du charreton, tremblaient dans une espèce de danse obscène.

Le charreton tourna, grinçant de ses deux roues sur les pavés inégaux, s'engagea dans la rue que suivait Maillat, et arriva à sa hauteur. La femme avait les yeux fixes et un grand trou noir à la tempe. Ses cuisses n'arrêtaient pas de trembloter à chaque cahot.

Le biffin cessa de pousser et, lâchant un des brancards, s'essuya le front. Il était trapu, avec des mains énormes, et des yeux bleus et naïfs dans un visage de boxeur. Il regarda Maillat en hochant la tête.

— Tu parles d'un blot!

Il lâcha les deux brancards, équilibra le charreton sur son pied, et s'essuya le cou.

— T'as pas une pipe?

Maillat lui tendit son paquet.

— Prends-en plusieurs.

— T'es un pote, dit l'homme.

Il en prit trois, et les rangea dans la poche intérieure de sa vareuse.

— Moi, remarque, dit-il, j'suis pas fumeur, mais il y a l'odeur.

Il cracha dans ses mains, empoigna les brancards, et donna une poussée rageuse.

— Pas celle-là, ajouta-t-il, c'est une toute fraîche.

Il y eut de nouveau un bruit de ferrailles sur les pavés, et les cuisses roses recommencèrent à trembler. Maillat marchait à côté de l'homme sans rien dire.

— Où que tu crèches? dit celui-ci au bout d'un moment.

— Au Sana.

— C'est pas ton chemin, alors.

— Je fais le tour, je reviendrai par les dunes.

— Ah bon! dit l'homme.

Ses bras tremblaient à chaque cahot.

— Les vaches! dit-il. Ils m'ont possédé! Le dixième, tu comprends, le dixième que je me tape depuis ce matin, et c'est pas fini. Ils m'ont eu!

Maillat regarda la morte. Vingt-cinq ou trente ans peut-être. Elle était nue sous sa robe, une petite robe d'été imprimée. Il avait fait si chaud hier.

— Les vaches! répéta l'homme. Quand ils ont demandé ceux qui savaient conduire, j'aurais dû me méfier, je me suis laissé biter comme un bleu. « Vous savez conduire? »

qu'il me dit, le pitaine, « Bon! » et hop! il me colle le nez
sur un macab, entre deux brancards! J'en suis devenu
tout pâle. « Virrel! » qu'il me dit, le pitaine, « Vous n'allez
pas vous dégonfler! » Me dégonfler! Il s'agissait bien de
ça! Je m'en foutais un peu, du macab! Il n'y comprenait
rien, le pitaine! Mais entre deux brancards, dis donc!
Comme un bourrin!...

Il lança un coup d'œil à Maillat.

— Moi, tu comprends, dans le civil, je suis chauffeur
de taxi à Paname.

« Chauffeur de nuit, ajouta-t-il d'un air modeste.

— Ça doit te changer.

— Tu parles, dit Virrel. Je lui ai dit au pitaine :
« Pourquoi qu'on prend pas un camion? C'est pas ça qui
manque, les camions. Je vous en ramène un, en moins de
deux, moi, de camion. » Penses-tu! « Nous avons une mission », qu'il me dit, le pitaine, « et nous la remplirons
avec le matériel de la Compagnie. » Allons, bon!

Une Renault kaki venait de surgir en sens inverse. Elle
freina et s'arrêta nez à nez avec le charreton. Avec les deux
files de véhicules abandonnés de chaque côté de la rue, il
était impossible de se croiser. La Renault tenait à elle seule
toute la place. Il y eut un appel de trompe impatient, puis
un second. Virrel rougit.

— Où veut-il que je me foute, celui-là?

Il cala le charreton sur son pied, alluma une des cigarettes que lui avait données Maillat, puis il s'assit sur un
des brancards, l'air paisible.

Un tout jeune lieutenant jaillit de l'auto comme un
diable d'une boîte. Il s'avança à grandes enjambées.

— Otez-vous de là, dit-il brutalement, je suis porteur
d'une lettre pour le général, je suis pressé.

— Où voulez-vous que je me mette? demanda Virrel.

Il parlait d'une voix sucrée tout d'un coup. Le petit
lieutenant jeta un coup d'œil autour de lui. Il n'y avait

même pas la place de se garer. Les voitures se touchaient.

— Eh bien, alors, reculez, le prochain carrefour est à cinq cents mètres.

— Pardon! dit Virrel du même ton sucré. Pardon! Si, à chaque auto que je rencontre, je recule jusqu'au prochain carrefour, je risque de faire le va-et-vient sur la route avec mon mort, toute la journée. Mais reculez vous-même, puisque vous êtes en voiture.

Il parlait du bout des lèvres maintenant, en choisissant ses mots, avec une distinction de dame patronnesse.

Le lieutenant réfléchit une seconde.

— C'est impossible, jamais on ne pourra refaire en marche arrière ce qu'on a fait.

— Et puis d'abord, ajouta-t-il, pris d'une exaspération subite, je n'ai pas de conseil à recevoir de vous. En voilà assez! Je porte une lettre au général, c'est très pressé, et je vous donne l'ordre de reculer! Vous entendez, je vous donne l'ordre de reculer.

Virrel ne bougea pas.

— Vous m'avez compris? cria le lieutenant. Reculez!

— Mon lieutenant, dit Virrel, le capitaine Blary m'a donné l'ordre de transporter ce civil à la mairie, et je le transporte.

— Je me fous du capitaine Blary! Reculez!

— C'est possible, dit Virrel du même ton sucré et distingué, mais moi, j'ai comme mission de transporter ce civil à la mairie, et je le transporte.

— Un civil? Quel civil? Où il est, votre civil?

— Là, dit Virrel en désignant la morte.

— Nom de Dieu, hurla le lieutenant, vous vous foutez de moi? Voulez-vous reculer, oui ou non?

— J'exécute un ordre du capitaine Blary. Je n'ai d'ordre à recevoir de personne d'autre.

— Nom de Dieu! hurla le lieutenant.

Il était ivre de rage, et s'étranglait en parlant.

— Vous n'avez d'ordre à recevoir de personne d'autre! Je vais vous montrer, moi! Vous n'avez pas d'ordre à recevoir d'un officier, peut-être! Et un officier, vous ne savez pas ce que c'est, peut-être! Et mes deux ficelles, Nom de Dieu, vous ne les voyez pas?

— Vous n'avez pas honte, dit Virrel, de jurer comme ça devant une morte?

Le petit lieutenant eut un geste inattendu. Il dégaina son revolver, et le braqua sur Virrel. Il était tellement hors de lui que l'arme tremblait dans sa main.

— Je vous donne l'ordre de reculer, dit-il d'une voix blanche.

Virrel pâlit, mais ne bougea pas. Ça se gâte, pensa Maillat, et par ma faute. Si je n'étais pas là, Virrel aurait déjà obtempéré. Et l'autre blanc-bec est bien capable de le descendre. L'Exemple, la Discipline, il a vingt ans, et il est en train de sauver la France...

Virrel et le petit lieutenant se regardaient fixement, sans bouger, comme fascinés par ce qui allait se produire.

Maillat cria :

— Attendez!

Les deux hommes tressaillirent, et se tournèrent vers lui d'un air contrarié et mécontent, comme s'il avait dérangé l'espèce d'étrange complicité qui s'établissait entre eux.

— Attendez!

Ils le regardaient tous les deux maintenant, et Maillat ne savait pas quoi dire. Virrel avait un air maussade et endormi.

— Attendez, dit Maillat, il y a peut-être un moyen. Vous voyez le petite Austin, on va la mettre au milieu de la rue, on poussera le charreton sur la voie ferrée, et il n'y aura plus qu'à remettre l'Austin en place, votre Renault pourra passer.

Il y eut un silence. Le petit lieutenant rengaina son revolver.

— Si tu veux, dit Virrel, d'une voix morne.

Il ne regardait pas le petit lieutenant. Sans attendre d'aide, il empoigna le pare-chocs de l'Austin, souleva les roues avant, et fit pivoter la petite auto comme une plume.

— Et voilà!

— Pour le talus, c'est pas pareil, reprit-il en s'adressant à Maillat. Il va falloir que tu pousses au cul.

Il ne regardait toujours pas le petit lieutenant.

— Si tu veux.

Virrel s'attela dans les brancards face au talus de la voie ferrée, et prit de l'élan. Il tirait avec vigueur, mais le talus était raide et friable, et à mi-hauteur, le charreton s'arrêta.

— Pousse, bon Dieu, pousse! cria Virrel.

Maillat poussait farouchement, mais il était mal placé. Le charreton était vertical, et Maillat devait faire effort de bas en haut. Tout d'un coup, il jura. La morte glissait sur le plateau en pente de la voiturette. Elle descendait sur lui irrésistiblement. Il eut juste le temps de l'empoigner par les cuisses, et de la plquer sur les planches.

— Qu'est-ce qui t'arrive? dit Virrel en tournant la tête.

— La morte qui me tombe dessus.

— Faut croire que tu lui plais!

Il se mit à rire.

— Maintenez-la! cria le lieutenant, j'arrive.

Il arrivait, en effet, avec le chauffeur de la Renault. Ils étaient quarre, maintenant, à ahaner autour de la morte. Mais leurs efforts se contrariaient. Virrel, en tirant, enfonçait davantage les roues que les deux autres essayaient de dégager. Maillat sentait ses doigts crispés s'enfoncer dans la chair molle.

Finalement, Virrel lâcha les brancards, saisit le charreton par en dessous, et se mit à le soulever comme les deux autres. Les roues s'arrachèrent de terre. Encore deux pas et le charreton, porté à bout de bras, reposa sur la voie ferrée. Ils s'arrêtèrent tous les quatre pour souffler. Ils étaient en nage.

— C'est plus lourd qu'on croirait, dit le chauffeur

— Tu parles, dit Virrel.

Le lieutenant le regarda d'un air amical.

— Ça pèse son petit poids.

— Oui, dit Maillat, il a fallu en mettre un coup.

— Ce n'est pas la même, reprit Virrel. La môme, elle a beau être en chair, je la soulèverais d'une main. C'est le charreton. Il est plein de ferrailles, ce charreton. Même vide, on le sent dans les bras.

— N'empêche, dit le chauffeur, la môme, elle pèse son petit poids, elle aussi.

— D'accord, mais c'est le charreton qui pèse, finalement.

— Il y a des deux, dit le lieutenant.

— D'accord, dit Virrel.

Ils étaient debout tous les quatre autour du charreton, avec un air sérieux de techniciens qui discutent de leur travail. Le petit lieutenant n'était plus si pressé, maintenant. Il s'épongeait le front avec son mouchoir, rajustait son ceinturon. Il regardait Maillat et Virrel d'un air amical.

— Ça pèse son petit poids, dit-il.

Ils étaient tous les quatre autour du charreton à se regarder d'un air paisible et satisfait.

— Allons! dit le petit lieutenant avec regret.

Il descendit le talus en courant, suivi du chauffeur. En bas, il se retourna.

— Merci, cria-t-il avec chaleur, et au revoir!

Maillat eut l'impression que, s'il l'avait pu, il leur aurait offert à boire.

— Au revoir, cria Maillat.

Virrel ouvrit la bouche, mais se reprit, juste à temps.

Le petit lieutenant empoigna le pare-chocs de l'Austin,

comme il avait vu faire à Virrel, mais il ne put à lui seul
soulever l'auto. Il dut attendre l'aide du chauffeur. Virrel
les regardait d'en haut avec satisfaction.

Il y eut un claquement de portières. La Renault ronfla,
passa près d'eux.

— Va te faire peloter les fesses par ton général, eh
gonzesse! cria Virrel.

Il avait saisi les brancards, et poussait le charreton entre
les rails.

— Puisqu'on y est, on y reste, dit-il, on descendra
plus loin. Il n'y a presque pas de talus plus loin. Et
pour les cahots, un peu plus, un peu moins, c'est du
pareil.

Tout d'un coup, il s'arrêta net.

— Non, mais tu as vu, cette tante, avec son pétard? Tu
l'as vue? Il a bien failli me descendre, le con!

« Et alors? reprit-il au bout d'un moment, on se tue
entre Français maintenant? C'est là où qu'on en est, en
somme? C'est celui qui a le pétard qui fait la Loi? C'est la
jungle, alors? « Je vous donne l'ordre de reculer », qu'il
dit, et hop! il sort le pétard. En voilà des manières, dis
donc! »

Il faisait de plus en plus chaud. Maillat mit sa vareuse
sur son bras. On ne voyait pas la mer, mais on sentait
qu'elle était toute proche. L'air était vif et salé. De la voie
ferrée, on pouvait voir s'allonger, à perte de vue, dans la
rue, en files parallèles, les véhicules abandonnés.

— Moi, dit Virrel, avant cette putain de guerre, j'étais
heureux, je gagnais bien ma vie. Chauffeur de nuit, c'est
fatigant, si tu veux, mais le tarif double, les pourboires, et
pas la même clientèle forcément, et puis ma voiture était
à moi, je travaillais à mon compte. Le compteur, on le
bricole un peu, tu t'en doutes.

Il fit une pause.

— Eh bien, moi, tous les matins, en rentrant, je don-

nais cent francs à ma femme. Cent francs! C'était recta!
Et il m'en restait, dis donc, je me privais pas, rien que les
apéros, j'en avais pour quarante balles par nuit.

— Quarante balles?

— Il fallait ça. On rencontrait les copains dans les
petits bars, tu sais ce que c'est, une tournée, puis une autre,
on peut pas avoir l'air. C'est pas que j'aime boire, remarque, moi, c'était plutôt des Byrrh, un petit Pernod de
temps en temps, je peux pas dire que je bois, une quinzaine de verres par nuit, je les tenais bien.

Il lâcha les brancards, équilibra le charreton, en fit le
tour, et d'une main rabattit délicatement le bas de la robe
sur les jambes de la morte. Même ainsi, la robe n'arrivait
pas aux genoux.

— Je ne sais pas pourquoi je fais ça, dit-il à Maillat
d'un ton d'excuse, ça ne sert à rien. Voilà deux fois que
je lui tire sa robe, mais avec les cahots, ça remonte
tout le temps. Et avec ça qu'elle est pas longue, sa robe.

Il se remit à pousser.

— Ah dis donc, je repense encore à l'autre tante. « Je
vous donne l'ordre de reculer », qu'il me dit, et hop! il
sort le pétard. En voilà des manières, dis donc!

« Comme je te disais, reprit-il aussitôt, chauffeur de
nuit, ça rapporte, et puis c'est intéressant, t'as pas idée,
on en voit des choses, tu apprends la vie, je te le dis, c'est
ça qui vous affranchit le bonhomme.

Il peinait quand même un peu entre les rails.

— Qu'est-ce que tu fais, toi, dans le civil? demanda-t-il
subitement.

— Pas grand-chose.

— Bon! dit Virrel, si je te demande ça, c'est pour
causer. Enfin, tu fais ce que tu veux, hein? C'est bizarre,
avec ton petit air sérieux, je t'aurais plutôt pris pour un
instituteur.

Maillat sourit.

— Ils ont l'air si sérieux que ça, les instituteurs?

— C'est pas ça. J'en ai connu qui étaient des rigolos, mais ils ont un air, comme ça... Je vais te dire, c'est d'enseigner les mômes qui leur donne cet air-là... Ils ont l'air, je vais te dire, comme quoi ils seraient toujours en train de gaffer que tu ne dises pas de conneries.

— Et j'ai cet air-là, moi?

— Oui, dit Virrel, t'as cet air-là.

Il ajouta généreusement :

— On a l'air qu'on a, remarque. C'est pas de ta faute, si t'as cet air-là.

« Moi, reprit-il au bout d'un instant, moi, tous les matins, je donnais cent francs à ma femme. Cent francs! Ah! Elle se plaignait pas, elle était heureuse, je te le dis. Et puis moi, tu sais, boulot, boulot, et sérieux, et tout. Le père de famille, quoi!

« Tiens! ajouta-t-il en lâchant les brancards et en fixant sur Maillat ses yeux bleus, je vais te montrer la photo de mon gosse.

Evidemment! Le petit portefeuille crasseux et bourré! La photo un peu cassée qu'on tend d'un pouce détaché! Et le gosse en costume de première communion, un gros missel sous le bras, les cheveux luisants de pommade, l'air ahuri des grands jours...

— Il est costaud.

— Tu parles! A l'école, il les bourre tous, c'est pas parce que c'est mon fils, mais écoute voir, c'est un dur.

Virrel rangea la photo dans son portefeuille.

— Il est chez les Frères, ajouta-t-il d'un air modeste. Remarque, moi, je suis pas calotin pour deux sous. Leur enfer, il me fait pas peur, et leur paradis, j'y crois pas, mais pour les gosses, c'est pas pareil. Moi, tu comprends, je préfère payer, et que le môme ait des principes.

Il poussa en silence pendant quelques instants. Les pavés communiquaient au charreton un tremblement continuel.

La robe de la morte s'était de nouveau relevée, et ses cuisses roses tremblotaient au soleil.

— Oh! ma femme, reprit Virrel, elle était pas à plaindre. Sérieux, et tout, elle avait tiré le bon numéro, je peux le dire. Ainsi, moi, pour le truc, tu croirais pas, costaud comme je suis, je suis plutôt père peinard. Il y a ma femme, et c'est tout. Il y en a qui cavalent, qui n'arrêtent pas. C'est pas mon genre. Moi, deux ou trois fois la semaine, je dis pas, avec les copains, et c'est plutôt histoire de rigoler. Tiens, on se retrouvait dans un petit bar, vers les deux heures du matin. C'est le moment où tu sens la fatigue, dis donc, c'est fatigant de conduire la nuit, ça tire les yeux. On s'en jetait deux ou trois petits pour se remettre. Et puis, il y en avait toujours un qui proposait. — Eh les potes! On s'en envoie une? — On pouvait pas refuser, tu penses, de quoi on aurait eu l'air? — D'accord! on disait, et hop! chacun dans sa bagnole, on savait où on allait, on connaît les rues. Tu vois ça, les quatre taxis à la file, tu parles d'une virée, je te le dis, c'est à qui doublerait l'autre! Ah ce travail! Aile contre aile! Qu'est-ce qu'on se faisait comme tours de cochon! C'étaient tous des gars qui savaient conduire, dis donc. Il fallait du réflexe! Au premier arrivé, tu m'as compris! On s'arrêtait, on sifflait les mômes!

— Ça te faisait plaisir?

Virrel regarda Maillat d'un air étonné.

— T'es pas fou? C'était pas pour le plaisir, je t'ai déjà dit, c'était pour la rigolade.

« Où j'en étais déjà? reprit-il.

— Vous siffliez les mômes.

— C'est ça. On sifflait les mômes. Ah dis donc! ce travail! Il y avait des copains qui se fatiguaient avec les mômes sur les coussins. C'est pas mon genre. Ces mômes-là, je trouve, ça vaut pas la peine qu'on se dépense. Moi, c'était assis, et la môme à genoux, à mes pieds. Tu m'as

compris! Comme un Pacha. Tu parles, je me donnais
l'impression d'être un grand patron pour une fois. Bien
assis, là, sur la banquette arrière, et la môme à mes pieds!
C'est là que tu te sens l'homme, dis donc! « Joseph, vous
pouvez rouler! » Des fois, tiens, je m'achetais un gros
cigare avant, rien que pour le fumer à ce moment-là. Tu
saisis? Moi, sur la banquette arrière, bien assis, et le cigare
au bec, comme le gros patron avec sa dactylo. La môme
à mes pieds, tu saisis? Le grand patron, tu saisis? Le grand
patron, en somme. Et pour deux thunes.

— C'est surtout de l'imagination. Ça ne vaut pas
grand-chose, finalement.

— D'accord, d'accord, dit vivement Virrel, mais pour
deux thunes! Dis donc, pour deux thunes! Il y en avait
même, des copains, ça ne leur coûtait rien. Ils semaient
les mômes sans les payer!

— C'était plutôt vache.

Virrel le fixa de son œil naïf.

— Vache? Où que tu prends ça? Vache pour qui?
Pour les mômes? Mais ces mômes-là,, dis-toi bien, c'est
personne! Ça vaut même pas la peine qu'on en cause!
Remarque, moi, je l'aurais pas fait quand même. Mais
moi, écoute voir, c'est pas pareil, j'ai des principes.

« Il faut dire, ajouta-t-il au bout d'un moment, que
moi aussi, j'ai été élevé chez les Frères.

Maillat sourit et tira un paquet de gauloises de sa poche.

— Une cigarette?

— Il va plus t'en rester.

— Prends. Elles ne m'ont pas coûté cher. Le débitant
n'a pas voulu que je les paie.

— Non? s'écria Virrel, en arrêtant de pousser, c'est
pas vrai?

— Tout ce qu'il y a de vrai.

— Tu te fous de moi?

— Mais non.

— Alors, il n'a pas voulu que tu les paies?

— Non.

— Alors, il a refusé ton fric?

— Oui.

— Ah dis donc! C'est pas croyable! Il a refusé ton fric! Il était cinglé, le gars?

— Non. Il était démoralisé, c'est tout.

— Démoralisé? dit Virrel. Tu as de ces mots! Démoralisé! Je voudrais bien qu'ils soient tous démoralisés, ces gars-là! Ah dis donc! C'est ça qui serait chouette! On entrerait dans une boutique, on dirait : « Je veux ça et ça, et que ça saute! » On te l'enveloppe, on te fait un sourire, et hop! tu t'en vas sans payer! C'est du billard!

— Le prix de tes courses, non plus, on ne te le paierait pas.

— Qu'est-ce que ça peut me foutre, puisque je pourrais tout avoir sans fric. Tu prendrais sur le tas, en somme.

— Et les mômes? dit Maillat en souriant.

— Du pareil! Les mômes pour rien! Sur le tas! Tu prendrais sur le tas, là aussi! Tu parles d'une Société qu'on aurait, dis donc!

« Remarque, ajouta-t-il, avant cette putain de guerre, on n'était pas malheureux non plus. On était même heureux, je trouve. On se rendait pas compte. C'est maintenant qu'on s'en aperçoit. Moi et ma femme, mon vieux! On prenait du bon temps, on se laissait vivre. Et ma femme, tiens, ma femme, des baiseuses comme ma femme, t'en as pas connu beaucoup. Pour tout te dire, c'est moi qui l'avais formée. Mais quand même, une baiseuse comme ma femme, dis donc, ça se rencontre pas souvent. Ah vingt dieux! Je me rappelle de ces nuits que ça pleuvait et que ça ventait dehors à foutre la bicoque par terre, et moi et ma femme, tous les deux dans le plume, bien au chaud, avec une petite lampe à côté. C'est ça la vie, tiens, un cochon de temps dehors, et toi et ta petite femme bien au chaud dans le plume, en train d'écouter la pluie, le vent, toute la clique. Ah dis donc, ce qu'on les emmerdait tous, alors! Il y avait plus que nous deux, bien au chaud dans le plume, avec la petite lampe à côté. Et moi qui l'emboîtais par-derrière, et lui caressais le ventre. Ah bon Dieu! C'est là que tu sens l'homme, dis donc, et ma femme, qui pipait pas mot, je te le dis. Elle attendait, elle pipait pas mot. Et le vent dehors, un vrai temps de salaud! Le vent, la pluie, la grêle, le tonnerre, tout le bastringue, quoi! Et toi, dans le plume, bien au chaud, qui caresses le ventre de ta petite femme. Comment que tu les emmerdes tous, alors! Ils pouvaient courir, les cons! Il y avait plus que nous deux sur terre, ma femme et moi! On était les Rois! C'est ça la vie, tiens, si tu me demandes. »

Il arrêta le charreton, et jeta un coup d'œil anxieux à Maillat.

— T'as connu ça aussi, hein? Dis un peu que tu as connu ça? Dis-le-moi voir un peu, si tu as connu ça, toi aussi?

— Quoi ça? l'amour?

— Non, pas l'amour. Ça que je viens de dire. Le vent et la pluie dehors, et toi dans le padock bien au chaud, avec ta femme, et la petite lampe, et puis voilà, on est les Rois, on les emmerde tous.

— Oui, dit Maillat, c'est bien ça, on les emmerde tous, hein? Tous tant qu'ils sont! On se fout bien de leurs sales gueules!

— Voilà! s'écria Virrel radieux. Tous tant qu'ils sont! Tu as pigé, toi! Ah! je savais bien que tu étais un bon gars, au fond, malgré ton petit air sérieux. Il faut être un bon gars pour piger ça.

« Dis donc, reprit-il en arrêtant le charreton de nouveau, les Fritz, quand ils vont arriver, tu crois qu'ils vont tous nous descendre? Il y a des gars qui disent qu'ils s'amèneront avec des chars et des lance-flammes, et puis pan! dans le tas! jusqu'au dernier!

— C'est possible. Tout est possible, à la guerre.

— Ah dis donc! dit Virrel, s'ils faisaient ça, les Fritz, quand même, tu parles de tantes!

Il poussait silencieusement, maintenant, les sourcils froncés. Maillat regardait la morte. Il pensa tout d'un coup qu'un jour il serait semblable à elle, inerte, les yeux fixes, une chose qu'on mettrait dans une boîte, et qui irait pourrir sous terre. Un jour. Peut-être demain. Peut-être dans quelques mois. Peut-être dans vingt ans. Mais ce jour-là arriverait sûrement. Tout dans la vie était imprévisible, sauf cela. Sa propre mort, c'était un événement sur lequel il pouvait compter.

— Je prends à droite, dit Virrel en arrêtant le charreton, on fait la pause?

— Non, moi, je retourne. Il se fait tard.

Virrel équilibra la voiturette sur son pied, sortit des brancards, et comme Maillat l'avait déjà vu faire, rabattit la robe de la morte sur ses cuisses.

— Ma pauvre cocotte, fit-il d'un air pensif en lui tapotant les genoux, ma pauvre cocotte! C'est vache, la vie, quand même. Elle t'a joué un sale tour, la vie, ma pauvre cocotte!

Il se tourna vers Maillat.

— Alors, on se quitte?

— Oui, il faut que je retourne maintenant.

— Ah bon! dit Virrel, d'un air de regret, alors on se quitte?

— Oui.

— Au revoir alors.

— Au revoir.

— Au revoir, et à ton service.

— Merci, dit Maillat, j'aime autant pas.

Virrel éclata de rire.

— Ah dis donc! T'es un rigolo, toi, malgré ton petit air sérieux.

Il se replaça entre les brancards, dégagea le pied, et le remit à sa place. Il se pencha, et les bras tendus, poussa de tout son poids.

— Et merci pour les pipes, dit-il en se retournant.

*

A mesure que Maillat se rapprochait du Sana, les autos devenaient plus nombreuses. Il y en avait de toutes les dimensions et de toutes les formes, d'énormes camions Renault, des petites camionnettes anglaises trapues comme des chars, des 402, des tractions avant. A presque toutes, il manquait une roue, quelquefois deux. Les petites Austin n'en avaient plus du tout. Elles gisaient sur le dos comme des scarabées kaki qu'un enfant se serait amusé à retourner du plat de la main. Maillat se demanda une fois de plus ce que les gars qui les avaient enlevées pouvaient bien faire de toutes ces roues. Seuls, les plus gros camions auraient pu encore rouler. Quelques moteurs avaient bien été sabotés, conformément aux ordres. Mais la plupart étaient intacts. Les réservoirs regorgeaient d'essence. Maillat haussa les épaules. Une auto, les copains et lui en avaient une. Une ambulance anglaise que Dhéry avait « récupérée ». Elle leur servait de roulotte pour dormir. Il y en avait maintenant plus qu'on en voulait, des autos! Et des motos, il y en avait suffisamment pour en changer tous les dix mètres pendant dix kilomètres.

Non, pensa Maillat, ce qui manque maintenant, ce ne sont pas les autos. C'est la route.

Les bottes de Maillat — une paire toute neuve qu'il avait trouvée pendant la retraite — s'enfonçaient dans le sable fin des dunes. Il y avait tant de monde partout qu'il devait parfois enjamber des corps comme sur une plage à la mode. C'était saugrenu, tous ces hommes en gros drap kaki, sales et mal rasés, et à qui les dunes, la mer, le ciel radieux au-dessus d'eux donnaient une allure d'estivants. Sur une crête, à sa droite, Maillat aperçut un groupe d'hommes qui badaudaient, les mains aux poches, en regardant le ciel. Ils suivaient les évolutions des bombardiers et des chasseurs canadiens, et hurlaient des encouragements, comme sur un stade, dès que le tic tac des mitrailleuses de bord leur parvenait.

Maillat traversa un groupe d'une dizaine de soldats qui pique-niquaient, assis en cercle sur le sable. Au milieu d'eux trônait un boutéon plein de vin, où ils trempaient un quart à tour de rôle. Un des hommes que Maillat avait effleuré en passant, se retourna, et sans cesser de manger, lui lança une insulte. C'est à cause de mes bottes, pensa Maillat, et il sourit. Il jeta un coup d'œil par-dessus son épaule. L'homme qui l'avait insulté était un blond, large d'épaules, l'air sympathique. Il avait une cicatrice au-dessous de la lèvre. Encore une tête, pensa Maillat, que je ne reverrai jamais plus. A la guerre, c'était comme ça. On passait son temps à voir des gars qu'on ne revoyait jamais plus ensuite. C'était ça, la guerre. Des têtes, des noms qui défilaient devant vous sans arrêt, et qui se perdaient ensuite dans la nuit. Quelquefois, c'était une tête seulement. Quelquefois, c'était le bonhomme tout entier. Et quelquefois, Maillat leur avait parlé une ou deux minutes, à ces hommes, il savait leur nom, ce qu'ils faisaient dans le civil, s'ils étaient heureux avec leur femme. Mais ça revenait au même, finalement. Ils disparaissaient tous ensuite. Il ne les revoyait jamais plus.

Et pourtant, il se souvenait d'eux quelquefois. Certains même, qu'il avait à peine vus, restaient absurdement nets et vivants dans sa mémoire. Près d'Arques, par exemple, en pleine retraite, il était assis dans un camion, et un artilleur avait traversé la rue sous le soleil. Il était grand et fort,

et il tenait un morceau de pain dans une main et une boîte
de singe dans l'autre, et il avait traversé la rue sous le
soleil, en souriant largement, sa boîte de singe à la main.
Et à Armentières, quinze jours auparavant, le jour du
bombardement, un M.P. avait accosté Maillat dans la rue.
Les bombes tombaient autour d'eux, et le M.P. lui avait
demandé l'adresse d'un bordel. Il était très rose avec des
yeux bleus. Maillat avait dit en souriant : « You want a
Mademoiselle from Armentières, don't you? » Et le M.P.
avait souri, lui aussi, mais sous son sourire, il avait l'air
grave et anxieux. Et il y avait eu des centaines et des centaines d'autres visages que Maillat avait entrevus dans
un éclair, et il y en avait qui s'étaient fixés en lui une
fois pour toutes, et il en revenait d'autres encore, et à
chaque fois, Maillat savait qu'il ne les reverrait jamais
plus.

Il buta contre un fusil antichar anglais enfoui dans le
sable. Les dunes étaient jonchées de ces engins. On les
reconnaissait de loin à la longueur invraisemblable de leur
canon qui s'évasait à l'extrémité comme un tromblon.
Cela leur donnait un aspect risible, archaïque. Maillat
pensa de nouveau au M.P. d'Armentières, à l'air grave
qu'il avait eu en lui demandant l'adresse d'un bordel. Les
bombes tombaient autour d'eux, on était en pleine retraite,
mais pour le M.P., c'était très important, tout d'un coup,
de faire l'amour. « C'était un idéaliste », dit Maillat à mi-
voix, et il se mit à rire tout seul. Mais peut-être, il n'y
avait pas de quoi rire, après tout. Il revit nettement devant
ses yeux l'air grave et anxieux du M.P. Un instantané,
quelque part, dans sa tête. Quelques secondes de conversation. C'était fini. C'est ça, la guerre, pensa Maillat de
nouveau. En temps de paix, la vie est harmonieuse et
composée. On rencontre les mêmes gens, on les retrouve,
on les perd de vue, on les retrouve encore. Les histoires se
nouent et se dénouent harmonieusement, comme dans les

tragédies classiques. Mais à la guerre, tout est décousu, sans lien, sans suite, sans cohérence.

C'était derrière le Sana de Zuydcoote, sous les arbres, que ce que les copains appelaient le camp s'étendait. Un immense rassemblement de soldats sans armes, sans chefs, toutes unités confondues. Maillat, en s'approchant, vit des petites fumées s'élever entre les arbres.

— Salut!

— Salut, fils de garce, dit Alexandre.

Hilare et barbu, il s'affairait autour d'un feu, à quelques pas de la roulotte. Ses manches de chemise étaient retroussées, et Maillat s'étonna une fois de plus de la grosseur de ses avant-bras.

— Où sont les autres?

Maillat s'était assis à sa place habituelle, le dos calé contre la roue avant droite de la roulotte. Il alluma une cigarette.

— Pierson était là, il y a un instant, en train de lire son bréviaire. Il vient de partir. Il a dit qu'il allait essayer de trouver du pain.

— Et Dhéry?

— Dhéry? Je ne sais pas. Il est devenu bien mystérieux, Dhéry. Et puis, toi, laisse-moi te dire que tu as tort de fumer juste avant de manger.

Alexandre ouvrait une boîte de singe. Maillat le regardait faire en souriant, parce qu'il savait que c'était une des choses qu'Alexandre aimait le mieux faire. Et c'est vrai qu'il avait vraiment une façon admirable de les ouvrir, les boîtes de singe. Il tirait la grande lame de son couteau de poche, l'enfonçait dans la boîte d'un coup sec, et avec un sûr mouvement du poignet, la promenait dans le métal aussi facilement que si ça avait été du beurre. Il découpait ainsi, sans à-coup, sans bavure, un disque presque parfait qui, à la fin, ne tenait plus que par un fil. Il repliait alors le disque en arrière et faisait sauter le singe dans le plat

de campement. Puis, sans se déranger, il jetait la boîte
dans une caisse qu'il avait placée à cet effet à cinq mètres
environ, contre le mur du Sana. Il ratait rarement son but.
La boîte tintait, en retombant, sur d'autres boîtes vides.
Ce petit bruit faisait plaisir à Alexandre. Il se disait qu'une
fois de plus, tout était dans l'ordre. Le singe dans le plat
de campement, la boîte vide dans la caisse aux boîtes vides,
et lui, Alexandre, en train de touiller le singe.

Alexandre releva la tête. Il était congestionné et les yeux
lui piquaient. C'était fatigant, avec cette chaleur, de se
tenir penché sur le feu, et d'avaler toute la fumée. Si on
devait rester longtemps ici, il se procurerait un petit poêle.
Il soupira. Tout ça, c'était encore du provisoire. Avec ces
salauds de Fritz, on ne pouvait jamais s'installer vraiment.
De grosses gouttes de sueur perlaient sur son front. Il les
essuya d'un revers de main, décrocha son quart, le trempa
dans un boutéon de vin qui fraîchissait sous la roulotte,
et but longuement. Il avait le quart bien en main, et le vin
coulait frais dans sa gorge, et le métal du quart était frais
entre ses lèvres. Et c'était son quart, en outre. Il l'avait
fabriqué lui-même avec une boîte de singe dont il avait
soigneusement limé les bords, et qu'il avait cerclée d'un
fil de fer tressé, sur le côté, en forme d'anse. Il contenait
plus du demi (« ce qui n'est pas mal pour un quart »,
avait dit l'abbé). Et surtout, on pouvait le poser par terre.
Il tenait debout. Pas comme ces nouveaux quarts de l'armée
française qui se renversaient à tous les coups.

Alexandre secoua la dernière goutte, rinça son quart
dans un boutéon d'eau à sa droite, et l'accrocha à un clou
sur la face interne d'une des deux portes de la roulotte.
C'était sa place. Il s'alignait là avec ceux des copains (seul
Maillat n'avait pas de quart) sous les plats de campement,
les gamelles, les boutéons vides qu'Alexandre avait récu-
pérés dès son arrivée au Sana. Au-dessous, il y avait le
manche de pelle qu'Alexandre avait taillé lui-même en

forme de cuiller pour touiller le singe. Quand il faisait la
cuisine, il ouvrait toutes grandes les portes de la roulotte,
et il n'avait qu'à étendre la main pour prendre ce qu'il lui
fallait. Les provisions, il les avait enfermées dans une
caisse à cadenas qui avait dû contenir des médicaments, et
qui était fixée au plancher de la roulotte. Alexandre se
frotta les yeux avec le revers du pouce, et porta les mains
à ses reins. C'était quand même fatigant, surtout avec cette
chaleur, de se tenir penché continuellement sur le feu. Il
faudrait qu'il essaie de se procurer un petit poêle, après
tout.

Et voilà! C'était presque prêt. Et maintenant, Pierson
allait arriver. Et Dhéry, un peu en retard, comme d'habitude. Et Maillat s'assiérait à côté de lui, Alexandre, comme
d'habitude. Et Pierson, en face, contre le mur du Sana.
Et Dhéry à côté de Pierson. Chacun à sa place. Et lui,
Alexandre, à côté du feu, le boutéon de vin à sa droite, et
le plat de singe à sa gauche. C'est lui qui servirait les
copains. Et il taquinerait Pierson, parce que Pierson était
curé, et que lui, Alexandre, était anticlérical. Et Pierson,
qui était fayot, parlerait de l'armée et de la guerre. Et
Dhéry parlerait de ses combines, dans le civil, pour gagner
de l'argent. Et Maillat se mettrait à déconner, comme seul
Maillat savait déconner. Ou alors, il ne parlerait pas du
tout, et il aurait cet air triste qu'il avait dès qu'il ne parlait
plus. Et tout serait dans l'ordre, une fois de plus.

— Qu'est-ce que tu as à te fendre la pipe?

— Rien, dit Maillat, je pense que tu l'aimes, c'est tout.

Alexandre le regarda d'un air méfiant.

— Quoi?

— L'ambulance.

— L'ambulance? Quelle ambulance?

— Enfin, la roulotte, si tu veux.

— Dis donc « la roulotte », comme tout le monde.

— Si tu veux.

Alexandre pencha la tête sur le feu.

— Alors? dit Maillat.

— Alors quoi?

— Tu l'aimes, hein? ta roulotte?

— Elle est pratique, dit Alexandre d'un ton neutre.

Maillat sourit.

— C'est tout?

— Quoi, c'est tout?

— Elle est pratique, c'est tout?

— Tu débloques, dit Alexandre.

Maillat sourit. Puis son sourire s'effaça. Il venait de remarquer, de l'autre côté de la grille du Sana, plusieurs rangées de brancards posés à même le sol. Des couvertures les recouvraient complètement, dessinant des formes humaines immobiles. Sur un des brancards la couverture s'était trouvée trop courte, et laissait voir deux pieds chaussés de brodequins avachis. On ne voyait pas de chaussettes, mais un peu de peau blême à même le cuir. A l'un des brodequins, les lacets avaient été remplacés par un morceau de ficelle. Maillat n'arrivait pas à détacher son regard de ces chaussures misérables. Au bout d'un moment il se leva et alla s'asseoir contre le mur du Sana.

— Tiens! Tu prends la place de Dhéry?

Maillat regarda Alexandre d'un air irrité.

— La place de Dhéry! La place de Pierson! La place de Maillat!

— Et alors?

— C'est marrant, tu ne trouves pas, on est arrivé ici depuis avant-hier, et on a déjà pris de petites habitudes!

Le singe mijotait doucement dans le plat de campement. Alexandre plissa les yeux à cause de la fumée, et jeta un coup d'œil à Maillat

— Qu'est-ce qui ne va pas?

— Ça va.

— Qu'est-ce que tu as fait ce matin?

— Vingt dieux, cesse de me questionner comme ça, veux-tu? Tu es pire qu'une femme avec tes questions.

— Bon! Bon! dit Alexandre pacifiquement.

Il remit du bois sur le feu, et au bout d'un moment, reprit d'une voix naturelle, comme si Maillat n'avait rien dit :

— Et alors, qu'est-ce que tu as fait ce matin?

— Oh! rien, dit Maillat d'un air de dégoût, rien vraiment. Rien.

— Raconte, nom de Dieu, raconte! Il t'arrive toujours des tas de trucs à toi. C'est à croire que tu le fais exprès.

— J'ai tué un rat.

— Pour quoi faire?

— Je ne sais pas, dit Maillat tristement.

— Et puis?

— J'ai rencontré un type qui charriait une morte. Virrel, il s'appelait.

— C'est tout?

— C'est tout. Et puis si! tiens! J'ai couché avec une Polonaise.

— Quoi! dit Alexandre en se redressant, la main sur les reins, une Polonaise!

Sous ses gros sourcils ses yeux brillaient de curiosité enfantine.

— Une Polonaise! Pas possible! J'en ai jamais baisé, moi, de Polonaise! Une Polonaise, c'est quand même intéressant! C'est fait comment, une Polonaise?

— Comme les autres.

— Mais raconte, nom de Dieu, raconte! J'en ai jamais baisé, moi, de Polonaise. Tu l'as eue tout de suite, là, au béguin?

— Non, c'est le résultat d'une erreur. Elle m'a pris pour un gendarme.

Alexandre se mit à rire.

— Maillat gendarme! Mais alors, vieux, prends garde!

Hein? Protège tes fesses! J'ai toujours dit, moi, que mon rêve...

— For God's sake!

— Quoi « for God's sake »?

— Tu l'as déjà faite vingt fois, cette astuce!

Maillat se leva et mit les deux mains dans ses poches.

— Oui, dit-il, oui, ça va bien, hein? Tu trouves que ça va très bien, hein? On a une bonne petite vie à la roulotte! A la roulotte du Sana de Zuydcoote, avec ces bons vieux copains. Et on est bien couché, et on bouffe pas mal, et on fait de petites astuces, et on est de bons copains, et tu es une mère pour nous et voilà!...

— Et alors?

— Rien, dit Maillat, c'est parfait! Je constate, c'est parfait! Et les Anglais s'embarquent, et les Fridolins avancent, et les Français ne s'embarquent pas. Et là, il y a la mer, et là, il y a les Fridolins, et nous au milieu, sur une petite bande de terre qui se rétrécit tous les jours.

Alexandre se redressa, mit les mains sur les hanches et le regarda. Il y eut un silence, et Maillat dit :

— Donne-moi à boire.

— Du vin? Tu préfères pas le whisky de Dhéry?

— Si je préfère pas!

Alexandre alla chercher une bouteille dans la roulotte, revint, remplit son quart, et le lui tendit. Maillat le vida d'un trait.

— Je me demande ce que fait ma femme en ce moment, dit Alexandre.

Maillat tendit le quart à Alexandre pour qu'il le remplît de nouveau.

— Ta femme! dit-il, ta femme! Parle-moi encore de ta femme, Alexandre! Elle est jolie, ta femme, Alexandre?

— Oui, dit Alexandre, elle est très jolie.

Maillat se mit à rire.

— Raconte, nom de Dieu, raconte! Hein, que je t'imite bien?

— C'est ça pour le texte, oui, mais pour l'intonation distinguée, tu repasseras.

— Raconte, nom de Dieu, raconte!

— C'est mieux.

Maillat but avidement et releva la tête.

— C'est pas de chance, tu ne trouves pas, d'être sur une petite bande de terre qui rétrécit tous les jours. Cette petite bande de terre, tu sais bien, entre les Fritz et la mer.

— On ne parlait pas de ça.

— Si, si! On parlait de ça, comme par hasard.

— On parlait de ma femme.

— Pas du tout! On parlait de ce petit bout de France qui se rétrécit. C'est pas de veine, tu ne trouves pas, d'être justement sur un bout de France qui rétrécit.

— Tu débloques.

— Mais non, bon vieux Alexandre. Je trouve que c'est vraiment pas de veine, parce que, figure-toi, j'en connais un, moi, de petit bout de France dans le Midi, et qui se rétrécit sûrement pas en ce moment.

— Et alors?

— Quoi « et alors? » On pourrait être là-bas plutôt qu'ici, voilà tout! Il n'y a pas de raison d'être ici, au fond. Tu ne t'es jamais demandé, toi, je parie, pourquoi tu étais ici plutôt que là-bas?

— Je n'aime pas déconner, moi.

— Ce n'est pas ça, tu n'as pas l'esprit métaphysique.

« Parce que, si on était dans le Midi, reprit Maillat, ça serait rudement bath. On s'étendrait sur le sable, et on se chaufferait les roupettes au soleil.

— Tu peux te les chauffer ici.

— C'est pas pareil. Ici, même avec le beau temps, c'est pas un pays où on peut se les chauffer au soleil.

Il vida son quart d'un trait. Ses yeux brillaient et son visage était rouge.

— Non, reprit-il au bout d'un moment, c'est un pays à se tenir toute l'année les couilles à l'abri. C'est un pays triste. Voilà ce que c'est, ce bout de France. Un pays triste. Même avec le soleil.

— Tu le vois comme ça en ce moment.

Maillat leva l'index à la hauteur de son nez :

— Je le vois comme il est. C'est un pays triste. C'est un sale petit bout de France tout au nord. C'est un petit bout de France qui trempe dans la flotte et qui rétrécit au lavage.

Il se mit à rire et répéta :

— C'est un petit bout de France qui rétrécit au lavage.

Au bout d'un moment, il reprit.

— Donne-moi à boire.

— Encore?

— Encore. De quoi parlait-on tout à l'heure, Alexandre?

— On parlait de ma femme.

— Ah oui! dit Maillat, je savais bien que c'était un sujet intéressant. Eh bien! Raconte, nom de Dieu, raconte! Raconte-moi encore comme elle est jolie, ta femme!

— Le fait est, dit Alexandre, qu'elle est rudement jolie, ma femme.

« Ce qui m'embête, reprit-il aussitôt, c'est qu'elle trouve que je lui parle pas assez, quand je suis là. Elle dit qu'elle s'ennuie. Je ne sais pas de quoi lui parler, moi, à ma femme.

— Parle-lui de son âme, dit Maillat. Les femmes adorent ça, qu'on leur parle de leur âme, surtout quand on leur pelote les fesses en même temps.

— Tu es saoul.

— Pas avec un quart de whisky.

— Le troisième quart de whisky.

— Déjà! Ça ne me fait plus du tout d'effet, ces trucs-là.

— Tu es saoul.

— Je ne suis pas saoul. Je suis triste. Je suis triste, parce que je suis vierge. Je suis une vierge triste.

Il riait tellement qu'il n'arrivait plus à parler.

— N'empêche qu'elle est rudement jolie, ma femme, dit Alexandre.

— C'est ça, dit Maillat en levant le bras droit au ciel, parle-moi encore de ta femme, Alexandre! Elle est brune, hein? ta femme?

Il riait, et en même temps, au-dedans de lui, il sentait la peur et l'angoisse sous sa gaieté.

— Elle est brune avec des yeux bleus.

— Et de belles épaules?

Alexandre était debout devant la porte de la roulotte en train de tailler une mince tranche de pain.

— Oui.

— Et un joli dos?

— Oui.

— Et de longues jambes?

— Ah! nom de Dieu! dit Alexandre, ces jambes qu'elle a!

Il ferma la porte de la roulotte et revint vers Maillat.

— C'est beau, des longues jambes, dit-il, ça donne de la classe, je trouve. Ma femme avec ses longues jambes, elle a l'air d'un lis.

— Un lis n'a pas de jambes.

— Je sais ce que je dis. Elle a l'air d'un lis, ma femme.

— Vingt dieux! Alexandre, ne me parle plus de ta femme!

— Tiens, dit Alexandre, mange ça.

— Qu'est-ce que c'est?

— Un petit sandwich en attendant les copains.

— Je n'ai pas faim.

— Si, tu as faim.

— Tu me jures que j'ai faim?

— Je te le jure.

— Ça doit être vrai, alors.

Il y eut un silence. Maillat mordit dans le sandwich.

— Alexandre!

— Quoi?

— Je te ferai sûrement cocu, si j'en reviens.

— Tu parles d'une nouba, si on en revient!

— Si... dit Maillat d'un air triste.

Il recommença à manger.

— Tiens! dit Alexandre, vise un peu l'abbé qui se ramène. Et avec deux pains encore!

— Bonjour, dit Pierson de sa voix suave.

Alexandre lui tendit la main.

— Salut.

Pierson sourit en abaissant ses longs cils sur ses joues roses. Il tendit les deux pains à Alexandre, et se tint un instant debout à côté de Maillat, contre le mur du Sana.

— Tu es un mec, l'abbé.

— Oui, dit Pierson de sa voix suave et chuchotée, je dois dire que je me suis pas mal démerdé.

Il sortit une petite pipe de sa poche, et s'assit d'un air distant et réservé, un peu comme un chat qui se met en boule pour dormir.

— Ah non! dit Alexandre, tu ne vas pas fumer maintenant. On va manger.

Pierson remit sa pipe dans sa poche.

— Et moi, dit Maillat, on ne me dit plus bonjour, alors?

— Bonjour, Maillat.

— Non, pas comme ça. Plus tendrement, je te prie.

— Et le whisky de Dhéry, il est tendre?

— Aucun rapport. Exécute-toi, je te prie.

— Bonjour, Maillat.

— C'est mieux, c'est nettement mieux. Et maintenant, je te prie, dis à ce gros lourd que tu l'emmerdes, et fume ta bonne vieille petite pipe, vieux Pierson.

— Non, je suis discipliné, moi.

— Et alors, dit Alexandre, ces deux pains? D'où ils viennent, ces deux pains?

— C'est le cuisinier du Sana qui me les a cédés.

— Ah! curé, dit Alexandre, tu t'es fait pistonner par les bonnes sœurs, au moins.

Pierson éleva gracieusement la main.

— Oh pas du tout! Pas du tout! Ça s'est passé strictement entre le cuisinier et moi. Il m'a cédé le pain contre du vin.

Maillat n'entendait pas ce que disait Pierson. Il écoutait sa voix. Il avait une voix vraiment suave, Pierson. Elle coulait sans heurt, sans accroc. Elle roulait doucement, comme de petites billes d'acier dans un bain d'huile.

— Du vin! dit Alexandre, mais je t'en ai pas donné du vin, moi. Et de toute façon, je t'en aurais pas donné. On est trop juste.

— J'en ai acheté.

— Combien?

— Quarante francs.

— Quarante balles! cria Alexandre, c'est exorbitant!

— Ça ne fait que dix francs chacun.

— Dix balles! Dix balles pour du pain! Tu n'es pas fou, non?

— Ça fait quand même un kilo chacun.

— Justement! Dix balles pour un kilo de pain! Il faut que tu sois cinglé!

— C'est le prix.

— Le prix de mes couilles! hurla Alexandre en levant au ciel ses bras poilus. Dix balles, non, tu te rends compte! Tu aurais mieux fait de ne pas t'en occuper.

— Merci.

— Dix balles! reprit Alexandre, et pour du pain encore!

— Je peux le rapporter, si tu veux.

— Oh! non, maintenant qu'il est là.

— Ou alors, on peut se cotiser tous les trois pour payer ta part.

— Sacré curé, dit Alexandre, penché sur le feu.

Au même instant, il releva la tête pour sourire à Pierson, et il aperçut Maillat, la nuque appuyée contre le mur du Sana, les yeux clos. Il remarqua une fois de plus comme Maillat avait l'air triste dès qu'il ne parlait plus.

— Tiens! dit Pierson en se retournant vers Maillat, tu as pris la place de Dhéry?

— Oui, dit Maillat d'un air furieux, j'ai pris la place de Dhéry!

Il se leva brusquement, et alla s'asseoir à sa place habituelle contre la roue avant droite de la roulotte. Alexandre le suivit des yeux.

— Fais pas attention, grommela-t-il. Monsieur est de mauvais poil. Ça l'ennuie d'attendre d'être fait prisonnier, figure-toi!

— Pas du tout! dit Maillat, je suis ravi. Depuis le temps qu'on entend parler des Fritz, je me demandais s'ils existaient vraiment. On peut dire ce qu'on veut, ça fait plaisir de se rencontrer avec une race supérieure.

— Race supérieure de mes couilles, dit Alexandre.

Maillat sourit.

— Ces fameuses couilles! depuis qu'on en entend parler, elles aussi...

— Oui, dit Pierson, on se le demande...

— Dis donc, curé, t'en as des plaisanteries pour un curé!

Pierson sourit, abaissa ses longs cils sur ses joues, et ne dit rien.

— Et alors, dit Alexandre en se tournant vers lui, et ces tuyaux?

— Quand Dhéry sera là.

— Mais non, raconte, nom de Dieu, raconte! On ne va pas l'attendre cent sept ans, celui-là.

— Quand Dhéry sera là.

Alexandre haussa les épaules, remonta la ceinture de son pantalon et recommença à touiller le singe. C'était du singe français. Alexandre était content d'avoir pu mettre la main sur du singe français. Le singe anglais ne revenait pas si bien. Trop de gras, pas assez de maigre. Il diminuait de moitié à la cuisson. Le singe français prenait une belle couleur en rissolant. Voilà, c'était prêt, et Dhéry qui n'arrivait pas.

Il arriva juste au même moment. Il se pressait beaucoup, parce qu'il était en retard, et son gros ventre tremblotait à chaque pas. Il tenait la tête rejetée en arrière. La graisse avait tellement envahi son visage que son menton avait disparu et que son cou s'évasait sans transition dans le prolongement de ses joues. Il serra les mains à la ronde, et s'assit à sa place habituelle, à côté de Pierson, contre le mur du Sana. Il promena son regard autour de lui sans dire un mot. Ses yeux disparaissaient dans le miroitement de ses gros verres de myope. Et par moments, on les voyait briller dans un éclair, froids et attentifs, comme s'ils avaient été à l'affût. Puis les verres de ses lunettes se remettaient à étinceler, et ses yeux disparaissaient de nouveau.

— Passez vos gamelles!

— Alexandre, dit Pierson, tu es une mère pour nous.

— Vous pouvez toujours vous foutre de moi, dit Alexandre. Qu'est-ce que vous feriez sans moi, je vous le demande? Surtout Dhéry et Maillat. Ils vivraient comme deux porcs, ces deux-là!

Il se leva pour aller éteindre le feu.

— Je ne parle pas pour Pierson. Pierson, lui, c'est différent. Il aurait vite fait, Pierson, de se dégoter une popote où il y aurait déjà un curé. Et une popote où il y aurait déjà un curé, elle serait sûrement pas mauvaise.

Tout en parlant, il piétinait les braises du feu sous ses grosses semelles. Puis il s'assit, cala sa gamelle entre ses cuisses puissantes. Il avait le visage basané, mais sous les poils de ses avant-bras, la peau était encore blanche. Le soleil n'arriverait jamais à percer toute cette fourrure.

Maillat le regardait en souriant.

— C'est fou ce que ça te change de bouille d'avoir la barbe. Avec tes cheveux frisés en poil de roupette, tu as tout de l'empereur assyrien. C'est tout juste si on ne s'attend pas à voir des perles dans ta barbe.

Alexandre haussa les épaules.

— Si j'avais des perles, je les foutrais pas dans ma barbe.

— Moi, dit Pierson, je trouve plutôt qu'il ressemble à saint Jean-Baptiste, juste après la décollation.

— Pourquoi après la décollation?

— Mais voyons, une tête pareille, elle se suffit à elle-même. Pas besoin de corps!

Ils se mirent à rire tous les quatre. Ils étaient heureux d'être ensemble, tous les quatre, sous le soleil.

Alexandre avait les quarts des copains sur une planche à côté de lui. Il les remplit dans le boutéon de vin, puis les leur passa à tour de rôle. Il tendit son propre quart à Maillat, et attendit qu'il eût bu pour boire à son tour.

— Et alors, l'abbé, ces nouvelles?

Pierson s'essuya les lèvres avec un mouchoir d'une propreté immaculée qu'il tira de sa poche.

— Ils sont marrants, ces curés, remarqua Alexandre. Fiez-vous à eux pour être toujours bien tuyautés. Ils vont fourrer le nez dans tous les trous, ces sacrés curés.

— Le curé t'emmerde, dit Pierson de sa voix suave.

Maillat se pencha en avant.

— Alors, ces nouvelles? Tu écoutes, Dhéry?

Dhéry bougea vaguement, mais ne répondit pas.

— Voilà! Pour l'embarquement à Bray-Dunes, on n'embarque que des Anglais.

— Plus haut, l'abbé, dit Alexandre. T'as une voix tellement distinguée qu'on n'entend pas ce que tu dis.

— A Bray-Dunes on n'embarque que des Anglais. C'est même pas la peine d'essayer de ce côté-là. Ils voient des espions partout maintenant. On m'a raconté que sur l'un de leurs bateaux ils ont trouvé un commandant français et son ordonnance qui s'étaient embarqués clandestinement. Ils les ont balancés par-dessus bord. Le commandant s'est noyé. L'ordonnance s'est sauvé à la nage.

— C'est vache, dit Alexandre.

Maillat haussa les épaules.

— Si c'est vrai.

— Oui, dit Pierson, si c'est vrai. Et puis, pour tout dire, les Anglais, à l'heure actuelle, ils nous considèrent comme nous, nous avons considéré les Belges après le coup du Canal Albert. Tu vois ça d'ici. Enfin, ce qu'on peut dire pour les Anglais, c'est qu'eux au moins ils embarquent leurs hommes, tandis que du côté français!... En principe, ça se passe à Dunkerque et à Malo, mais jusqu'ici au compte-gouttes, et seulement des unités constituées.

Il ajouta au bout d'un moment.

— Ce qui nous exclut, bien entendu.

Il y eut un silence.

— Alors? dit Alexandre.

Pierson le regarda.

— Alors, c'est tout.

Il ne se passa rien de notable dans la minute qui suivit. Alexandre avait ses deux grosses mains croisées sur ses genoux. Il était penché en avant et il attendait que Maillat ait fini de boire pour prendre son quart et se servir à son tour. Dhéry décroisa ses jambes et les recroisa, et cela prit un certain temps, parce que ses cuisses étaient très grosses et qu'elles glissaient difficilement l'une sur l'autre. On ne voyait pas ses yeux derrière ses lunettes. Pierson avait posé son quart à côté de lui à terre. Il avait tiré sa petite pipe de sa poche, et la bourrait avec des gestes minutieux. Maillat buvait et son visage ne reflétait rien. Il rompit le silence le premier.

— Il est bon, ton café, Alexandre.

— Passe-moi la coupe.

— Un bon whisky par là-dessus, reprit Maillat, et ce serait parfait comme bonheur.

— Ah non, hein? Ça suffit comme ça.

Pierson leva la tête.

— Pourquoi pas?

— Oui, dit Maillat, pourquoi pas?

— Il oublie de te dire, ce fils de garce, qu'il en a déjà bu trois quarts avant de manger.

— *Nous* en avons bu trois quarts.

— Ne vous gênez plus, dit Dhéry.

— Tu vois, Dhéry en veut, lui aussi.

— C'est comme vous voudrez, dit Alexandre, mais il n'en reste plus que neuf bouteilles, je vous préviens.

— Ça fait trois bouteilles par jour. On aura juste le temps de tout finir avant que ces messieurs arrivent.

Dhéry bougea mollement dans son coin.

— Après tout, c'est mon whisky.

— Que tu as volé à B.E.F.

— C'est bien ce que je disais, c'est mon whisky.

— C'est le whisky de la popote, dit Alexandre.

— Eh bien, alors, s'écria Maillat, qu'est-ce que tu nous embêtes? Amène-le, nom de Dieu! On dirait que c'est ton sang, ce whisky!

Alexandre alla chercher une bouteille dans la caisse aux médicaments de la roulotte. Il remplit les quarts de Pierson et de Dhéry. Puis il remplit son propre quart, et le passa a Maillat.

— Je me demande, grommela-t-il, pourquoi je laisse toujours ce grand con-là boire avant moi.

Maillat se mit à rire.

— Je me le demande aussi.

Il sortit une cigarette de sa poche et l'alluma. Alexandre le regardait comme une poule regarde son poussin.

— Tueur de rat!

— Tiens, dit Pierson, tu as tué un rat?

— Il fallait bien que je tue quelque chose dans cette guerre.

— Au revolver?

— Trois balles. A vrai dire, je l'ai touché à la première. Les deux autres, je me suis un peu énervé.

— Donne-moi ton revolver. Je vais te remettre les trois balles.

Dhéry bougea mollement dans son coin.

— Vous ne pourriez pas aller faire ça ailleurs, non?

Alexandre haussa les épaules.

— Ne t'énerve pas. Question pétard, l'abbé en connaît un bout.

— Si j'ose dire, dit Maillat.

L'abbé sourit et se tourna vers lui.

— Tiens, te voilà paré maintenant.

Maillat remit le revolver dans son étui, et leva son quart au-dessus de sa tête.

— Je lève mon verre, dit-il avec emphase, je lève mon verre aux futurs prisonniers!

Pierson allumait sa pipe avec une grâce de vieille fille.

— Oh! je ne sais pas, dit-il de sa voix suave, il ne faut pas désespérer si vite. Tiens, toi, Maillat, toi qui parles bien l'anglais, tu as peut-être ta petite chance à Bray-Dunes.

Alexandre était en train de ranger la vaisselle sale devant la porte de la roulotte. Il se releva brusquement.

— Ah non! cria-t-il avec violence, non! non! On ne va tout de même pas se quitter maintenant, après avoir fait toute la guerre ensemble!

Pierson le regarda.

— Ecoute, tous les quatre ensemble, ce n'est pas possible. Mais un gars tout seul se débrouille beaucoup mieux. Si l'un de nous voit qu'il a une petite chance de s'embarquer, qu'il essaie.

— Nom de Dieu! Mais on a fait toute la guerre ensemble, tu l'oublies!

— Et alors, dit Pierson, c'est une raison pour qu'on soit tous les quatre prisonniers? Qu'est-ce que vous en dites, les gars? Dhéry! Eh Dhéry!

— Adopté, dit Dhéry vaguement.

— Et toi, Maillat?

— Adopté.

— Et toi, Alexandre?

— Oh moi! dit Alexandre.

Il s'était rassis. Il tenait la bouteille de whisky toute droite entre ses genoux, et la caressait de la main.

— Vous êtes libres, dit-il tristement.

Il remplit de nouveau son quart et le tendit à Maillat.

— Tiens, pauvre idiot, dit-il, bois! bois! pendant que tu as encore une bouche pour boire.

— Merci, mon con, dit Maillat.

Il regarda Alexandre, et l'espace d'une seconde, il y eut une petite lumière tendre dans ses yeux.

— Je suis pas fou, moi, dit Alexandre, je risque pas ma peau inutilement.

Il promena son regard sur les copains. Ils étaient assis là tous les trois. Chacun à sa place habituelle. Maillat à côté de lui, et Pierson en face, contre le mur du Sana, et Dhéry à côté de Pierson. Et lui, Alexandre, debout en train de les servir. Tout était dans l'ordre, une fois de plus. Et Pierson qui parlait de se séparer!

Alexandre pensa subitement à la retraite. Il y pensa avec un immense dégoût. C'était épouvantable, cette retraite. Ce n'était pas tant le danger, ni même la défaite. Ce qui était épouvantable pour lui, Alexandre, c'était le désordre. La salade des unités sur les routes, la cohue des réfugiés, ces femmes et ces enfants juchés sur des charrettes, et à chaque croisement les incendies, les cimetières d'autos, et les maisons! Ah! bon Dieu! les maisons! éventrées, mutilées, les fenêtres pendant sur les façades, et à l'intérieur, les meubles défoncés, la vaisselle brisée, le linge au milieu des gravats! Un désordre aussi irrémédiable, et à une échelle aussi grandiose, Alexandre n'aurait jamais cru ça possible. Mais ça allait mieux maintenant. Ça allait beaucoup mieux. Depuis qu'on était arrivé au Sana, ça allait même tout à fait bien. Alexandre pensa aux provisions de la caisse à pharmacie, et calcula qu'en faisant attention, ils pourraient tenir encore huit jours. Et même dix jours, en faisant vraiment attention. Mais ces salauds de Fritz seraient là avant. Il n'y avait pas moyen d'être tranquille en somme. On ne pouvait jamais s'installer vraiment.

— Des millions! dit Dhéry.

Les trois copains lui jetèrent un coup d'œil, puis se regardèrent entre eux. Dhéry ne voyait personne. Son corps était rigide, et ses yeux étaient fixés droit devant lui.

— Ah! nom de Dieu! dit-il, des millions! Des millions à prendre!

Ses yeux étaient attentifs et froids derrière ses lunettes, et il regardait droit devant lui avec une telle intensité qu'Alexandre, qui lui faisait face, se retourna. Mais derrière lui, il n'y avait que l'allée du Sana, et les arbres, et des soldats qui passaient.

— Où? dit Alexandre.

Il avait l'air tellement béant de stupeur que Maillat se mit à rire. Pierson tourna la tête et regarda Dhéry de nouveau. Dhéry ne voyait personne et regardait droit devant lui. Ses yeux avaient quelque chose de fixe et d'impersonnel comme des yeux de poisson vus à travers la vitre d'un aquarium.

— Alors? dit Alexandre.

— Oui, dit Maillat, accouche.

Dhéry regardait droit devant lui. Maillat sourit à Pierson.

— Envoie-lui un coup de coude dans le bidon. Ça le réveillera.

— Eh Dhéry! dit Pierson en posant la main sur son bras.

— Fous-lui une paire de claques.

— Ça alors! dit Alexandre.

Pierson secoua le bras de Dhéry. Dhéry sursauta et regarda autour de lui. Ses yeux avaient de nouveau disparu derrière ses lunettes.

— Ça alors! dit Alexandre. C'est le whisky qui lui fait cet effet-là?

— C'est pas possible. Il n'en a bu que deux gouttes.

— Dites donc, dit Dhéry, vous avez fini de parler de moi comme si j'étais pas là?

— Ah bon! dit Maillat, tu es là maintenant?

— Et alors si je suis là!

— Et même un peu là!

Alexandre se mit à rire.

— Tu n'étais pas là tout à l'heure, en tout cas.

— Quoi? Qu'est-ce que j'ai dit?

— Tu as parlé de millions.

— Ah! dit Dhéry vivement, qu'est-ce que j'ai dit?

— Tu as dit « des millions! Ah nom de Dieu! des millions! Des millions à prendre! »

— J'ai dit ça?

On ne voyait plus du tout ses yeux derrière ses lunettes.

— Et alors? dit Alexandre, qu'est-ce que ça veut dire, ces millions?

Tout le corps de Dhéry n'était plus qu'une masse molle, immobile, tassée sur elle-même.

— Je ne sais pas, dit-il vaguement, ça ne veut rien dire, je rêvais tout haut.

— Tu nous prends pour des idiots, dit Maillat, quand un type comme toi rêve tout haut, ça veut dire quelque chose.

— Qu'est-ce que ça veut dire « un type comme moi »?

— Ne te vexe pas, je te prie.

— Alors, dit Alexandre, et ces millions? Où ils sont ces millions. Ces millions à prendre? Où tu les prends, ces millions? Ici?

Dhéry sourit, et Maillat eut une fois de plus l'impression que ses lèvres avaient de la peine à faire refluer de chaque côté la masse énorme de ses joues.

— Mais je n'en sais pas plus que toi, dit Dhéry, j'ai dû rêver.

Il y eut un silence et les trois copains le regardèrent.

— Ça va, dit Alexandre d'un air vexé. Personne ne te force.

Il se leva.

— En attendant, va toujours chercher l'eau pour la vaisselle. C'est ton tour.

— On n'est pas pressé, dit Dhéry.

Pierson débourrait sa petite pipe méticuleusement. Maillat se leva, et, les bras en croix, s'étira. Pierson leva la tête.

— Qu'est-ce que tu fais cet après-midi?

— C'est drôle, tu ne trouves pas, de demander ça. Comme si ce qu'on pouvait faire, ça comptait maintenant!

— Alors, Dhéry! dit Alexandre, et cette eau?

— J'y vais, dit Dhéry sans bouger.

Au même moment il y eut un sifflement au-dessus de leurs têtes, suivi d'un éclatement sec à quelques mètres de là, sur la gauche. Un nuage de fumée les entoura. Ils s'étaient tous les quatre aplatis sur le sol instantanément.

— 77, dit Pierson.

Il se mit à tousser. La fumée s'était encore épaissie. Sur la gauche, on entendit des cris et des appels. Il y eut de nouveau un sifflement et le même éclatement sec tout près d'eux. Un morceau de bois tomba devant Dhéry. Il le ramassa et lâcha prise aussitôt.

— C'est brûlant.

— C'est un débris de brancard, dit Alexandre, il y a encore un peu de toile après.

Maillat se mit à genoux et jeta un coup d'œil dans le jardin du Sana. L'obus était tombé au milieu des morts. Le mélange était affreux. Un bras pendait, accroché à la grille. Maillat chercha des yeux l'homme aux brodequins éculés. Il était toujours là avec sa couverture trop courte qui lui donnait l'air d'un pauvre. Il n'avait pas été touché. Maillat en ressentit une satisfaction absurde.

— C'était pour eux, dit-il en se recouchant.

Dhéry toussa.

— Il vaut mieux que ce soit pour eux que pour nous.

— C'est bien de toi, ça! dit Maillat.

— Tu aurais préféré que ce soit pour nous?

— Non.

— Alors? dit Dhéry victorieusement.

— Alors, c'est bien de toi d'avoir dit ça, c'est tout.

— C'est curieux, dit Alexandre, l'artillerie, ça ne me fait jamais peur. Les bombes d'avion, oui.

— Ça vient trop vite, dit Pierson, on n'a pas le temps d'avoir peur.

Sur la gauche, on entendait toujours des cris. Quelques

secondes passèrent. On ne voyait plus personne debout. Seulement des corps kaki étendus à perte de vue. Maillat remarqua sur sa droite deux biffins qui s'étaient glissés sous une voiture. Il se demanda si c'était sérieux comme protection, n'arriva pas à résoudre le problème, l'abandonna, et au bout d'une minute s'aperçut avec étonnement qu'il ne pensait plus à rien. Il n'avait pas peur, il sentait la terre contre son corps, et c'était tout. Le camp, si plein de brouhaha tout à l'heure, était devenu silencieux comme par magie. Et lui, Maillat, il était silencieux, lui aussi. Il était couché par terre, il n'avait pas peur, et il ne pensait à rien. Il était un soldat parmi des soldats.

Alexandre se souleva sur un coude et se mit à jurer. En s'aplatissant sur le sol, il s'était couché sur les cendres du petit feu. Tout le devant de sa chemise était maculé. Une chemise toute propre qu'il avait lavée à Arques, et qu'il avait mise le matin même. Une chemise toute propre, et maintenant elle était salie. Il jura et commença à s'épousseter délicatement. Il tourna la tête du côté où Pierson était étendu, et se demanda si Pierson était en train de prier. Alexandre avait eu un copain qui était très croyant et qui priait toujours dans ces moments-là.

— Eh Pierson! dit-il, tu crois que c'est un 77?

Pierson répondit instantanément de sa voix naturelle.

— Je ne crois pas, je suis sûr.

Sacré fayot, pensa Maillat.

— A combien ça tire, un 77?

— Comme le 75.

— Et le 75, à combien ça tire?

— Comment? dit Pierson, tu ne sais pas ça?

— Je ne suis pas fayot, moi.

— Dix kilomètres.

— Nom de Dieu! dit Alexandre, dix kilomètres! Ils sont à dix kilomètres alors!

— Peut-être moins loin. Dix kilomètres, c'est la portée maxima.

— Nom de Dieu! dit Alexandre. — Il ajouta : — C'est le Sana qu'ils visent?

— Je ne pense pas. Ils doivent chercher la batterie de 75 qui s'est installée ce matin dans le petit champ.

Maillat regarda Dhéry. Dhéry était pâle, et sa lèvre supérieure était tiraillée par un tic. Il a peur, pensa Maillat. Il se sentit gêné, et roulant sur le côté, lui tourna le dos. Mais il sentit que, derrière son dos, Dhéry continuait à avoir peur.

— Quel petit champ?

— Tu sais bien, le petit champ qui est à droite, à cinq cents mètres du Sana. On est passé devant hier.

— Je vois, dit Maillat, et alors il y a une batterie de 75 dans ce champ?

Dhéry continuait à avoir peur derrière son dos, et Maillat se sentit gêné et fautif. Bon Dieu! pensa-t-il, c'est tout de même pas ma faute, s'il a peur!

— Depuis ce matin. Un petit lieutenant qui tire ses derniers obus. Il est gonflé, le petit lieutenant.

— C'est un con, dit Alexandre. En attendant, les Fritz tirent sur nous.

— Pour les Fritz, dit Pierson, c'est un tir de réglage, et comme réglage, c'est même pas mal fait.

— Tu trouves, toi? Le petit champ est à cinq cents mètres.

La tête de Pierson était toute proche de celle de Maillat, et Maillat ne l'avait jamais vue d'aussi près. Juste à ce moment, Pierson sourit. Il sourit comme à son ordinaire en baissant les yeux, et Maillat remarqua une fois de plus que son sourire lui donnait l'air d'une vierge. Ce n'était pas seulement ses longs cils et ses joues roses. C'était l'expression qu'il avait en abaissant les paupières. Il avait l'air de se refermer sur des trésors intimes.

— Pour l'artillerie, reprit Pierson en souriant, cinq cents mètres du but, c'est pas si mal.

— Fie-toi à lui, dit Alexandre. Question armement, l'abbé en connaît un bout.

Il roula sur son coude, en prenant soin d'écarter sa chemise du sol le plus possible. Il se demandait toujours si Pierson était en train de prier tout à l'heure quand il lui avait parlé.

— C'est fini?

— Je ne sais pas.

— Et puis en voilà assez! dit Dhéry d'une voix rageuse. Je ne vais pas rester couché tout l'après-midi. Je n'ai pas que ça à faire, moi. Je suis pressé.

Il se mit sur pied avec la lourde agilité des obèses.

— Où tu vas?

— Chercher l'eau.

— T'es pas fou? cria Alexandre.

Il se leva à son tour, mais Dhéry avait décroché un boutéon à la porte de la roulotte. Il s'éloignait à grands pas.

— Dhéry! cria Alexandre, fais pas le con! Dhéry!

Il ne se retournait même pas.

— Et par-dessus le marché, dit Alexandre, il a pris le boutéon qui fuit!

Il s'aplatit sur le sol. Cette fois, on l'avait à peine entendu siffler. Un sifflement bref, comme à bout de course, qui s'était presque confondu avec l'éclatement. Puis de nouveau, la fumée les envahit.

— Il n'est pas tombé loin, dit Pierson.

Ils se mirent à tousser.

— C'est tombé à côté du puits.

— Tu crois?

— Regarde la fumée.

— Oui, dit Pierson, elle est plus épaisse de ce côté-là.

Alexandre se leva.

— Nom de Dieu! dit-il, pourvu que Dhéry...

Mais il venait de surgir devant eux, hilare, les mains vides. Il riait tellement que ses joues et son cou n'arrêtaient pas de trembloter comme un plat de gélatine qu'on s'amuserait à secouer.

— Ah les gars! dit-il, qu'est-ce qui m'arrive!

Il s'arrêta pour tousser.

— Le 77, les gars!

Son ventre, à son tour, commença à danser.

— Il est tombé si près qu'il m'a flanqué par terre...

Il s'arrêta, étouffé par son rire. Son cou, brusquement, se gonfla comme un jabot monstrueux, vira au violet, puis se décomprima, et il y eut une série de bruits rauques et gargouillants.

— Je me relève... Rien de cassé! Rien! Pas un poil!

Il gloussait maintenant. Ça sortait par petits jets obscènes comme de ces baudruches de foire qu'on dégonfle.

— Mais alors, mes petits vieux! Plus de boutéon! Plus de boutéon nulle part!... Je le cherche partout!... Je regarde sous les voitures!... Je regarde même dans les arbres!...

Il n'en finissait pas de rire. Son ventre dansait, ses épaules sautaient par saccades, ses joues et son cou tremblotaient, et pendant tout ce temps, tout en haut de sa tête, ses yeux, derrière ses lunettes, luisaient, froids et fixes, comme si l'agitation de ce gros corps ne les eût en rien concernés.

— Je t'en fiche! Pas de boutéon! Pas plus de boutéon que de...

Maillat détourna la tête. Le rire de Dhéry le mettait toujours mal à l'aise.

— J'ai tout de suite pensé, c'est Alexandre qui va en faire...

Les trois copains, en cercle autour de lui, le regardaient. Alexandre s'avança d'un pas.

— Mais ta main, Dhéry!

— Quoi, ma main? dit Dhéry en riant.

Les trois copains le regardaient et Dhéry machinalement suivit la direction de leurs regards. Aussitôt son rire
s'éteignit. La couleur reflua de ses joues et de son cou. Il
chancela, et Alexandre n'eut que le temps de le rattraper
par les épaules.

— Le whisky! cria Alexandre, vite, le whisky!

Dhéry était très pâle maintenant. Sa lèvre supérieure
tremblait. Il regardait sa main. Elle était rouge, et le sang
qui s'en égouttait faisait une petite mare brune à ses pieds.

— Ma main! Ma main!

— Ce n'est rien, dit Alexandre.

Il le fit boire.

— Ma main, dit Dhéry.

Alexandre la tenait délicatement par le poignet et versait dessus le reste du quart. Le sang coulait toujours.
Dhéry regardait sa main, et le sang qui faisait une petite
mare brune à ses pieds, sur la poussière du sol.

— Ma main!

— Tiens-toi debout, dit Alexandre, tu m'écrases avec
ton poids.

— Ma main...

— Tu l'as déjà dit.

— Tu peux la remuer? demanda Pierson.

Dhéry dodelina de la tête sans répondre. Sa lèvre supérieure pendait, et lui donnait l'air d'un enfant qui va
pleurer. Ses grosses jambes tremblaient sous lui continuellement.

— Ça n'a pas l'air bien grave, dit Pierson, tu peux la
remuer?

— Bon sang! dit Alexandre, ne te pends pas comme
ça après moi. Tu m'écrases.

Dhéry se mit à geindre tout d'un coup.

— Ma main! Ma main! Ma main! Ma main!

— Eh bien quoi, ta main! dit Maillat, tu peux la remuer, oui ou non?

— Oui.

— Tiens-toi debout, bon sang! Tu m'écrases avec ton poids.

— Ça n'a pas l'air bien grave, dit Pierson. Ça saigne déjà moins.

— Assieds-toi, dit Alexandre. Je ne peux plus te tenir, tu m'écrases.

Pierson le saisit par le poignet.

— Je vais te panser.

— Non, dit Dhéry avec une énergie subite, il faut me mener au Sana.

— Pour ça? dit Maillat, tu es cinglé?

— Il faut désinfecter la plaie, dit Dhéry. Amenez-moi au Sana.

— Tu es cinglé. Ils ont autre chose à faire, au Sana.

— C'est bon, dit Dhéry, j'y vais tout seul.

Il n'avait plus besoin de l'appui d'Alexandre maintenant. Il avait l'air bien solide sur ses jambes.

— Tu exagères, dit Pierson. Pour un bobo!

— C'est quelquefois mortel, un bobo.

Il était plein d'énergie maintenant.

— Ils ont autre chose à faire au Sana.

— C'est bon, dit Dhéry, puisque vous me laissez tomber, j'y vais tout seul.

Alexandre se leva et releva la ceinture de son pantalon.

— Ça va, dit-il, tu as gagné. Je viens.

Il regardait la roulotte d'un air hésitant. Maillat se leva à son tour.

— Je viens aussi. On ne sera pas trop de deux pour ramener le corps.

— Ne parle pas comme ça, dit Dhéry.

Alexandre jeta un coup d'œil anxieux à la roulotte.

— Je reste, dit Pierson en souriant. Tu peux être tranquille, je reste.

— Pour un bobo! dit Maillat par-dessus son épaule.

Pierson les regarda partir tous les trois, Maillat au milieu. Alexandre était si trapu, et Dhéry si obèse, que Maillat, à côté d'eux, paraissait incroyablement svelte. Ils franchirent la grille du Sana, et s'engagèrent dans l'allée. Puis ils tournèrent derrière un bosquet, et Pierson ne les vit plus.

Il se sentit très seul tout d'un coup. Il tira sa petite pipe de sa poche, hésita, puis la remit où il l'avait prise. Il s'assit à sa place habituelle, et s'accota contre le mur du Sana. Il resta ainsi quelques minutes, et il s'aperçut qu'il pensait aux semaines et aux mois qui allaient venir. Au bout d'un moment, il mit les coudes sur ses genoux, se couvrit le visage des deux mains et commença à prier.

*

Les trois copains suivaient l'allée centrale du Sana. Les graviers, pensait Maillat, c'est agréable de marcher sur des graviers. C'est ferme, et ça crie un peu sous les pas. Pas comme le sable. Il y a du sable partout, ici. Le pied s'enfonce à chaque instant.

Dhéry tourna la tête vers Alexandre.

— Tu demanderas le médecin auxilliaire Cirilli.

— Qui c'est ça?

— Un toubib que je connais.

— D'où le connais-tu?

— Depuis hier. Je lui ai rendu un petit service.

— Encore des mystères.

— Tu le demanderas. Sans ça, si on prend la queue, il y en a pour deux heures. J'aurais le temps de pisser tout mon sang.

— Tu exagères, dit Maillat, tu ne saignes presque plus.

Il jeta un coup d'œil sur sa droite. Deux soldats en bras de chemise, la cigarette aux lèvres, remettaient de l'ordre parmi les morts. Ils avaient une pile de couvertures à côté d'eux, et des brancards pliés. On ne voyait pas de sang, mais des débris informes recouverts de lambeaux kaki. Les deux hommes prenaient une couverture, y rassemblaient au hasard ces débris, et quand cela faisait un volume convenable, ils posaient le tout sur un brancard. Ils travaillaient sans hâte, méthodiquement.

— Un toubib, dit Dhéry, c'est toujours bon à connaître, surtout par les temps qui courent. N'est pas soigné qui veut, tu penses. Ils sont débordés au Sana.

Quand ils pénétrèrent dans la salle de pansement, l'odeur de sanie et de sueur était si forte que Maillat se sentit mal à l'aise. Une soixantaine d'hommes attendaient, debout pour la plupart. D'autres étaient couchés par terre, le dos au mur. L'un d'eux était étendu de tout son long sur le plancher, mortellement pâle. Beaucoup étaient torse nu, et la sueur coulait de leur front, ruisselait de leur nuque entre les omoplates.

Au bout de la salle, devant une porte, un petit caporal chef, imberbe et blond, en uniforme de fantaisie, était assis devant une table. La table était disposée de façon à bloquer à demi l'accès de la porte. Le petit caporal chef avait devant lui un énorme registre, des papillons de différentes couleurs et de grandes feuilles imprimées. Par moments il griffonnait quelque chose sur un papillon, recopiait ce qu'il venait d'écrire sur le registre, puis épinglait le papillon sur le registre, prenait une des grandes feuilles imprimées, la sabrait de grands coups de crayon bleu, et l'épinglait à son tour sur le registre. De temps en temps, il relevait la tête et promenait son regard sur les blessés d'un air de morgue et d'ennui.

Les trois hommes s'avancèrent vers lui. Le caporal chef abaissa les yeux brusquement.

— Je voudrais voir le médecin auxiliaire Cirilli, dit Dhéry.

Le petit caporal chef ne releva pas la tête. Il était blond, imberbe, tiré à quatre épingles. Une légère odeur d'eau de Cologne flottait autour de lui.

— Il est occupé.

— Je voudrais voir le médecin auxiliaire Cirilli.

— Il est occupé, dit le petit caporal chef du bout des lèvres.

Dhéry ne bougeait pas. Il était campé devant la table. Il faisait masse.

— Voulez-vous aller le chercher, je vous prie?

Le petit caporal chef releva la tête, mais ne regarda personne en particulier.

— Si vous êtes blessé, dit-il du bout des lèvres, prenez la file. Vous serez soigné à votre tour.

— Il ne s'agit pas de cette égratignure, dit Dhéry. Veuillez aller prévenir le médecin auxiliaire Cirilli que le lieutenant Dhéry demande à lui parler. C'est urgent.

Il parlait poliment, mais il y avait un petit coup de fouet dans sa voix.

Le petit caporal chef enveloppa Dhéry d'un regard rapide. Dhéry était en bras de chemise, mais il portait une culotte bien coupée et des bottes. Le caporal chef se leva.

— Je vais essayer de le voir.

— C'est ça, dit Dhéry avec une nonchalance parfaite, essayez.

Il faisait masse de l'autre côté de la table, et derrière ses gros verres, ses yeux froids étaient fixés sur le caporal chef.

— Je vais essayer. Il est vraiment très occupé.

— Dites-lui que c'est de la part du lieutenant Dhéry.

— Je vais essayer, dit le petit caporal chef.

Il disparut par la porte. Alexandre se mit à rire.

— Tu es lieutenant maintenant?

— Il faut ce qu'il faut.

— Ce petit enculé, dit Alexandre, je lui aurais volontiers botté les fesses.

— Ce salaud de petit planqué, dit Maillat.

— Le porc!

— On pourrait foutre le feu à ses papelards? proposa Maillat.

— Ou lui couper les couilles quand il reviendra. Pour ce qu'elles lui servent!

— La tante! dit Maillat.

— « Il est très occupé », mima Alexandre. Et tes fesses, salaud, elles sont occupées?

— Le petit porc!

— « Vous serez soigné à votre tour », mima Alexandre. Et par-dessus le marché, il avait raison, ce petit salaud.

— C'est bien ça le pire!

— De qui parlez-vous donc? demanda Dhéry d'un air étonné.

— De ce petit salaud.

— Ah! dit Dhéry, je n'ai pas remarqué.

— Et qu'est-ce que tu aurais fait, si ça n'avait pas réussi, le coup du lieutenant?

Dhéry sortit de sa poche un paquet de gauloises.

— Il faut tout prévoir. Mais j'ai tout de suite compris que, pour ce petit-là, ce n'était pas le baksheesh qu'il fallait, c'était le prestige.

— Si tu étais tombé sur moi, dit Alexandre, tu m'aurais pas eu.

Dhéry le regarda de ses yeux froids :

— Toi, je t'aurais eu à la sympathie.

Le petit caporal chef reparut. Il s'inclina avec une politesse de soubrette.

— Si vous voulez passer à côté, mon lieutenant.

Ils se trouvèrent dans une salle plus petite, sans meubles,

entièrement peinte en blanc. Une fenêtre grande ouverte donnait sur le jardin du Sana. Une porte s'ouvrit brusquement sur leur droite. Un grand jeune homme apparut, revêtu d'une blouse blanche tachée de sang. Il s'avança vers eux à pas rapides. Il était très beau.

— Ah! mais c'est vous, Dhéry! s'exclama-t-il dans un sourire qui découvrit des dents admirables. Et le planton qui me parlait d'un lieutenant Dhéry. Je ne pensais pas que c'était vous. J'ai bien failli ne pas venir.

Maillat sourit et regarda Dhéry.

— Le planton a dû se tromper, dit Dhéry avec rondeur. Docteur, permettez-moi...

Cirilli serra la main de Maillat et d'Alexandre. Sous ses cheveux noirs, impeccablement lissés, il avait un visage d'une beauté singulière.

— Je ne suis pas encore docteur, vous savez. J'étais interne à Bichat avant la guerre.

Il sourit, et de nouveau l'éclair des dents blanches apparut.

— Et qu'est-ce que je peux faire pour vous?

— Venir dîner ce soir avec nous, Docteur, dit Dhéry. Ça vous changera du Sana, et nous avons un chef excellent.

Il montrait Alexandre.

— Bien volontiers, mais de bonne heure, par exemple, vers les six heures, ça vous va?

— Parfaitement.

— Ça me fera plaisir de sortir du Sana. On est sur les dents ici, vous savez. On peut à peine voler une heure de temps en temps. Mais qu'est-ce que vous avez à la main?

— Oh ça? dit Dhéry avec négligence, ce n'est rien. Un petit éclat de 77 qui se baladait dans la nature et que j'ai essayé d'attraper.

Cirilli se pencha sur la blessure d'un air attentif. Il était tellement beau qu'il avait moins l'air d'un médecin que d'un jeune premier, dans un film, jouant le rôle d'un médecin.

— Il n'y a pas trop de bobo et la plaie est bien propre.

— On l'a lavée au whisky.

— Mâtin! C'est ça que vous faites avec votre whisky. Moi, je le bois.

— On vous en a gardé, dit Dhéry promptement. Vous le boirez ce soir avec nous.

Cirilli sourit.

— Je vais quand même vous faire un petit pansement.

Il les entraîna dans la pièce voisine. Trois ou quatre jeunes gens en blouse blanche étaient penchés sur des blessés. On ne sentait pas le sang et la sueur ici. L'éther primait tout. Une infirmière blonde passait de groupe en groupe en distribuant des bandes. A l'entrée de Cirilli, elle se retourna d'un mouvement vif. Ils se sourirent.

— Vous devez être débordés.

Cirilli versait libéralement de l'éther sur la main blessée.

— Vous pensez, dit-il joyeusement, il en arrive cinquante par heure. Et beaucoup calanchent avant qu'on ait même eu le temps de les examiner.

L'infirmière blonde s'était approchée d'eux. Elle glissa une bande dans la main de Cirilli. Il la remercia sans lever les yeux.

— Ici, vous savez, il n'y a que les bobos. La charcuterie est dans l'autre aile.

Il eut de nouveau son sourire radieux.

— Vous ne me faites pas de piqûre antitétanique?

Cirilli hésita.

— Ça vaudrait mieux, évidemment. Mais il nous en reste si peu qu'en principe on les réserve pour les bobos sérieux.

L'infirmière blonde était restée à côté de Cirilli, les deux mains posées à plat sur ses bras ronds. Elle ne faisait aucun mouvement. Elle ne regardait personne. Elle avait

l'air d'attendre. Maillat la regarda, et tout d'un coup il se
sentit compris, par accident, dans un foyer de chaleur et
de lumière qui irradiait d'elle et qui ne lui était pas des-
tiné. Ma jolie garce, pensa Maillat. Blonde et rose, elle
avait l'air d'attendre. Elle n'était plus qu'une attente
comme une prairie d'août avant la pluie.

— Voilà le bébé emmailloté, disait Cirilli. Dans quelques jours vous n'aurez plus qu'une cicatrice distinguée.
De quoi attendrir toute la famille au retour.

— Jacqueline, appela un des jeunes gens en blouse
blanche.

L'infirmière blonde pivota sur ses talons et traversa
la salle. Maillat regardait le balancement de ses hanches.

— Excusez-moi, disait Cirilli, mais on est sur les dents,
vous savez...

— A ce soir alors, dit Dhéry.

— A ce soir six heures.

Dhéry ne bougeait pas. Ses joues s'écartèrent majestueu-
sement l'une de l'autre. Il souriait d'un air câlin que
Maillat ne lui avait jamais vu prendre.

— Soyez gentil, Docteur. Apportez votre seringue en
venant. Vous me ferez cette petite piqûre. Je serai plus
tranquille.

Cirilli sourit.

— Si vous y tenez tant que ça!

Et Maillat pensa que Dhéry était sûrement en train de
se dire : « J'ai gagné. »

Dehors, il y avait toujours ce soleil de Côte d'Azur.
On sentait la mer à deux pas. En écoutant bien, on pouvait entendre la dernière vague mourir sur le sable. Maillat
aspira l'air avidement. Il se sentait heureux tout d'un coup.
Il s'étonnait d'avoir tous ses membres au complet, de ne
plus sentir l'odeur d'éther, de ne plus voir de sang.

— Dis donc, Dhéry, disait Alexandre, tu aurais pu te
dispenser de l'inviter, ton toubib. Surtout à six heures.

Ce n'est pas toi qui vas te taper la cuisine. C'est comme ta
main. Encore un truc pour te dispenser d'aller chercher
de l'eau.

— Autant de gagné, dit Dhéry.

Ils passaient à côté des morts. Tout était en ordre maintenant. Les brancards alignés militairement comme pour
un ultime défilé. Mais les deux soldats avaient manqué de
coup d'œil. Certains paquets étaient trop gros. D'autres
visiblement n'avaient pas leur compte. Maillat remarqua
deux pieds gauches sur le même brancard.

— Si encore, disait Alexandre, Cirilli pouvait nous
amener la dénommée Jacqueline. Je me la taperais bien
volontiers, moi, la dénommée Jacqueline. Elle voudrait
me violer, ça lui coûterait pas un sou.

Dhéry le regarda d'un air étonné.

— Jacqueline?

— La petite blonde qui a apporté ta bande.

— Ah! dit Dhéry, je n'ai pas remarqué.

— Il n'a pas remarqué! s'écria Alexandre en levant au
ciel ses bras poilus. Tu te rends compte, Maillat, il n'a pas
remarqué! Tu l'as remarquée, toi, Maillat? Comment tu
la trouves?

— Pas mal. Elle manque peut-être un peu de seins.

— Ça, dit Alexandre impartialement, ça m'est égal. Je
m'en sers jamais.

Ils se mirent à rire. Puis ils levèrent la tête en même
temps, parce qu'un chasseur canadien passait au-dessus
d'eux. Il tournait seul et libre dans le ciel limpide de midi.

A la grille du Sana, Dhéry s'arrêta, jeta un coup d'œil
à sa main.

— Voilà une affaire réglée, dit-il d'un ton satisfait.

Il se tourna vers ses deux compagnons :

— Vous m'excuserez, les gars, il faut que je vous
quitte. Je dois aller voir quelqu'un. Je suis très pressé.

Sans attendre de réponse, il s'en alla. Alexandre mit les deux poings sur ses hanches.

— Ça alors! Voilà un gars qui emmerde tout le monde pour...

— Ne développe pas, dit Maillat, je suis de ton avis.

— Et le comble, c'est qu'il n'a même pas remarqué la petite blonde, ce sacré pisse-froid!

— C'est un avide.

— Quoi? dit Alexandre en levant ses gros sourcils, un avide? Quel est le rapport?

— Tu n'as pas remarqué qu'en général les avides sont des pisse-froid?

— Continue, dit Alexandre. Tu ne sais pas comme ça m'instruit de t'écouter déconner.

Ils rirent, puis ils firent quelques pas en silence. Il faisait bon et chaud au soleil. Le gravier de l'allée criait sous leurs pieds.

— Alexandre, je vais à Bray-Dunes cet après-midi.

— Ah! dit Alexandre.

— Je vais essayer de m'embarquer.

— Ah!

Maillat s'était attendu à une explosion, mais il n'y eut rien d'autre que ces « Ah! » et qu'un silence.

— Si tu m'en parles, c'est que tu as bien réfléchi.

— Oui.

— Bon. Je vais t'aider à faire ton paquetage.

— Merci. Je n'emporte pas de paquetage. Mes cigarettes seulement.

Pour cela non plus il n'y eut pas d'explosion. Juste un hochement de tête et un sourire.

— Tu le diras aux autres. Je ne veux pas faire d'adieux.

— Pierson ne sera pas content.

— Tant pis.

— Bon! Je lui dirai.

Alexandre ajouta avec un sourire un peu faible :

— Voilà au moins une nouvelle que j'aurai sue avant
lui.

— Alors, salut, vieux.

— Tu pars tout de suite?

— Oui.

— Tu ne passes pas à la roulotte prendre tes cigarettes?

— Je les ai déjà. Je les ai prises tout à l'heure.

— Quand « tout à l'heure »?

— Avant que Dhéry soit blessé.

— Je peux te demander quand tu t'es décidé?

— Quand Dhéry parlait de ses millions.

— Celui-là, avec ses millions!...

— Il croit à quelque chose, lui au moins.

— Tu débloques, dit Alexandre, mais sans conviction,
et plutôt parce qu'il savait que c'était la réponse attendue.

— Oui, mon con.

Mais ça aussi, ça sonnait faux. Ça sonnait faux à crier.
Ils firent quelques pas en silence.

— Alors, salut, vieux.

— Salut, Alexandre, bonne chance.

— Oh! moi! dit Alexandre.

Il porta l'index droit à ses lèvres, mordilla son ongle,
et regarda Maillat qui s'éloignait.

SAMEDI APRES-MIDI

Sur sa droite, entre deux maisons détruites, Maillat remarqua dans un enclos un cheval mort. Il était étendu les quatre pattes en l'air, le ventre énorme. A quelques mètres de lui, deux autres chevaux se dressaient, immobiles. L'un d'eux était blessé à l'épaule. L'autre se tenait près de lui, croupe contre croupe, et de temps en temps lui léchait sa blessure. Tout à coup le cheval blessé leva la tête comme s'il allait se mettre à hennir. Sa gueule s'entrouvrit, mais aucun son ne sortit. Il agita alors la tête de droite à gauche, et Maillat vit dans un éclair ses yeux tristes et doux se poser sur lui. De nouveau le cheval blessé leva la tête, puis il recula d'un pas, posa son museau sur l'encolure de son compagnon, et ferma les yeux. Il resta ainsi quelques secondes, dans une attitude indéfinissable de lassitude et de tendresse. Ses pattes de derrière n'arrêtaient pas de trembler.

Maillat quitta la route, traversa la voie ferrée, et tourna sur sa gauche. Il était dans ce qui avait dû être la grande rue de Bray-Dunes, celle qui conduisait à la mer. Un flot interminable d'hommes en kaki s'y pressaient, Anglais et Français confondus. Ils étaient sans armes, mais portaient des bardas énormes sur les épaules et sur les reins. Ils remplissaient les trottoirs, tenaient toute la chaussée.

Comme de petits groupes descendaient la rue à contre-courant, des remous se produisaient, des embouteillages subits, puis, lentement, le flot continuait d'avancer. Les hommes étaient sales, couverts de poussière, les traits creusés par la fatigue, et la sueur avait laissé de grandes traînées sur leurs visages. On avançait très lentement, avec de brusques arrêts et des à-coups fatigants. A chaque arrêt les hommes butaient les uns sur les autres brutalement. Il y avait des jurons, des disputes violentes qui tournaient court. Le ciel au-dessus de leur tête sentait bon les bains de mer, les vacances, la paresse des beaux après-midi d'été.

La foule recommença à avancer et Maillat vit à côté de lui un petit commandant d'infanterie. Il était sans képi, et le soleil brillait sur ses cheveux blancs. Il avait le teint hâlé, une petite moustache, et sur sa poitrine deux rangées de décorations si passées qu'on n'en distinguait plus les couleurs.

Il y eut un arrêt. On recommença à piétiner, puis brusquement la foule reprit son mouvement en avant, et de nouveau s'arrêta. Maillat buta du nez sur le casque d'un homme qui se trouvait devant lui. Sur sa droite, il entendit une voix brève.

— Vous ne pourriez pas faire attention?

C'était le petit commandant aux cheveux blancs. Il s'était retourné et s'adressait à un grand diable d'artilleur qui portait sur le flanc deux musettes gonflées à craquer.

— Toi, je t'emmerde, dit l'artilleur d'une voix traînante.

Le petit commandant rougit.

— C'est ainsi que vous osez parler à un officier? Sa voix tremblait.

— Officier de mes couilles, dit l'artilleur.

Il y eut des rires, puis des huées. Le petit commandant ouvrit la bouche pour répondre. Les huées redoublèrent. Le petit commandant se retourna, baissa la tête et continua d'avancer.

Il y eut de nouveau un arrêt. De nouveau Maillat buta
sur l'homme qui était devant lui. L'homme se retourna,
et au grand étonnement de Maillat, lui sourit.

— C'est pire que le métro, hein?

— Tiens, tu es de Paris?

L'homme se mit à rire.

— Non, je suis de Béziers, mais je connais quand même
le métro.

On avançait derechef.

— La différence, dit l'homme en tournant légèrement
la tête du côté de Maillat, c'est que, dans le métro, on ne
risque pas de recevoir des bombes sur la gueule.

— Oui, je n'arrive pas à comprendre pourquoi ils bom-
bardent les bateaux et pas nous.

— Je m'en plains pas, dit l'homme.

Il leva la tête.

— Tu te rends compte du dégât que ça ferait, deux ou
trois crottes de Stukka sur toute cette masse.

— Ça viendra peut-être.

On avançait un peu plus vite maintenant. Il y avait un
peu de vide entre les hommes. Maillat dépassa le petit
commandant aux cheveux blancs et lui jeta un coup d'œil
en passant. Il marchait la tête basse, et Maillat vit une
larme couler sur son visage basané.

Maillat marcha encore quelques mètres, et la foule
redevint dense tout d'un coup. Il avançait les coudes au
corps, les mains placées en avant de lui. Il y eut une bousculade subite, et Maillat tomba sur l'homme qui se trouvait à sa droite.

— Pardon, dit-il en se retournant.

L'homme avait les yeux fermés et paraissait dormir. Il
était âgé d'une soixantaine d'années environ. Son visage
était maigre, semé de poils blancs. Il était revêtu d'un
extraordinaire uniforme vert pomme avec des boutons de
métal sombre, et une casquette plate, rigide, décorée de

deux lettres dorées sur le devant. Sa vareuse était beaucoup
trop longue pour lui, et son pantalon retombait sur ses
chaussures. Il marchait les yeux fermés et paraissait
dormir.

Maillat chercha des yeux l'homme de Béziers et ne le vit
plus. Il prit une cigarette dans sa poche et l'alluma. A ce
moment il sentit que quelqu'un le regardait sur la droite.
Il tourna la tête. C'était l'homme à l'uniforme vert pomme.
Il avait les yeux grands ouverts et regardait Maillat avec
une intensité gênante. Ses yeux étaient noirs et brillants.

— Je ne dormais pas, dit-il d'un ton de défi.

— Non? dit Maillat.

— Non, dit l'homme agressivement. Ça ne me change
pas, d'ailleurs. Je ne dors jamais.

Sa vareuse était si longue que ses mains disparaissaient
dans ses manches.

— Non, répéta-t-il avec emphase, je ne dors jamais.

Il retroussa sa manche, enfouit sa main dans sa poche,
en retira un morceau de papier-journal qu'il déplia et qui
contenait quelques bribes de tabac. Il sortit une pipe d'une
autre poche, et tout en marchant, se mit à la bourrer. Il y
avait quelque chose de solennel dans ses mouvements.

— Non, Monsieur, affirma-t-il de nouveau, je ne dors
jamais.

Il y eut une bousculade, et il s'affala sur Maillat qui le
remit sur pied.

— Qu'est-ce que vous faites dans le civil? reprit
l'homme dès qu'il eut repris son équilibre.

— Pas grand-chose.

— Ce n'est pas un métier, dit l'homme avec mépris.
Puis il ajouta d'un air confidentiel.

— Moi, dans le civil, je suis militaire.

Il fit une pause et dit solennellement :

— Je suis gardien.

— Et qu'est-ce que vous gardez au juste? dit Maillat.

L'homme se pencha en avant et le regarda d'un air malin :

— Des fous.

Il se tapota le front plusieurs fois avec l'index.

— Vous comprenez?

— Je comprends, dit Maillat en souriant.

Combien sont-ils, pensa Maillat, à errer ainsi sur les routes?

— Et alors, ajouta-t-il, qu'est-ce que vous êtes venu faire ici?

L'homme le regarda comme s'il doutait de sa raison.

— M'embarquer, tiens! Qu'est-ce que vous croyez?

Maillat éclata de rire.

— Pourquoi riez-vous? demanda l'homme avec une brusque fureur.

Juste comme Maillat tournait la tête pour répondre, il y eut de nouveau une bousculade, et quand Maillat reprit pied, l'homme à l'uniforme vert pomme n'était plus à ses côtés.

— Comme on se retrouve! dit une voix à son oreille.

C'était l'homme de Béziers. Il débordait de bonne humeur.

— Dis donc, ajouta-t-il, tu y crois, toi, aux bateaux? Moi, je vais te dire. Les bateaux, c'est un bateau.

On arrivait à un carrefour. Un officier anglais s'y dressait, si démesurément grand qu'il dominait la foule de toute la tête. Il faisait de grands gestes avec ses bras, et criait inlassablement en anglais d'abord, puis en français.

— Anglais à droite! Français à gauche!

Son ordre ne produisait aucun effet.

— On est encore en France, oui ou merde? dit l'homme de Béziers. C'est quand même pas un Anglais qui va me dire ce que je dois faire.

— Je vais lui parler, dit Maillat.

— Anglais à droite! Français à gauche!

— Ta gueule! hurla l'homme de Béziers.

Maillat s'approcha. L'officier anglais n'était pas si grand. Il était juché sur un de ces petits socles de bois qui servaient de plates-formes aux M. P. anglais pour faire la police des routes aux croisements. Maillat leva la tête vers lui.

— Savez-vous, demanda-t-il en anglais, si on embarque des Français ici?

L'officier abaissa les yeux sur lui l'espace d'un éclair, et les releva aussitôt.

— Anglais à droite! Français à gauche!

Il avait relevé les yeux si vite que Maillat se demanda s'il l'avait vu.

— Je vous demande, répéta-t-il, si on embarque des Français ici?

De nouveau l'Anglais abaissa les yeux, et Maillat eut l'impression que son regard le traversait comme si son corps avait été transparent.

— Anglais à droite! Français à gauche!

— Je vous pose une question, dit Maillat. Voudriez-vous être assez bon pour y répondre?

Cette fois, l'Anglais baissa les yeux, et parut voir Maillat.

— Oh! dit-il.

Il ajouta d'un ton neutre :

— Vous parlez très bien l'anglais.

Maillat hésitait. Il essayait de se rappeler comment un Anglais, à sa place, aurait réagi à un compliment.

— Oh! dit-il enfin, j'arrive tout juste à balbutier quelques mots.

— Anglais à droite! Français à gauche! reprit l'Anglais.

Mais Maillat sentit clairement qu'il avait marqué un second point.

— Pourriez-vous me dire, répéta-t-il, si on embarque des Français ici?

Il n'y eut pas de réponse. L'officier anglais agitait les bras comme un policeman à un carrefour. Avec ses yeux bleus, ses traits réguliers, ses joues imberbes, il avait l'air grave et juvénile. Il ne paraissait aucunement découragé par le peu d'effet que ses ordres produisaient. Plusieurs secondes s'écoulèrent, puis il abaissa de nouveau les yeux vers Maillat.

— Où avez-vous appris votre anglais?

— En Angleterre.

— Oh! dit l'Anglais.

Il reprit aussitôt :

— Anglais à droite! Français à gauche!

Maillat attendit. L'Anglais semblait l'avoir tout à fait oublié. Il avait sorti un grand mouchoir kaki de sa poche et s'épongeait le cou d'un air rêveur. Tout d'un coup il se mit à murmurer quelque chose entre ses dents. Maillat prêta l'oreille.

— Whether 'tis nobler in the mind to suffer the...

Il s'arrêta. Il paraissait chercher un mot dans sa mémoire.

— Slings, dit Maillat.

— Je vous demande pardon? dit l'Anglais en abaissant les yeux sur lui.

— Slings.

— Slings? répéta l'Anglais en levant les sourcils.

— The slings and arrows of outrageous fortune.

L'Anglais regarda Maillat d'un air stupéfait et sauta brusquement à bas de son socle.

— Shake hands! Shake hands! s'écria-t-il avec pétulance.

Maillat lui serra la main. Ils se dévisagèrent un instant en silence.

— Je m'appelle Gabet, continua l'Anglais en faisant de visibles efforts pour reprendre son impassibilité, capitaine Leonard Hesley Gabet.

Il se présentait dans les règles maintenant. Maillat sourit.

— Je m'appelle Maillat. Sergent Julien Maillat.

— Sergent? dit Gabet en levant les sourcils, sergent? Vous êtes vraiment sergent?

— Certainement.

— Vous voulez dire que vous n'êtes pas officier?

— Non.

— Et vous êtes vraiment sergent?

— Oui.

Gabet éclata de rire. C'était un véritable rire d'enfant, irrésistible, interminable, qui le pliait en deux, le faisait rougir jusqu'aux oreilles, lui amenait des larmes aux yeux.

— Excusez-moi, dit-il enfin en reprenant son souffle, excusez-moi, mais c'est vraiment trop drôle!

— Qu'est-ce qui est drôle?

— C'est la meilleure plaisanterie de la journée!

Il y en a donc eu d'autres! pensa Maillat.

— Imaginez! disait Gabet, imaginez!

Il reprenait son calme par degrés.

— Imaginez! Un sergent citant Shakespeare!

Il parut sur le point de recommencer à rire, mais se domina.

— Cela n'a rien d'extraordinaire. Je ne suis pas sergent dans le civil.

— Oui, dit Gabet, la conscription. Et maintenant que j'y pense, même chez nous, il doit arriver des choses de ce genre.

— Anglais à droite! Français à gauche! reprit-il aussitôt.

« Je sais, dit-il en remontant sur son socle, la conscription... Mais même avec cette damnée conscription vous avez été battus, finalement.

— Dites donc, dit Maillat vivement, il me semble que vous aussi, vous avez été battus.

Il y eut un silence. L'Anglais avait l'air surpris et paraissait réfléchir.

— En effet, finit-il par dire d'un ton poli, nous aussi, nous avons été battus.

Mais Maillat eut l'impression que c'était bien la première fois que cette idée se présentait à lui, et que même maintenant, il ne l'accueillait pas sans réserves.

— Anglais à droite! Français à gauche!

Il criait maintenant à une cadence plus rapide, comme s'il eût voulu rattraper le temps perdu. Maillat jeta un coup d'œil sur la foule. Les ordres de Gabet ne produisaient pas plus d'effet qu'auparavant. Comment faisait-il pour ne pas s'en apercevoir?

— Il y a une heure que je suis ici, dit Gabet, et tous les officiers français qui sont passés devant moi m'ont insulté. Tous, sans exception. Je n'ai jamais été tant insulté de ma vie.

— Je regrette, dit Maillat.

C'était encore un « maître mot », apparemment. Le visage de Gabet se détendit comme par enchantement. Il regarda Maillat avec une sympathie juvénile.

Fendant la foule, un tommy s'approcha, fit trembler son avant-bras à la hauteur de ses sourcils, posa une question à Gabet. Il parlait avec un accent si particulier que Maillat ne saisit pas ses paroles.

— Certainement, dit Gabet d'un ton paternel, vous pouvez être tranquilles, vous embarquerez tous jusqu'au dernier.

Le tommy s'éloigna. Maillat leva la tête.

— J'aimerais que vous puissiez m'en dire autant. C'est précisément cela que j'étais venu vous demander.

Gabet sourit, hésita, puis prononça comme à regret :

— J'ai bien peur que non. Ici, on n'embarque que des Anglais.

Enfin! pensa Maillat, enfin, une réponse! Et il n'avait pas fallu moins d'un quart d'heure de conversation pour l'obtenir. Un quart d'heure de conversation, et une citation de Shakespeare.

— Au revoir, dit-il.

Il pivota sur ses talons. Il n'avait pas fait deux mètres qu'il s'entendit appeler.

— Mister Maillat! Mister Maillat!

Il se retourna, revint sur ses pas.

— Ecoutez, dit Gabet, je peux faire quelque chose pour vous... — Je pense, reprit-il, que je peux faire quelque chose pour vous. Allez au bureau d'embarquement et demandez le capitaine Feery. Je suppose qu'il pourra peut-être s'occuper de vous.

— Le bureau d'embarquement?

— Suivez tout droit jusqu'à la plage, tournez à gauche, c'est à soixante yards environ, une villa rose.

— Vous dites le capitaine?...

— Feery, Gerald Feery. Il est facile à reconnaître, c'est l'officier le plus petit de son bataillon.

— Il est vraiment si petit?

— Oh! non, dit Gabet, il n'est même pas petit du tout, mais les officiers de son bataillon sont tous très grands.

Maillat se mit à rire. Gabet le regarda avec surprise, puis se mit à rire à son tour. Il rit comme il avait fait précédemment, en pouffant et en gloussant comme un écolier.

— Well, dit-il en reprenant d'un coup toute sa dignité, il est à peu près aussi grand que vous, et il porte une petite moustache, genre brosse à dents.

— Au revoir.

— Au revoir, Mister Maillat.

Maillat replongea dans la foule. Derrière lui, il entendit Gabet reprendre inlassablement :

— Anglais à droite! Français à gauche!

Il se retourna. Gabet faisait de larges gestes avec ses bras. Avec ses yeux candides et son teint de jeune fille, il avait l'air de l'ange qui, dressé à la porte du Paradis, met de l'ordre parmi les morts, et désigne les Elus. Et les Elus, pensa Maillat, sont tous anglais aujourd'hui.

Il s'était attendu à voir un petit port, des quais, ou du moins une jetée qui pourrait servir d'embarcadère, de grands transports accostés, les hommes y grimpant par des passerelles. Il vit une immense plage, s'étendant à droite et à gauche à perte de vue. Une plage de station balnéaire, en contrebas de villas coquettes qu'un petit mur de soutènement protégeait des gros temps. Les transports étaient des cargos incroyablement petits et vétustes. L'un d'eux portait même sur son flanc gauche un système antique de roue à palettes. Deux torpilleurs minuscules croisaient à courte distance.

Sur la plage, des tommies attendaient, debout, en longues files parallèles. Plus loin, sur la gauche, hors du champ d'embarquement, des Français étaient massés en groupes compacts. Anglais à droite, Français à gauche! Par quel miracle l'ordre que criait Gabet, si peu efficace au carrefour, était-il devenu ici une réalité?

La mer resplendissait au soleil, calme comme un lac. Trois ou quatre petites barques vertes faisaient lentement la navette de la plage aux cargos. Elles chargeaient à chaque fois péniblement une demi-douzaine de tommies. Maillat les regarda avec ahurissement. Comment espérait-on, à cette cadence, embarquer une armée?

Un vrombissement familier lui fit lever la tête. Trois par trois, les Stukas arrivaient. Ils volaient très haut et se mirent à décrire de grands cercles juste au-dessus de lui, semblait-il. Un des petits torpilleurs qui s'étaient empannés près de la côte, démarra brutalement, piqua vers le large en faisant des zigzags, laissant derrière lui un profond sillage. L'instant d'après, la D. C. A. se déchaîna.

Elle tirait de partout, des torpilleurs, des cargos, de la plage, du toit des maisons. Le vacarme était assourdissant.

Le ciel bleu se piqua en un moment d'une multitude de petits nuages blancs, qui surgissaient à quelques centimètres, aurait-on dit, derrière les escadrilles, les suivaient à la trace, puis se diluaient dans l'air un à un. Tout à coup un hurrah frénétique jaillit de la plage. C'étaient les chasseurs canadiens. Chose curieuse, ils avaient surgi du côté de la terre, comme si leurs bases avaient été à l'est. Aussitôt, la formation de Stukas s'ouvrir, se déploya gracieusement en corolle comme une fleur gigantesque, se scinda en deux. Une partie s'étira dans la direction des chasseurs. L'autre parut se contracter, se rétrécir, et piqua droit vers la mer.

Il y eut un instant de silence. La D. C. A. de la plage s'était tue. On n'entendait plus, au loin, que les canons automatiques des torpilleurs. Maillat leva les yeux. Il les abaissa aussitôt. Le soleil était aveuglant. D'ailleurs, la chasse volait tellement haut qu'elle était à peine visible. Si des combats se poursuivaient là-haut, du côté du soleil, on ne les entendait même pas.

Soudain Maillat se sentit vivement saisir par le bras.

— Gaffe! dit une voix tout près de lui, gaffe!

C'était un petit biffin, osseux et décharné. Il tremblait d'excitation et regardait la mer avec des yeux exorbités.

— Gaffe! répéta-t-il, non, mais gaffe!

A chaque syllabe qu'il prononçait, sa pomme d'Adam remontait dans son cou maigre. Maillat dégagea son bras et regarda la mer.

Ce fut si rapidement fait qu'il lui fallut un moment pour se rendre compte de ce qu'il avait vu. Un trio de Stukas survolait un des deux torpilleurs qui couraient parallèlement à la côte. Soudain l'un d'eux se détacha, piqua du nez, fondit sur sa proie, redressa tout aussitôt. Maillat vit trois petits objets se détacher de lui. L'homme de Béziers avait vu juste. Cela ressemblait de loin à trois petites crottes. Trois petites crottes inoffensives d'un gigantesque oiseau. Maillat vit des gerbes jaillir autour du torpilleur. Mais déjà le second Stuka amorçait son virage, se laissait glisser sur l'aile avant de piquer. Cette fois-ci, il y eut un coup sourd. Une flamme jaillit du torpilleur. Il s'immobilisa. Puis le troisième Stuka fondit à son tour. De nouveau on entendit un coup sourd. Le torpilleur donna de la bande, parut un moment se redresser, puis, comme épuisé par son effort, se coucha sur le flanc.

Maillat se sentit de nouveau saisir par le bras. C'était le petit biffin décharné. Il trépignait, mordait ses doigts, et une flamme bizarre brillait dans ses yeux.

— Il l'a eu dans le cul! disait-il au comble de l'excitation. Il l'a eu dans le cul!

— C'est un anglais? demanda Maillat en dégageant son bras.

— Non, dit une voix calme derrière son dos, c'est un français, j'ai bien remarqué son pavillon quand il était près de la côte.

— Il l'a eu dans le cul! répéta le biffin.

Il y avait comme un air de triomphe dans toute sa personne.

— On dirait que ça te fait plaisir? dit Maillat hostilement.

— Laisse, dit la même voix calme derrière lui, il est cynoque.

— Il l'a eu dans le cul! dit le petit biffin d'une voix stridente.

Brusquement une clameur s'éleva. Un des Stukas avait dû être blessé par la D. C. A. du torpilleur. Il revenait vers la terre péniblement. Il volait bas, à faible vitesse. On aurait dit qu'il se traînait dans l'air. De tous les coins de la petite ville une fusillade rageuse éclata. Mais les hurlements de la foule la dominaient presque.

Maillat sentit son cœur sauter dans sa poitrine. Il crispa les poings. Il aurait donné dix ans de sa vie pour abattre

cet avion. Il jeta un coup d'œil autour de lui, chercha une
arme. Un tommy, à deux pas de lui, épaulait un fusil.
Maillat faillit le lui arracher des mains. Le tommy tirait
si vite qu'il prenait à peine le temps de viser. Qu'il
l'atteigne! pensa Maillat avec ferveur, que l'autre s'écrase
sur nos têtes, que ses occupants soient réduits en bouillie,
et moi avec eux, qu'importe! Le Stuka volait si bas que
le grondement de haine de la foule devait monter jusqu'à
lui. Il avançait d'une façon curieusement hésitante, et
comme il se balançait d'une aile sur l'autre, il avait l'air
de ramer. Qu'il crève! pria Maillat avec ferveur. Bon
Dieu! qu'il crève! En passant au-dessus de la plage, le
Stukka se mit à tanguer plus fort. Les mitrailleuses et les
fusils crachaient sur lui de tous côtés. Un cri immense,
inhumain jaillit de la foule. L'avion parut s'immobiliser
comme si son hélice soudain n'arrivait plus à mordre dans
l'air, et Maillat, l'espace d'une seconde, eut l'impression
absurde qu'il reculait. Puis subitement, il reprit de la
vitesse, disparut derrière les maisons. La fusillade s'éteignit.

Le silence qui suivit était si profond qu'il paraissait
presque anormal. Maillat se sentit déçu, surpris, irrité
contre lui-même. Il avait désiré donner dix ans de sa vie!
L'espace d'une seconde, il l'avait même désiré de toutes
ses forces! Qu'est-ce qu'il y avait donc au fond de la guerre
de si fascinant?

Il était immobile, et bien qu'il fût en manches de chemise, il avait si chaud que la sueur perlait sur son front. Il
leva les yeux, et aperçut sur sa gauche ce qu'il cherchait.
La villa dont avait parlé Gabet était là, toute rose, flam-
bant au soleil. Il entra. Il n'y avait pas de vestibule. La
villa s'ouvrait directement sur la promenade par une
grande pièce vitrée qui devait servir à la fois de salle à
manger et de salon. Les murs étaient peints à neuf en
couleurs claires, et une grande glace sur une cheminée

renvoya à Maillat son image. Il se rappela qu'il s'était
regardé dans une glace le matin même, dans la maison où
il avait tiré sur le rat.

Cette maison-ci n'avait pas l'air d'avoir souffert. Elle
n'avait même pas été pillée. Les propriétaires avaient dû
depuis longtemps faire enlever une partie des meubles,
et ceux qui restaient — une petite table, deux fau-
teuils, trois ou quatre chaises — étaient méticuleusement
rangés.

Maillat entendit des voix dans la pièce voisine. Il ouvrit
une porte. C'était une cuisine minuscule, assez sombre.
Un tommy, debout devant un fourneau, agitait des casse-
roles. Il tournait le dos à Maillat. Un autre tommy, dont
les cheveux roux flambaient dans la demi-obscurité, était
assis tout raide au bord d'une chaise devant une table de
bois blanc. Il tenait à la main une petite tasse, et tout en
fumant, en buvait le contenu à petites gorgées. Une bonne
odeur de thé et de cigarette anglaise régnait.

— Bonjour, dit Maillat.

— 'jour, dit l'homme aux cheveux roux, comme si
prononcer deux syllabes avait constitué un effort au-dessus
de ses forces. L'homme du fourneau ne s'était même pas
retourné.

Maillat avança d'un pas dans la pièce, referma la porte
derrière lui. L'homme roux se remit à alterner bouffées et
gorgées, comme si sa vie eût dépendu de l'accomplissement
scrupuleux d'un rite. Toute sa personne annonçait que ce
n'était pas là simplement une collation légitime après de
durs travaux, mais quelque chose de beaucoup plus important, une sorte de repos sacré. Pourtant, il se tenait
très raide au bord de sa chaise, le torse bombé, les épaules
droites, comme à l'exercice. Ses cheveux rouges étaient
rasés très courts au-dessus de l'oreille.

— Est-ce que je pourrais avoir une tasse de thé?
demanda Maillat.

L'homme roux regarda dans le vide d'un air de dignité outragée.

— Je ne suis pas le faiseur de thé, dit-il d'un ton sec.

Au mouvement qu'il fit pour porter la tasse à ses lèvres, Maillat vit sur sa manche l'insigne doré des adjudants anglais. Un silence tomba.

C'était l'homme du fourneau, apparemment, le « faiseur de thé ». Mais on ne voyait que son dos. C'était difficile de s'adresser à un dos.

— Est-ce que je pourrais avoir une tasse de thé? répéta Maillat, en faisant un effort qui lui parut ridicule pour lancer sa voix dans sa direction.

L'homme du fourneau se retourna.

— Est-ce à moi que vous parlez?

Il souriait. Son visage était jeune, agréable, couvert de taches de rousseur.

— Oui.

— Oh! dit l'homme.

Il pivota sur ses talons et se retrouva devant son fourneau.

Le silence retomba. Rien de notable ne parut se produire pendant quelques secondes. L'homme roux s'était remis à alterner bouffées et gorgées scrupuleusement. Il tenait toujours le torse raide, et son visage était sans expression. On entendait un bruit de casserole venir du fourneau. Qu'avait-il voulu dire, celui-là, avec son « oh »? C'était un refus ou une acceptation? La pause dura si longtemps que Maillat fut sur le point de s'en aller.

— Voici, Monsieur, dit l'homme du fourneau en se retournant.

Il lui tendait une tasse de thé sur une soucoupe. Il avait dit « Messié » en français, et son visage était souriant.

— Merci, dit Maillat.

Il but une gorgée, fit la grimace.

— Vous n'avez pas de sucre?

— Je crains que non, dit l'homme du fourneau. Il ajouta en français « C'est la guerre! » et se mit à rire aux éclats comme s'il venait de dire quelque chose d'extrêmement drôle. Il prononçait « guéeu » comme une diphtongue.

L'homme roux n'avait pas daigné lever les yeux. Il continuait à boire et à fumer. Maillat se tourna vers lui.

— Pourriez-vous me dire où je trouverai le capitaine Feery?

— 'nais pas, dit l'homme roux.

Maillat se remit à boire. Il n'y avait pas de doute cependant. C'était bien ici la seule villa rose de la promenade. C'était impossible qu'aucun de ces deux hommes ne connût Feery.

— Est-ce que vous pourriez me dire, répéta Maillat en faisant effort comme précédemment pour lancer sa voix dans la direction du fourneau, où je pourrais trouver le capitaine Feery?

L'homme se retourna.

— Est-ce à moi que vous parlez?

— Oui.

— Oh! dit l'homme.

— Je vous demande si vous connaissez le capitaine Feery.

— J'ai entendu.

— Et alors, vous le connaissez?

— Je pense que je peux dire que je le connais, dit l'homme.

« En fait, ajouta-t-il au bout d'un moment, je suis son ordonnance.

Maillat le regarda avec étonnement. Est-ce qu'il n'aurait pas pu le dire plus tôt? Mais apparemment, c'était une règle pour lui de ne répondre qu'aux questions qu'on lui adressait personnellement.

— Alors, dit Maillat, il n'est pas là?

— Non, Messié, il est à son mess.

— Il y a donc un mess ici?

— Oui, dit l'homme d'un air de surprise peinée, pourquoi pas?

— Effectivement pourquoi pas?

— Ce n'est pas un très joli mess, dit l'homme avec une grimace.

— Non?

— In fact, dit l'homme, it's pretty messy.

Il se mit à rire, et Maillat rit à son tour. L'homme roux ne broncha pas.

— Mais c'est la gué-eu! dit l'ordonnance en riant de plus belle.

— Et qu'est-ce qu'il fait à son mess?

L'ordonnance le regarda du même air de surprise peinée.

— Il prend son thé.

— Ah bon! dit Maillat. Et pourriez-vous me dire quand il reviendra?

— Il est parti il y a vingt minutes.

— Alors, il va bientôt revenir?

— Oh! non, le capitaine Feery ne prend jamais moins de trois quarts d'heure pour son thé.

— C'est un homme qui boit lentement.

— Je ne dirais pas cela, dit le tommy d'un air de réfléchir sérieusement aux données du problème. Je dirais plutôt que c'est un homme qui boit vite, mais qui mange lentement.

— Je vois, dit Maillat en tendant sa tasse vide au tommy.

— Thank you, Sir, dit le tommy.

Il pivota sur ses talons, et se retrouva devant son fourneau. L'adjudant roux continuait à boire et à fumer. Il regardait dans le vide et son visage était sans expression.

Il régnait de nouveau dans la cuisine un silence de chapelle.

— Au revoir, dit Maillat en baissant involontairement la voix.

— 'rvoir, dit l'homme roux sans le regarder.

L'ordonnance du capitaine Feery ne se retourna pas. Maillat sortit, traversa la grande pièce déserte, se retrouva dans la rue.

Irrésistiblement, il regarda la mer. Elle était là, immobile, brillante sous le soleil, avec, à l'horizon, cette légère vapeur blanche des beaux temps. Elle fascinait. On ne voyait qu'elle. Tous les yeux se tournaient vers elle ardemment. Une si petite mer! Si petite qu'on l'avait franchie à la nage! Et elle s'étendait là, si calme, si accueillante, sous le beau soleil. Cela paraissait si facile d'atteindre l'autre bord! La pensée s'y élançait d'un bond, en une seconde. Et sur l'autre bord, un monde intact commençait. Sur l'autre bord, il y avait l'ordre, le calme, la sécurité.

Maillat observa un moment le va-et-vient des petites barques vertes qui venaient prendre les tommies pour les mener aux cargos. Pourquoi étaient-elles si petites? Si peu nombreuses? Ça n'avait pas l'air sérieux. On aurait dit qu'on jouait à l'embarquement.

Maillat sauta à bas du petit mur qui séparait les villas de la plage, se retrouva sur le sable, marcha vers la mer. Chaque fois qu'une barque vide s'approchait du rivage, il y avait toujours un peu de bousculade tout autour, beaucoup moins, pourtant, qu'il ne s'y serait attendu. Des tommies, dans leur hâte, entraient dans la mer. Ils se dirigeaient à la rencontre de la barque en levant les bras, avec cette allure un peu comique des gens qui marchent dans l'eau. Ils en avaient bientôt jusqu'au ventre. Ils continuaient d'avancer. Quand ils avaient atteint la barque, il leur fallait alors se hisser dedans en pesant sur elle des poignets. Elle enfonçait dangereusement à chaque coup. Mais c'était quand la barque était pleine que la manœuvre

difficile commençait. Il fallait la tourner vers le large,
l'éloigner rapidement, car d'autres tommies s'approchaient
à leur tour, menaçaient de tout submerger. Maillat remarqua un jeune officier très grand et très mince, portant l'insigne des « Guards ». Il était monté sans selle et sans
éperons sur un petit cheval bai, qu'il manœuvrait habile-
ment dans l'eau de façon à se trouver toujours entre la
barque pleine et les nouveaux arrivants. Comme les tommies avançaient toujours, il poussait son cheval sur eux.
Il les forçait à reculer sans violence. Mais les tommies
étaient nombreux, ils le débordaient par instants. Il revenait à la charge, leur coupait de nouveau la route, un
demi-sourire à peine un peu dédaigneux sur les lèvres.
Une fois ou deux, Maillat l'entendit dire « Get back!
Get back, you! », mais sans aucune violence, du ton de
voix patient et supérieur que l'on prend pour s'adresser
à des enfants. Il n'avait pas l'air de faire respecter une
consigne. Il avait l'air plutôt de se livrer à une sorte de
jeu taquin de grand frère.

Tout d'un coup la D. C. A. se mit à tonner. Maillat leva
la tête. Le ciel de nouveau se piquait de petits nuages
blancs. On ne les avait pas entendus venir, ceux-là. Ils
volaient très haut, en formation serrée, et soudain ils se
mirent à évoluer gracieusement, comme ils avaient déjà
fait, à se séparer, à se rejoindre, à se séparer de nouveau.
Ils glissaient sur l'aile, tournaient, amorçaient une des-
cente, remontaient, viraient, décrivaient des cercles, for-
maient des huit, puis, en triangle tout d'un coup, la pointe
en avant, prenaient un départ d'oiseaux migrateurs, l'inter-
rompaient, revenaient sur eux-mêmes, se divisaient de
nouveau. Cela ressemblait aux figures bien réglées d'un
ballet, d'un gigantesque ballet à deux mille mètres d'alti-
tude, une sorte de danse sacrée avant l'attaque.

Maillat sentit un picotement désagréable derrière la
nuque, dans son dos, le long de son bras. C'étaient comme

de petites aiguilles chaudes qui s'enfonçaient dans sa chair, il n'aurait su dire où exactement, et qui se déplaçaient sans cesse. Ce n'était pas douloureux, et pourtant, c'était à peine tolérable. Est-ce que j'ai peur? se demanda-t-il avec étonnement. Et soudain il eut envie de sortir de la foule à tout prix, de s'éloigner, de se mettre à courir il ne savait où, à toutes jambes. Il se contraignit à rester immobile, et à la peine que cela lui coûta, il mesura sa panique. Est-ce que je deviens lâche? se demanda-t-il avec angoisse. Ses jambes tremblaient, et en passant la main sur son visage, il s'aperçut qu'il dégouttait de sueur. Il se mit en marche lentement, en tournant le dos à la mer. Il s'obligeait à compter ses pas, à maintenir son corps rigide. Ça va passer, pensa-t-il, j'ai déjà connu ça. Mais ça ne passait pas. Ça ne l'avait jamais pris si fort. A l'intérieur de son corps rigide il se sentait faible et mou comme un ver. Tout d'un coup son cœur se mit à battre. Il l'entendait sonner dans sa poitrine à grands coups sourds. Et il avait l'impression que sa poitrine allait se rompre sous la force de ces coups.

Il s'arrêta au petit mur de soutènement qui séparait la plage de la promenade. La D. C. A. continuait à tirer dans un vacarme assourdissant, mais là-haut les Stukkas évoluaient toujours. Ils n'avaient pas fini leur danse sacrée. Il n'y avait pas de danger pour le moment. Et pourtant, pensa Maillat, j'ai peur, j'ai bel et bien peur. Il s'efforçait de prendre un ton gaillard, d'ironiser sur lui-même. Mais ses jambes tremblaient. Il s'appuya d'une main sur le mur de soutènement et urina. Il se sentit mieux, sortit une cigarette de son étui. En approchant la flamme de son briquet, il s'aperçut que sa main, elle aussi, tremblait. Il la cacha dans sa poche. L'envie de courir le reprit, irrésistible. J'ai peur, pensa-t-il, j'ai atrocement peur. Il pensa qu'il ferait peut-être mieux de se détendre, de se laisser aller. Il grimpa sur la promenade, et se mit à marcher plus vite. Mais ses oreilles se mirent à bourdonner, et sa vue se troubla.

Il s'arrêta de nouveau, et sortant son mouchoir, s'épongea le visage. Est-ce que je suis un lâche? se demanda-t-il avec dégoût. La cigarette lui sablait la gorge. Il la voyait trembler au bout de ses lèvres. Il la jeta. Puis il crispa les deux poings dans ses poches, et fit effort pour prendre une inspiration profonde, mais comme il baissait la tête pour expirer l'air, il aperçut ses jambes. Elles tremblaient. Il les voyait trembler sous sa culotte de cheval. De la hanche à la pointe des pieds, elles étaient agitées d'un interminable frisson.

Maillat jeta un coup d'œil anxieux autour de lui. Personne ne le regardait. Il sentit la sueur ruisseler dans son dos entre les omoplates.

Un sifflement perçant domina le vacarme de la D. C. A., déchira l'air. Maillat fit un bond, s'aplatit sur le sol. Le sifflement grandit avec une intensité vertigineuse. Maillat s'appuya désespérément sur le sol. Il y eut un coup éclatant suivi de plusieurs roulements en cascade. Le sol trembla.

— Cette fois, dit une voix, ce n'est pas pour les bateaux, c'est pour nous.

Maillat se releva. On voyait une fumée noire émerger d'une maison à une vingtaine de mètres. Brusquement des flammes jaillirent. C'est bien pour nous, pensa Maillat. Il chercha des yeux un abri. Les villas étaient des constructions si légères qu'elles n'offraient pas un abri bien sérieux. Elles protégeraient des éclats, malgré tout. Il vit une large porte qu'un rideau de fer barrait à demi. Il s'y glissa. C'était un garage minuscule. Une voiture civile, montée sur cales et recouverte en partie d'un vieux drap jauni, le remplissait presque entièrement. Maillat fit retomber le rideau de fer, jeta un coup d'œil autour de lui. Il était seul. Il poussa un soupir d'aise. Déjà, de n'être plus dans la foule, il lui semblait qu'il courait moins de risque. Il contourna la voiture, atteignit le fond du garage, s'adossa contre le mur. Il alluma une cigarette. Il put tirer quelques bouffées. Ses jambes ne tremblaient plus.

C'étaient les nerfs maintenant qui lui faisaient mal. Le vacarme dehors était devenu si puissant qu'il dépassait presque ce qu'un organisme d'homme pouvait supporter. Maillat appliqua les deux mains sur ses oreilles. Mais cela ne changeait rien. C'était dans tout son corps que cette masse énorme de bruit retentissait. Il n'avait plus peur, mais il se sentait ébranlé, secoué, vidé par le bruit. Il se demanda si le son, comme le souffle, n'était pas capable, à lui seul, de tuer.

Maillat s'assit dans l'angle du mur, derrière l'auto. Il remonta ses genoux jusqu'à son menton, les entoura de ses deux mains. Il regarda autour de lui. Les murs étaient en briques, naturellement. Le garage était bas, surmonté, il s'en souvenait maintenant, d'une terrasse, épaulée des deux côtés par des villas. Il devait résister au souffle. Et le rideau de fer était rassurant.

Quelques secondes passèrent. Maillat, une fois de plus depuis qu'il était arrivé sur la côte, se demanda si tout ce qu'il était en train de vivre n'était pas un rêve. C'était saugrenu d'être là, tout seul, dans ce garage inconnu, assis par terre, et fumant une cigarette en attendant la mort. C'était absurde, ça ne ressemblait à rien de sérieux. Maillat se souvint de son propre garage à Primerol. Il n'était guère plus grand que celui-ci, et en ce même moment, son auto à lui s'y trouvait, sur cales elle aussi, et recouverte également d'un vieux drap jauni, retenu aux quatre coins par des ficelles. Mais lui, il était là, dans ce garage inconnu, près de cette auto qui n'était pas à lui, assis dans un coin sans bouger, attendant la mort. Il regarda sa montre machinalement. Elle marquait 4 heures et demie. Il se rappela qu'hier soir encore il avait oublié de la remonter,

et la porta à son oreille. Malgré le vacarme de la D. C. A.,
il entendit nettement le tic tac des secondes. C'était un
petit bruit amical et familier qui lui parvenait de très
loin, une infinie petite pulsation qui lui disait que la vie
du monde n'était pas morte, que les heures, quelque part,
continuaient à couler, que l'espoir continuait à vivre.

Tout d'un coup, un sifflement plus fort le tassa davantage sur lui-même, lui coupa le souffle. Presque immédiatement il y eut un éclatement déchirant, un bris de vitres
tout proche, le garage trembla, et Maillat sentit sur la
nuque un choc violent qui l'affala en avant.

Quand il ouvrit de nouveau les yeux, il était à genoux
par terre, une main appuyée sur le pare-chocs arrière de la
voiture. Il se demanda ce qu'il faisait là, et essaya de se
relever. A son grand étonnement, il y réussit du premier
coup. Puis il sentit une raideur à la nuque, et se rappela le
coup qui l'avait projeté en avant. Il passa la main derrière
sa tête. Il ne saignait pas. Il s'appuya d'une main sur l'auto,
et se sentit soudain si mal à l'aise qu'il crut qu'il allait
vomir. Ses jambes recommençaient à trembler. Il s'adossa
à la voiture et ferma les yeux. Mais aussitôt tout se mit à
tourner autour de lui à une vitesse vertigineuse, et la
nausée devint plus forte. Il rouvrit les yeux, resta immobile un long moment, puis se décida à se remettre sur
pied. La sueur ruisselait sur son visage et dans son dos, et il
éprouvait une sensation de chaleur tellement vive qu'il
enleva sa mince chemise kaki. Il la roula en boule, et s'en
essuya le corps. A ce moment son regard tomba sur le
rideau de fer qui fermait le garage. Il ouvrit la bouche,
stupéfait. Sur toute sa longueur, le rideau était étoilé de
trous.

Maillat promena son regard autour de lui. Une multitude de petites déchirures claires montraient sur les murs
les points d'impact des éclats. La torpille avait dû éclater
dans la rue, à quelques mètres du garage. L'auto aussi

était criblée, le pare-brise en miettes. Maillat regarda à ses pieds, ramassa l'éclat qui l'avait étourdi. C'était un beau fragment concave, brillant et sombre, qui pesait bien une livre. Il avait dû traverser le rideau de fer, l'auto, puis frapper le mur au-dessus de lui, mais plus assez fort pour s'y loger. On en voyait la trace sur le mur, à hauteur de poitrine, à côté d'autres éclats qui, eux, avaient pénétré. Maillat n'arrivait pas à détacher son regard de ces trous. Il avait eu de la chance d'être assis. C'est à cela qu'avait tenu sa vie, à ce hasard infime. Quand il s'était assis, quelques secondes auparavant, il avait joué et gagné.

Le rideau de fer se releva en grinçant, et une petite forme trapue se dessina à contre-jour. Elle hésita une seconde, puis pénétra dans le garage. Maillat entendit le grincement du rideau qui retombait.

— Bon Dieu! dit l'homme en se retournant, c'est une passoire.

Il contourna l'auto, et comme il s'avançait vers le fond du garage, il s'arrêta net en apercevant Maillat.

— Tiens, dit-il, t'étais là, toi, et t'es pas mort?

— Tu vois.

— Et t'étais là quand elle a éclaté?

— Oui.

L'homme siffla entre ses dents. C'était un petit biffin, si petit qu'il en était vaguement comique. Il était sans casque, et quelques courtes mèches noires, poissées par la sueur, se dressaient en désordre sur sa tête. Deux énormes musettes lui grossissaient les hanches, écartaient de son tronc ses bras courts. Il portait un fusil mitrailleur à la bretelle.

— Remarque, dit-il, j'ai eu de la veine aussi, j'étais juste au-dessus de toi, sur la terrasse.

Il s'accota contre le mur, écarta sa musette du coude, retira de sa poche un petit carnet de job dont il détacha une feuille. Il colla le coin de la feuille entre ses lèvres.

— J'ai eu de la veine, répéta-t-il, et tandis qu'il parlait, la feuille de papier à cigarettes descendait et remontait entre ses lèvres.

La gaine du fusil mitrailleur, passée dans son ceinturon, retombait en plis grotesques devant son ventre. A en juger par sa tête, il devait être plutôt maigre, mais il avait tant de choses sur lui qu'il faisait l'effet d'être obèse. Malgré la chaleur, il était engoncé dans une vareuse dont tous les boutons étaient boutonnés, et dont le col mal taillé laissait voir une chemise sale et un chandail kaki. Et en plus, pensa Maillat, il doit avoir un gilet de flanelle sur la peau.

— Celle-là, dit l'homme en fouillant dans une autre poche, je peux dire que je l'ai vue tomber. J'ai eu que le temps de m'aplatir. Ça a fait zim! et j'ai bien cru que j'y avais droit.

Il sortit une blague à tabac, décolla la feuille de job de ses lèvres, et roula avec dextérité une cigarette minuscule qu'il tortilla ensuite des deux bouts. Puis il retira de sa poche un briquet qui ressemblait à un petit obus, et dont il fit jaillir une longue flamme fumante.

— C'est moi qui l'ai fait, remarqua-t-il d'un air modeste. Je le remplis qu'une fois par mois.

— Je le crois sans peine.

— Quoi?

— Je le crois sans peine, hurla Maillat.

Après une courte accalmie, le fracas assourdissant de la D. C. A. et des torpilles avait repris.

— Ne reste pas debout, hurla Maillat. Tu vois ce qui arrive... Du doigt, il désignait sur le mur les trous d'entrée des éclats. Le biffin les examina d'un air connaisseur, puis se disposa à s'asseoir. Cela prit un certain temps, parce qu'il lui fallut retirer le fusil mitrailleur de son épaule en passant la bretelle par-dessus sa tête, puis le caler entre ses pieds, enlever la gaine de son ceinturon, la déposer à

terre, et ramener les deux musettes gonflées sur son ventre.
Il se cala enfin contre le mur, son épaule touchant celle de
Maillat. Il avait les oreilles décollées, le nez pointu, un
visage anguleux, hargneux, vaguement comique. Ses
bandes molletières lui faisaient des mollets énormes dont
émergeaient des pieds étonnamment grands pour sa taille.

— J'suis de Bezons, dit-il au bout d'un moment.

« Ce qui m'embête, enchaîna-t-il aussitôt, c'est qu'avec
cette putain de retraite, j'ai perdu tous mes copains.

— Ils sont morts?

— Mais non, fit le petit biffin de sa voix hargneuse,
qu'est-ce que tu vas chercher là? Je les ai perdus. Ça s'est
passé dans la nuit. Je devais dormir en marchant, je me
suis trompé de route. Je me réveille. Ah ouiche! Plus personne, toute la compagnie envolée. Je l'ai cherchée, je
peux le dire. C'était presque tous des gars de Bezons dans
ma compagnie.

Un sifflement plus brutal l'interrompit. Il pencha la
tête en avant, mais sans abandonner sa cigarette, et son
visage prit une expression sérieuse et tendue, comme s'il
exécutait un travail difficile.

— Ça tape, hein?

— Oh! On s'en tirera, fit le petit biffin, exactement
comme il aurait dit : « On trouvera bien un joint pour
faire marcher la carriole. » Il suffisait d'un peu d'adresse
et de patience, voilà tout.

— T'en connais pas, toi, des gars de Bezons, dans ton
coin?

— Non.

Une accalmie avait suivi l'éclatement de la torpille.

— Depuis dix jours que je suis tout seul, continua le
biffin, tu peux pas t'imaginer ce que je m'emmerde.

— Dix jours?

— Oui, mon vieux, dix jours sur les routes tout seul,
et je ne savais pas où aller... Enfin, tout seul, c'est une

façon de parler... Sans personne que je connaisse, si tu préfères.

Maillat le regarda. Le petit biffin plissait le front et fronçait les sourcils, et malgré cela, il émanait de lui, on ne savait comment, quelque chose de vaguement comique.

— Qu'est-ce que tu faisais sur la terrasse?

— Je tirais, pardi!

Il ajouta comme pour lui-même :

— Aussi sec!

Il ramassa la gaine, la secoua soigneusement pour en faire tomber la poussière, et se mit à emmailloter le fusil mitrailleur avec des gestes de mère. Puis il le posa en travers sur ses genoux, et appuya sur lui les deux mains.

— J'ai plus de cartouches, ajouta-t-il, mais t'en fais pas, j'en trouverai, j'en ai toujours trouvé jusqu'ici, c'est pas ça qui manque sur les routes. Et j'ai conservé les chargeurs.

Il tapa sur une de ses musettes d'un air satisfait.

— Remarque, enchaîna-t-il, pour une bonne arme, c'est une bonne arme. Jamais enrayée, jamais d'ennui. Il faut te dire que j'ai été verni, je l'ai eue toute neuve, sortant du magasin, et je l'ai soignée, et puis toujours la même main, pas? Depuis le début de la guerre, je l'ai toujours eue. J'ai jamais laissé personne y toucher, même pas le lieutenant. Tiens, un jour il a voulu me la prendre pour tirer contre un con d'avion chleuh qui faisait du rase-mottes. « Ah pardon! je lui dis, c'est vous ou moi, le tireur? Parce que, si c'est vous, le v'là, le fusil mitrailleur, je m'en occupe plus, c'est vous qui le porterez. Mais si c'est moi, c'est à moi de tirer. » Il l'a eu mauvaise, tu penses, mais il n'a pas insisté. Remarque, les officiers, bons ou mauvais, je peux pas les blairer. Je serais plutôt anti-militariste, dans mon genre. Je l'ai pas raté, celui-là. « Si c'est moi le tireur, j'lui ai dit, c'est à moi de tirer. » Aussi sec.

— Tu as bien fait, dit Maillat.

Le petit biffin le regarda d'un air amical.

— Les copains, remarque, pour ce qui est de comprendre, ils ne comprenaient pas. Quand la retraite a commencé, ils se sont mis à me dire : « T'es con, Pinot » — je m'appelle Pinot, remarqua-t-il en regardant Mallat d'un air de défi — « t'es con, Pinot, ils me disaient, fous-le en l'air, ton F. M.! Pour ce qu'il te sert maintenant! Qu'est-ce que tu t'emmerdes avec ces dix kilos de ferraille toute la journée sur le dos? » — Voilà comment ils me parlaient, les copains! Mais moi, j'étais pas d'accord. — « Et les Stukas? » je leur disais. — Il faut te dire, ajouta-t-il d'un air modeste, que dans la Sarre, j'ai descendu un Stuka avec mon F. M. — « Ça ne vous fait rien », je leur disais, « d'être canardés comme des lapins sans rien faire pour vous défendre? » — « Nous défendre? » ils disaient. « Nous défendre? Laisse-nous rigoler! » Ça ne m'empêchait pas, dès que je voyais un avion chleuh, de lui en foutre une giclée. Eh bien, tu me croiras pas, les copains, ils m'engueulaient. — « Pinot! Sale con! » ils me disaient, « tu vas nous faire repérer avec ton F. M. Reste pas avec nous, si tu veux faire le zouave! » Voilà comment ils me parlaient, les copains! Des gars qui se disaient des hommes! Je me laissais pas faire, tu penses, j'leur répondais du tac au tac : « Vous avez peut-être des couilles au cul », j'leur disais, « mais ce sont sûrement pas les vôtres! » Aussi sec! On s'engueulait, quoi! Ça ne fait rien, j'aurais pas attendu ça d'eux. A la fin, ils pouvaient plus le piffer, mon F. M. : ils ont même essayé de me le piquer, une nuit. C'est salaud, quand même, tu avoueras.

Il reprit d'un air rageur.

— J'serais même pas étonné, quand je les ai perdus, qu'ils aient fait exprès de me semer.

Maillat le regarda du coin de l'œil. Il l'imaginait pendant les dix jours où il avait marché seul sur les routes, seul dans une cohue de soldats où il ne connaissait personne, dix jours sous un soleil de plomb, sous ce fourniment qui le tassait et le boudinait ridiculement, avec sa vareuse boutonnée jusqu'au col, son chandail, ses deux énormes musettes, ses molletières, et, sur l'épaule, ses dix kilos de F. M.! Et il avait cherché des cartouches pour continuer à tirer, et à chaque avion qui piquait sur la colonne, il avait lâché une rafale, sans que personne le lui commande, simplement parce que ça lui déplaisait, quand on lui tirait dessus, de ne pas répondre. Maillat regardait avec étonnement ce drôle de petit guerrier farouche qui continuait à faire la guerre, quand tout le monde y avait renoncé.

— Qu'est-ce que tu fais dans le civil?

— J'suis menuisier, dit Pinot.

Il ajouta en relevant son menton anguleux.

— Je travaille à mon compte, j'ai un petit commis. Oh! pour du boulot, j'avais du boulot! J'me plaignais pas, ma femme non plus. On était tranquille. Ce qui m'embêtait, c'est qu'on pouvait pas avoir de gosses. On en a vu, des médecins, pour ça, tiens! C'est ma femme, à ce qu'il paraît Elle est...

Il cherchait le mot.

— Stérile?

— Mais non, dit Pinot d'un air choqué, qu'est-ce que tu vas chercher là? Elle ne peut pas avoir d'enfants, voilà tout.

Un sifflement strident l'interrompit. Il pencha la tête en avant de l'air attentif et sérieux qu'il prenait chaque fois qu'une bombe allait tomber. On sentait qu'il devait penser : « Celle-là, c'est pas de la rigolade. Il va falloir faire attention. C'est pas du boulot tout cuit. » Il plissait le front en penchant la tête. Ses deux mains étaient ouvertes, immobiles, sur ses genoux. Il avait l'air sérieux et concentré. Et même alors, il émanait de son visage quelque chose de vaguement comique.

Ils attendirent une nouvelle bombe un long moment. Mais rien ne vint.

— Eh bien voilà! dit Pinot d'un air malin et satisfait, c'est fini maintenant.

Voilà! Le boulot était fini, maintenant. Il les avait bien couillonnés, les Fritz, finalement. Ils avaient voulu le tuer, les Fritz, avec leurs bombes, et ils avaient pas réussi. Ils savaient pas à qui ils avaient affaire, voilà! Lui, Pinot, menuisier-ébéniste, c'était pas le gars à se la laisser introduire. C'était pas un gars à se laisser avoir par un avion chleuh ou un nœud dans une planche. Minute. On le possédait pas comme ça, le gars Pinot.

— Tu viens?

Il était sur pied de nouveau, une musette sur chaque flanc, le fusil mitrailleur à la bretelle. Sa petite silhouette se détachait sur le mur du garage, trapue, boudinée, vaguement comique.

En relevant le rideau de fer, Maillat se rappela que dans cette cohue de soldats qui s'étirait sur dix kilomètres de côte, Pinot était seul maintenant et sans copain.

— Ecoute, dit-il, si tu veux, tu peux me rendre service. Il faudrait que tu ailles au Sana.

— Où c'est, le Sana?

— Tu tournes à gauche, tu longes la plage pendant un bon kilomètre. Le Sana est tout seul au bord de la mer, il n'y a pas à se tromper. Là, tu fais le tour jusqu'à la grille, et la première voiture à la droite de la grille, c'est là. Une ambulance anglaise. Et le type à barbe que tu verras faire la tambouille, c'est mon copain, Alexandre.

— Alexandre, dit Pinot, c'est facile à se rappeler.

— Tu lui diras que Maillat — Maillat, c'est moi — essaie de s'embarquer, et que s'il ne me voit pas ce soir, c'est que j'aurai réussi. (Et comme il le sait déjà, pensa Maillat, il sera d'abord un peu étonné que je lui envoie quelqu'un pour le lui dire.)

— Vu.

— Attends, tu lui diras aussi que tu es un copain à moi, et que je lui demande de te prendre à la popote à ma place.

Pinot eut l'air gêné.

— Je peux pas lui dire ça.

— Ça te plaît pas?

— Oh si! Mais de quoi j'aurai l'air, je peux quand même pas m'inviter, non?

Maillat sourit.

— Mais c'est moi qui t'invite, corniaud. Alexandre ou moi, c'est pareil.

— De quoi j'aurai l'air?

— Bon Dieu, dit Maillat, si j'avais un morceau de papier, je lui écrirais, à Alexandre.

— Ça va, dit Pinot, je ferai toujours ta commission.

Et Maillat sentit que ce n'était pas la peine d'insister, que Pinot ne dirait rien, qu'il ne consentirait pas pour un empire à « avoir l'air ». Ça n'avait pas d'importance, d'ailleurs. Alexandre comprendrait.

— Bon, dit-il, comme tu veux. Salut, alors.

— Salut.

*

— Qu'est-ce que vous désirez, Monsieur?

Maillat qui était en train de tourner sans succès le robinet d'eau de la cuisine, se retourna. Une petite jeune fille d'une quinzaine d'années se tenait debout dans l'encadrement de la porte, les deux bras croisés sur sa poitrine. Elle avait parlé d'un ton sévère, mais il était visible qu'elle n'était pas très rassurée. Maillat sourit. La sueur et la poussière avaient mis un masque sur ses traits, et quand il sourit, il le sentit craquer sur ses joues.

— Excusez-moi, dit-il, je suis entré pour me nettoyer un peu, je pensais que la maison était vide.

Il y avait donc encore des civils dans la petite ville! Il n'en avait pas vu trace tout à l'heure quand il l'avait traversée. Ils devaient se terrer dans leurs maisons, plus effrayés encore par tous ces soldats que par les bombes.

— C'est vrai? Vous n'êtes pas entré pour nous voler?

Maillat se mit à rire, et la jeune fille le regarda d'un air un peu confus.

— Si je vous dis cela, c'est parce qu'hier un soldat est venu, et il a emporté la moitié de nos provisions. J'ai voulu l'en empêcher, mais il m'a injuriée et menacée, et il est parti. Il avait un gros revolver comme vous à la ceinture.

— Rassurez-vous, dit Maillat, tout ce que je veux, c'est un peu d'eau pour me laver.

La jeune fille le regarda d'un air perplexe.

— C'est que les canalisations sont détruites. Nous en avons tout juste un petit peu pour boire et pour la cuisine. Pour nous laver, nous nous servons de l'eau d'un puits qui est saumâtre. Ça ne vous fait rien de vous laver à l'eau saumâtre?

— Au contraire, dit Maillat, le sel conserve.

Elle sourit, mais elle conservait encore un peu de méfiance dans son regard. Sans quitter Maillat des yeux, elle ouvrit un placard, prit une louche, la trempa dans un seau, et remplit une petite cuvette blanche qu'elle plaça sur l'évier.

— Tenez, dit Maillat, en débouclant son ceinturon et en le lui tendant, c'est vous qui garderez « le gros revolver ». Comme ça, si je deviens méchant, vous n'aurez qu'à tirer.

— Oh! dit-elle en relevant un petit menton à fossettes, je n'ai pas peur.

Maillat se pencha sur la cuvette. Il aurait préféré rester

seul pour se laver, mais la jeune fille ne faisait pas mine de quitter la pièce. C'était sans doute ici, dans un des deux placards, que le reste des provisions était rangé.

— Vous êtes seule?

— Oh non! dit la jeune fille vivement, il y a encore Antoinette et mes grands-parents. Ils sont dans la cave. Ils ne voulaient pas que je monte quand on a entendu votre pas au-dessus de nous, mais je suis montée quand même. Antoinette n'arrête pas de pleurer.

— Qui c'est, Antoinette?

— C'est ma sœur aînée. Elle est froussarde comme tout.

— Et vous, comment vous vous appelez?

La jeune fille hésita. Ça ne devait pas lui paraître très convenable de dire son prénom à un jeune homme qu'elle connaissait si peu.

— Jeanne, dit-elle enfin.

On était en guerre, après tout.

— Jeanne, dit Maillat.

Il se tut quelques secondes, et s'absorba dans son savonnage.

— Vous n'êtes pas fâché?

Maillat tourna vers elle sa figure couverte de mousse.

— Pourquoi?

— Parce que je vous ai pris pour un voleur?

— Qu'est-ce qui vous dit que je ne suis pas un voleur?

— Oh! Je le vois bien maintenant.

Elle était à demi assise sur la table, le ceinturon sur ses genoux et s'efforçait d'ouvrir l'étui du revolver.

— Je peux le retirer?

— Vous pouvez, il y a le cran de sûreté.

Elle considérait le revolver avec autant de convoitise qu'un jeune garçon.

— Comme il est lourd!

Elle le souleva des deux mains, et le tendit à bout de

bras dans la direction de Maillat. L'effort lui faisait froncer les sourcils, ce qui accentuait son air juvénile.

— Oh Jeanne! Tu ne vas pas le tuer quand même!

Maillat se retourna. Une autre jeune fille se tenait dans l'encadrement de la porte. Elle était un peu pâle et paraissait très effrayée.

— Mon Dieu, Antoinette, comme tu es gourde!

Jeanne déposa le revolver sur la table, et regarda Maillat en souriant. Le regard d'Antoinette allait de l'un à l'autre avec stupéfaction.

— Ne reste pas plantée là, dit Jeanne en tapant du pied. Va plutôt chercher une serviette.

Antoinette disparut.

— Vous n'avez pas eu peur pendant le bombardement?

— Oh! pas du tout, dit-elle.

— Moi si! dit Maillat en souriant.

Il écartait de son corps ses mains ruisselantes d'eau.

— J'étais dans un garage qui a reçu des éclats.

— Quel garage? Le garage qui fait face à notre maison? Mais c'est le garage de M. Tauzun! Pauvre M. Tauzun! Lui qui aimait tant son auto!

— Jeanne, je ne trouve pas! cria la voix d'Antoinette.

— Elle ne trouverait pas de l'eau à la rivière, dit Jeanne.

Elle disparut à son tour, et Maillat l'entendit qui chuchotait avec sa sœur dans la pièce voisine. Il jeta un coup d'œil autour de lui. La cuisine était d'une propreté méticuleuse. Sur la table qu'une toile cirée blanche, tendue par des baguettes, recouvrait, il remarqua une bouteille de vin à moitié vide. Un bouchon de fantaisie la fermait, sculpté en sa partie supérieure en tête d'homme lippue, joufflue, illuminée.

Jeanne reparut et lui tendit une serviette éponge qui sentait le thym. Antoinette suivait, chargée de brosses et d'un peigne. Elles étaient toutes les deux très minces, à peu près de la même taille, vêtues de robes identiques qui leur donnaient l'air d'être jumelles.

— Vous voulez un peigne?

Jeanne l'avait pris des mains de sa sœur, et le lui tendait.

— Vous pensez à tout, dit Maillat.

Il y avait un miroir suspendu à l'espagnolette de la fenêtre. Il s'en approcha.

— Comme vous avez de jolis cheveux, dit Jeanne.

— Jeanne! s'écria Antoinette d'un ton de reproche, et elle se mit à rougir.

— Je dis ce que je pense, dit Jeanne en haussant les épaules.

— Vous êtes gentille, dit Maillat gravement, vous êtes très gentilles toutes les deux.

Antoinette lui fit un petit sourire timide. C'était au tour de la brosse, maintenant. Comme elle avait fait précédemment, Jeanne l'enleva des mains de sa sœur, et la tendit à Maillat.

— Vous aussi, vous êtes gentil.

— Je n'en sais trop rien, dit Maillat. Vous m'avez bien pris pour un voleur tout à l'heure.

— Vous n'étiez pas débarbouillé, dit Jeanne.

« Et puis, ajouta-t-elle, je ne vous connaissais pas.

Maillat, le pied sur le barreau d'une chaise, faisait voler de sa culotte un nuage de poussière. Il s'arrêta, la brosse en l'air, et regarda Jeanne en souriant.

— Et maintenant, vous me connaissez?

— Oui, dit-elle.

— Je vous fais beaucoup de poussière.

— On pourrait ouvrir la fenêtre, dit Antoinette.

— Non, dit Jeanne avec décision, avec tous ces décombres, il y en a encore plus dehors qu'ici.

— Tenez, Monsieur, dit Antoinette.

Cette fois-ci, elle avait devancé sa sœur. Elle tendait à Maillat la brosse à chaussures.

— Merci, dit Maillat.

Il leur sourit.

Elles parlaient du bombardement maintenant. C'était surtout le sifflement de l'avion quand il piquait qui les avait impressionnées. On aurait dit que c'était vous précisément qu'il cherchait, qu'il se dirigeait sur vous méchamment, qu'il vous visait. Antoinette dit que la guerre était une chose horrible, et qu'elle ne comprenait pas comment les hommes avaient le courage de la faire.

— Ils ont aussi peur que vous, dit Maillat.

— Ça, ce n'est pas possible, dit Jeanne en agitant ses boucles, elle n'a pas arrêté de trembler et de pleurer tout le temps que ça a duré.

Antoinette se tourna vers Maillat.

— Quel dommage que vous ne soyez pas arrivé plus tôt. Il me semble que j'aurais eu moins peur.

Maillat déposa la brosse à chaussures sur le coin de la table.

— Tiens? pourquoi donc?

— Je ne sais pas... Peut-être parce que vous êtes militaire.

— Que tu es bête, dit Jeanne, les bombes tombent aussi sur les militaires.

— C'est même pour ça qu'ils sont là, dit Maillat.

Il se hâta de sourire, parce que les deux jeunes filles le regardaient avec étonnement. Il se sentait un peu triste à la pensée qu'il lui faudrait bientôt partir, que ces minutes si fraîches allaient cesser.

— Vous prendrez bien quelque chose?

Déjà Jeanne sortait un verre du placard, l'essuyait avec un torchon et retirant le bouchon de fantaisie de la bouteille de vin, l'emplissait aux trois quarts. Maillat alluma une cigarette en se disant qu'il partirait quand il l'aurait finie.

— Et l'auto de M. Tauzun, dit Jeanne, elle est très abîmée?

— Assez.

— Pourquoi riez-vous?

— Mais je ne ris pas. Je dis que l'auto est assez abîmée, c'est tout.

— Pauvre M. Tauzun, dit Jeanne, lui qui aimait tellement son auto!

Maillat but une gorgée de vin et tira sur sa cigarette. L'alternance des deux gestes lui rappela l'adjudant roux dans la petite cuisine.

— Cette fois, vous riez, dit Jeanne.

Il leur raconta la scène. Il la raconta un peu lentement, parce qu'il traduisait au fur et à mesure les répliques en français. Les deux jeunes filles se mirent à rire. Mon Dieu, pensa Maillat, j'avais presque oublié comme c'est agréable à entendre, un rire de jeune fille.

— Et alors? demanda Jeanne.

Comme les enfants, elle voulait connaître « la suite ».

— Et alors, c'est tout, dit Maillat. Ce n'est pas suffisant?

Antoinette était appuyée contre le chambranle de la porte, et jouait avec un petit collier de corail.

— Il faut que je parte, dit Maillat en tendant la main vers son ceinturon.

— Je vais vous le passer, dit Jeanne.

Elle sauta légèrement au bas de la table. Il baissa la tête pour lui permettre de passer le baudrier sur son épaule.

— Voilà, dit Jeanne, je vous arme chevalier!

Son visage était proche du sien, et ses boucles lui chatouillaient les joues.

— Vous n'êtes pas si pressé? dit Antoinette.

— Mais si.

Il y eut ce moment de gêne et presque de froideur qui précède les départs. Antoinette s'effaça de la porte pour laisser passer Maillat.

— Vous reviendrez? dit Jeanne.

— Peut-être.

— Demain?

— Jeanne! dit Antoinette d'un air de reproche.

— Si je suis encore là demain, oui.

Sur le seuil il se retourna et les regarda toutes les deux.

— Au revoir.

En pleine lumière leur ressemblance s'accusait. Il y avait maintenant sur leurs deux visages un air de gravité puérile.

— Au revoir, répéta-t-il.

Ce n'est que lorsqu'il eut plongé dans la foule qu'il s'étonna vaguement de n'avoir pas vu les grands-parents dont Jeanne lui avait parlé.

Les rues, où la poussière des décombres volait encore, étaient envahies de soldats qui marchaient ou couraient dans tous les sens. Maillat replongea dans la foule, et aussitôt il se sentit diminué, vidé, anonyme. C'était comme s'il n'eût plus eu de destin personnel devant lui tout d'un coup. Il était redevenu un homme kaki parmi les hommes kaki : ces hommes désignés d'avance pour tuer et être tués.

Arrivé sur la promenade, il regarda la mer comme il aurait regardé une vieille amie. Cela faisait du bien de la voir s'étendre et rutiler au loin, si calme, si belle. Elle lui rappelait ses vacances à Primerol, les bains, les longues courses en kayak sous le soleil.

Il s'aperçut qu'il était arrivé au bout de la promenade, là où sans transition la plage et les dunes commençaient. Il s'arrêta, étonné. Il n'avait pas vu la villa rose. Il se dit qu'absorbé par ses pensées il avait dû passer devant sans la voir. Il revint sur ses pas, en regardant les maisons une à une. Il parvint ainsi jusqu'au carrefour sans la découvrir. Elle était bien là tout à l'heure, pourtant, dans ce tronçon de promenade qu'il venait de parcourir. Quand il avait quitté Gabet au carrefour, c'était bien à gauche qu'il avait tourné. Il n'y avait donc pas d'erreur. Pour la troisième fois il refit le chemin parcouru.

Il avisa un Anglais, tête nue, qui se promenait paisiblement, les mains aux poches.

— Pourriez-vous me dire où se trouve le bureau de débarquement?

L'Anglais sortit une main de sa poche, et sans dire un mot, désigna une villa grise aux volets verts.

Maillat entra. Un officier, déjà assez âgé, le visage barré d'une petite moustache hérissée, était assis devant un guéridon. Il avait un crayon à la main et dessinait distraitement sur un buvard. Maillat compta trois étoiles sur sa patte d'épaule.

— Je vous demande pardon, dit Maillat, êtes-vous le capitaine Feery?

L'officier releva la tête et le regarda.

— Je suis, dit-il.

Il ajouta :

— Que puis-je faire pour vous.

Maillat lui expliqua ce qu'il désirait. Quand il eut fini, Feery prit le temps d'ajouter deux petites ailes à l'ange joufflu qu'il était en train de dessiner sur son buvard. Puis il passa l'index sur sa moustache, posa son crayon sur la table, et sortit un stylo de sa poche.

— Je vais vous faire un petit papier pour vous embarquer. Je suppose que ça suffira.

Maillat sentit son cœur battre plus vite. Il regarda Feery écrire sur une feuille de bloc-notes. Et il contemplait cette petite feuille blanche avec avidité, comme si une puissance infernale avait pu la faire disparaître avant qu'elle parvînt jusqu'à lui.

— Je suis déjà venu vous voir, dit-il au bout d'un moment. Vous n'y étiez pas. Et quand je suis revenu, je n'ai plus trouvé la villa rose.

Feery écrivait d'une petite écriture lente et soignée.

— Elle *était* à côté de celle-ci, dit-il sans relever la tête. Bonne idée de ma part d'être allé prendre mon thé.

— Il y a eu des morts?

— Deux, dont mon ordonnance.

Voilà la « suite », pensa Maillat, que Jeanne réclamait.

— I'm sorry, dit-il.

Feery s'arrêta et passa son index droit sur sa moustache.

— Oui, dit-il, c'est dommage. Le meilleur ordonnance que j'ai jamais eu. Sacrée mauvaise chance pour moi.

Il acheva d'écrire posément.

— Voilà, dit-il, et bonne chance, Mister Maillat.

Maillat salua et sortit. Il fit quelques pas sur la promenade et s'aperçut qu'il tenait la feuille de bloc-notes entre ses doigts depuis quelques instants et qu'il la regardait sans la lire. Il dut faire effort pour concentrer son attention. C'était une note sans cachet officiel, simplement datée et signée. Il y était dit que le sergent chef Julien Maillat, du Xᵉ Régiment d'Infanterie était autorisé à s'embarquer sur un navire anglais à destination de l'Angleterre. Maillat relut la note plusieurs fois. Etait-il possible que la liberté pût tenir dans ce petit carré de papier?

Une heure après, il put se convaincre qu'il n'en était rien. Il mit une heure, en effet, à présenter successivement la note de Feery à chacun des officiers qui sur toute l'étendue de la plage surveillaient les files de tommies. Il ne reçut partout qu'une réponse : ici nous n'embarquons que des Anglais.

Maillat se demanda si, en lui donnant ce papier, Feery ne s'était pas moqué de lui. C'est une question qu'il ne devait jamais résoudre. Lorsqu'il retourna à la villa grise pour en avoir le cœur net, Feery n'y était plus. Dans quinze ans d'ici, pensa Maillat, je me demanderai encore si le capitaine Feery était un homme de bonne foi ou un salaud.

Il s'assit sur le petit mur de soutènement face à la mer,

et laissa pendre ses jambes dans le vide. Puis il sortit de
sa poche la tablette de chocolat qu'Alexandre, chaque
midi, donnait aux membres de la popote. La chaleur
l'avait réduite en une sorte de pâte qui collait au papier.
Il la mangea, puis s'essuya les mains avec son mouchoir,
alluma une cigarette, regarda de nouveau la mer.

Au bout d'un moment il se leva et fit quelques pas dans
la direction du carrefour où s'était tenu Gabet. Mais la
pensée de se plonger de nouveau dans la foule l'arrêta net.
Il revint sur ses pas et décida de revenir au Sana par la
plage.

A quelques mètres devant lui, il vit un civil traverser
les files de tommies. Il était petit avec une barbiche, et
malgré la chaleur, il portait un imperméable. On sentait
qu'il devait être décoré sous son imperméable. Il marchait
avec une fermeté rageuse, comme s'il avait décidé, une
fois pour toutes, de ne jamais mourir. C'était un petit vieux
tout seul sur une plage au milieu des soldats. Il se tenait
bien droit, et il marchait d'un petit pas rageur en longeant
la mer. Peut-être était-il venu faire sa petite promenade
comme tous les soirs, sa petite promenade hygiénique de
retraité? Ou bien est-ce qu'il était venu voir comment ils
la faisaient, la guerre? Cette guerre qui ressemblait si peu
à l'autre — la grande, la seule, la vraie — celle qu'il avait
faite.

Maillat pensa tout d'un coup à une bande d'actualités
qu'il avait vue, dans un cinéma, avant la guerre. Sur l'écran
un journaliste interviewait le dernier survivant des cuiras-
siers de Reichshoffen. C'était un petit vieux, lui aussi,
mais incroyablement plus petit et plus vieux que celui qu'il
venait de voir. Il était si ridé, si cassé, si chevrotant, si
fragile que c'était vraiment un miracle qu'il tînt encore
debout. Il racontait la fameuse charge. « Toute la journée...
on avait attendu... dans les houblons... Alors, on attendait...
dans les houblons... et puis, le brave général Michel

a crié " Cha-ârgez!... Cha-ârgez! "... et nous avons chargé...
dans les houblons!... » Il s'agitait follement, le petit vieux.
Il faisait des mouvements saccadés et dérisoires de la main
droite comme s'il tenait encore un sabre. Il s'agitait tellement qu'on avait peur de le voir se casser et s'effriter
d'un seul coup. Il criait à tue-tête, d'une voix extraordinairement faible : « Cha-ârgez!... Cha-ârgez! » Il se revoyait
encore dans la belle cuirasse étincelante, sabre au clair,
en la fleur de ses vingt ans. Ça existait encore pour lui
la fameuse charge, la guerre de 70, les crinolines, Napo-
léon III, la dépêche d'Ems, l'humiliation de Sedan. Pour
lui seul. La salle de cinéma croulait sous les rires. Toute
une époque! pensa Maillat, toute l'actualité d'il y a
soixante-dix ans! Et comme on se passionnait alors!
Que de haine, que d'espoirs, que de mensonges! Que de
sottises! Et maintenant, c'était fini! bien fini! Ça n'avait
plus de sens. Peut-être, ça n'en avait jamais eu! Ça n'existait plus nulle part. Ça n'existait pas plus que la guerre
14-18, que celle-ci bientôt, que toutes celles qui avaient
précédé, et toutes celles qui suivront.

*

Maillat marchait depuis deux minutes à peine sur la
plage quand il entendit quelqu'un courir derrière lui.

— Mister Maillat! Mister Maillat!

Il se retourna. C'était Gabet. Il était essoufflé. Il avait
couru pour le rejoindre. Il lui tendait la main. Maillat la
serra avec étonnement.

— J'aime tant, dit Gabet, votre façon française de se
serrer la main chaque fois qu'on se voit. Je trouve cela
tellement plus cordial.

Il débordait de cordialité, en effet. Il regardait Maillat
en souriant comme s'il avait été un vieil ami.

— Où allez-vous?

— Chez moi, dit Maillat avec un sourire.

— Où, chez vous?

— Au Sana. J'y fais popote avec des amis.

— Oh! dit Gabet.

Il ajouta au bout d'un moment.

— Vous ne voulez donc plus vous embarquer?

Maillat ne put s'empêcher de sourire. Comme Gabet avait l'air jeune, une fois qu'il avait mis de côté sa réserve!

— Moi, si. Ce sont vos compatriotes qui ne veulent pas.

— Comment? Est-ce que le capitaine Feery?...

— Si, dit Maillat.

Il le mit au courant. Gabet l'écouta en fronçant les sourcils.

— Oh! dit-il en rougissant, je regrette, je regrette vraiment.

Il parut réfléchir un moment.

— Venez avec moi.

Il se reprit, comme s'il trouvait que sa phrase avait trop l'air d'un ordre.

— Si vous voulez venir avec moi...

Ils s'en retournaient vers les files de tommies. Gabet fit quelques pas en silence.

— Comment trouvez-vous cette guerre?

Il avait dit cela exactement du ton dont il aurait dit : « Comment aimez-vous ce film, cette pièce de théâtre, cette tasse de thé? »

— Mauvaise.

Gabet fit un geste qui englobait la mer, les bateaux, les files de tommies, les villas détruites.

— Ce qui me provoque, dit-il à mi-voix, c'est l'extrême futilité de tout ceci.

Maillat le regarda de côté. Comment lui, Gabet, si jeune, si rose, si « sain », il pensait cela! Lui aussi, il pensait cela! « The utter futility of all this! »...

— Où allons-nous, dit-il à haute voix, si même les Anglais se mettent à penser?

Gabet éclata de rire.

— Oh you French! dit-il.

Il riait de bon cœur, à gorge déployée, et Maillat, à son tour, se mit à rire. Et pendant une minute, les ruines de Bray-Dunes, les bateaux, la guerre, tout disparut autour d'eux. Il n'y eut plus que deux jeunes hommes qui marchaient épaule contre épaule sur une plage, et qui riaient dans le soleil.

— Racontez-moi depuis que vous m'avez quitté, dit Gabet.

Maillat lui raconta. Quand il parla de l'adjudant roux, Gabet l'interrompit.

— Je le connaissais. C'était un warrant officer de 1ʳᵉ classe. Il s'appelait Wainewright. Un beau soldat. Vingt ans de service aux Indes, et la croix de Victoria en 17. Il y a deux ans, il avait failli être cassé pour une histoire de mœurs. Un jeune subalterne, nommé Smith, qui avait voulu faire du zèle. Bon Dieu! Smith, après cela, a mangé sa côtelette tout seul au mess pendant un bout de temps. Beau soldat, Wainewright. Beau vieux soldat. Stupide d'être mort comme ça.

— C'est toujours stupide de mourir.

— Oui, dit Gabet en tournant vers Maillat son visage naïf, on ne voit pas très bien à quoi ça sert, n'est-ce pas?

Ils arrivaient aux files de tommies. Gabet se détacha et alla parler à l'officier. L'officier se retourna et dévisagea Maillat avec attention.

Ils prirent place tous les deux à l'extrémité de la file.

— Dans une demi-heure, dit Gabet, ce sera notre tour d'entrer dans une de ces petites barques.

Maillat consulta sa montre. Il était six heures et quart. A ce moment la file bougea, et il avança de quelques centimètres.

— Pourquoi y a-t-il si peu de barques?

Gabet sourit.

— On n'avait pas prévu le rembarquement, vous savez.

Maillat regarda les tommies qui l'entouraient. La plupart étaient tête nue, sans arme et sans sac. Avec leurs pantalons longs et leurs larges blousons, ils avaient l'air de touristes ou de sportifs attendant de s'embarquer pour une navigation de plaisance. Ils avaient les mains dans les poches, parlaient peu, fumaient des cigarettes d'un air nonchalant. Il n'y avait pas trace d'impatience dans leur attitude.

En tête de file un officier anglais, celui auquel Gabet venait de parler, se tenait immobile, face à la mer. Quand une barque approchait, il faisait un signe. Un par un les tommies quittaient les rangs, pénétraient dans l'eau, montaient dans la barque. Quand six hommes avaient passé, l'officier élevait le bras devant le tommy suivant, et le maintenait dans cette position jusqu'à ce que la barque eût viré de bord.

— Nous passons la prochaine fois, dit Gabet.

Maillat regardait la petite barque verte qui s'éloignait. Avec son unique rameur, son chargement trop lourd, elle avançait péniblement. C'était une chance unique que la mer fût si calme.

— Nous aurions mieux fait de choisir une autre file, dit Gabet.

— Pourquoi?

— La nôtre embarque sur ce cargo avec la roue de moulin sur le côté. Damné vieux rafiot. Je me demande où ils ont pu le dénicher.

Le tommy qui était devant Gabet se retourna.

— A Portsmouth, Sir. Je me souviens l'y avoir vu quand j'étais tout petit.

Gabet sourit.

— Oh! Il est beaucoup plus vieux que ça.

Le tommy ferma un œil d'un air malin.

— C'est exact, Sir. Je confondais avec le *Victory*.

Gabet se mit à rire. Deux ou trois tommies qui avaient entendu se mirent à rire à leur tour.

— Le *Victory*... commença Gabet en se tournant vers Maillat.

— Je l'ai visité.

— J'aurais dû m'en douter, dit Gabet.

La petite barque verte revenait lentement vers la plage.

— Nous pourrions prendre une autre file, dit Maillat à mi-voix.

Gabet hésita l'espace d'une seconde.

— Plus maintenant.

Il ajouta à voix haute :

— Oh! C'est un aussi bon bateau qu'un autre, je suppose.

L'officier qui commandait la file fit un signe. Le premier tommy s'avança. Maillat était le quatrième à passer, immédiatement après Gabet. Il fallait entrer dans l'eau presque jusqu'aux genoux pour gagner la barque. Maillat se demanda si l'eau aurait le temps de pénétrer dans ses bottes.

Il s'avança. Un bras se tendit brusquement devant lui à hauteur de poitrine.

— Etes-vous Français? dit l'officier de file.

Maillat le regarda, trop étonné pour répondre. Est-ce que ça ne se voyait pas à son uniforme? Est-ce que Gabet ne lui avait pas dit? Est-ce qu'il ne l'avait pas vu tout à l'heure entrer dans les rangs?

Gabet se retourna.

— Il est avec moi.

— Il n'a pas l'air français, dit l'officier.

Espèce d'idiot, pensa Maillat.

— Je le connais, dit Gabet.

— Il n'a pas l'air français, dit l'officier.

— Je le connais, répéta Gabet énergiquement.

L'officier abaissa son bras. C'était un de ceux à qui

Maillat quelques instants auparavant avait présenté le papier du capitaine Feery.

Maillat s'assit dans la barque à côté de Gabet. Il sentit avec satisfaction que ses pieds étaient encore bien à sec à l'intérieur de ses bottes.

La barque commença à virer de bord. On avait l'impression qu'elle allait sombrer sous le poids. Mais elle partit quand même, à petits coups de rame prudents. Maillat vit l'officier de file sur la plage abaisser son bras. Déjà on ne distinguait plus très bien ses traits.

— Pourquoi m'a-t-il demandé si j'étais Français? Il ne pouvait pas voir ça tout seul?

— Je venais de le lui dire.

— Alors?

— Je ne sais pas.

Gabet ajouta avec un sourire :

— Le fait qu'une chose est illogique, Mister Maillat, n'embarrasse jamais un Anglais.

Maillat resta silencieux jusqu'à ce qu'on atteignît le cargo. Il s'étonnait de n'être pas plus joyeux. Je serai content plus tard, pensa-t-il. Il s'aperçut qu'il pensait au Sana, à la popote, et à sa grande surprise, qu'il y pensait avec regret. Les camarades, c'était normal d'y penser avec regret, mais le Sana, la roulotte! Comme on est prompt, pensa-t-il, à se faire son trou n'importe où.

La petite barque verte accosta, vida son chargement sur la passerelle, repartit aussitôt. Maillat grimpa derrière Gabet le long de la muraille de tôle grise. De près, le cargo paraissait beaucoup plus grand.

En haut de l'échelle un officier de marine distribuait les hommes sur le pont. Quand Maillat passa devant lui, il jeta un coup d'œil sur son uniforme, mais ne fit aucune remarque.

— Venez, dit Gabet, nous devons aller à l'arrière.

Le pont était couvert de soldats. Il devait y en avoir

aussi dans les cales, tassés dans l'obscurité étouffante.
C'était une chance d'être arrivés les derniers. Ils passèrent
à côté d'une mitrailleuse jumelée montée sur pivot, et
dont les canons, dépouillés de leur gaine, étaient pointés
vers le ciel. Il devait y en avoir une autre à l'avant.

— Nous serons défendus...

Gabet fit la grimace.

— La meilleure défense, c'est une hélice qui tourne vite.
Mais cette roue de moulin...

Il y pensait encore, à la roue de moulin. Il ne paraissait
pas inquiet, mais à la fois choqué et amusé par ce détail.

Sous les pieds, les planches étaient encore chaudes du
soleil de la journée. La bonne odeur de peinture fraîche,
de goudron, d'humidité marine saisit Maillat. Il la huma
avec délices. Ça sentait bon les départs. Déjà, et bien qu'on
fût très près de la plage, le vent paraissait plus vif. Maillat
se rappela les petits paquebots qui assuraient le service en
temps de paix entre Dieppe et Newhaven, et qu'il avait
pris tant de fois. Dès qu'on était à bord, on aurait dit qu'on
respirait un autre air, qu'on n'était déjà plus en France,
comme si l'Angleterre commençait dès qu'on se trouvait
sur l'eau.

— Vous entendez? dit Gabet.

Maillat ouvrit les yeux. Il était assis sur le pont à même
le plancher. Il prêta l'oreille. C'était un bruit qu'il aurait
reconnu entre mille. Le grincement de la chaîne d'ancre
qu'on relevait.

— Vous avez sommeil?

Gabet s'était levé. Il n'y avait plus trace de flegme
maintenant dans son attitude. Maillat sentit qu'il avait
envie de courir de droite et de gauche, de donner des
ordres, et même, s'il l'avait pu, d'aider à la manœuvre.

— Je vais faire un tour.

Il était déjà parti, enjambant les corps étendus. Maillat
referma les yeux.

— S'il vous plaît, Sir...

C'était le tommy qui avait parlé à Gabet de Portsmouth et du *Victory*. Il tenait deux ceintures de sauvetage à la main.

— Il y en a une pour le capitaine, quand il reviendra.

— Merci, dit Maillat, en les déposant à côté de lui.

— S'il vous plaît, Sir, nous avons l'ordre de les mettre tout de suite.

— Je veux bien, mais c'est fichtrement gênant.

— Au contraire, Sir, ça vous servira de coussin.

Il ferma un œil comme Maillat lui avait déjà vu faire.

— Qu'est-ce qui se passe? s'écria Maillat en se dressant sur son séant.

— Ce n'est rien, Sir, c'est seulement la roue de moulin qui commence à tourner.

— Bon Dieu! dit Maillat, combien de temps va-t-il falloir entendre ça?

Le tommy ferma de nouveau un œil. Il le fermait complètement sans plisser ni contracter la paupière, et en maintenant l'autre grand ouvert.

— Il faudra certainement un bon bout de temps avant qu'elle ait moulu tout son chemin jusqu'à Douvres.

Il y eut des rires autour d'eux. Maillat sourit.

— Comment vous appelez-vous?

— Atkins, Sir.

— Merci, Atkins.

Maillat sourit en lui-même, parce que les répliques qu'ils venaient d'échanger, Atkins et lui, ressemblaient à un bout de dialogue de théâtre anglais. Il ferma les yeux de nouveau.

Un tac tac frénétique de machine à coudre déchira l'air auprès de lui, et Maillat comprit en se dressant en sursaut qu'il s'était endormi. Il se sentait l'esprit vague et dispos.

— Qu'est-ce qu'il y a?

A l'air étonné d'Atkins qui se penchait vers lui, il se rendit compte qu'il avait parlé en français.

— Qu'est-ce qu'il y a? répéta-t-il en anglais.

— Les Stukas, Sir. Nous sommes attaqués.

Il fut sur pied en un clin d'œil.

— Où est le capitaine Gabet?

— Il n'est pas revenu, Sir. Il est toujours à l'avant.

Haut dans le ciel, éclairés par le soleil couchant, des Stukas tournoyaient. Il en compta cinq.

— Vous êtes sûr que c'est pour nous?

— Ils étaient six tout à l'heure, l'un d'eux a déjà lâché ses bombes. Il est reparti.

— Quand?

— A l'instant, Sir. Vous dormiez. Les mitrailleuses ont tiré, quand il a piqué, mais ça n'a pas eu l'air de le gêner beaucoup.

— C'est tombé près?

Atkins fit la grimace.

— Une à dix yards environ.

Maillat regarda la côte.

— Mais nous sommes encore tout près de la côte!

Atkins eut l'air surpris.

— Il n'y a pas deux minutes qu'on a levé l'ancre.

Les mitrailleuses jumelées se remirent à tirer. Le tireur était beaucoup trop grand et devait se plier en deux pour prendre la ligne de mire. Le tac tac continu parut à Maillat d'une lenteur exaspérante. Il s'arrêta un quart de seconde, et Maillat entendit distinctement un roulement plus faible. Les mitrailleuses avant tiraient aussi. Il y eut au-dessus d'eux un sifflement strident, inhumain qui s'enflait et se rapprochait à une vitesse terrifiante. Maillat se laissa tomber à plat ventre.

— Raté, dit Atkins.

Sa tête était à quelques centimètres de celle de Maillat.

Il y eut comme un remue-ménage sur le pont. Les tommies se relevaient.

— Restez couchés! cria une voix impérieuse.

La masse kaki reflua. Quelques tommies se recouchèrent, mais le plus grand nombre resta debout. Les mitrailleuses s'étaient tues.

— Ça ne sert pas à grand-chose d'être couché, dit Atkins.

— Vous les avez vues tomber, cette fois?

— No, Sir.

— Elles sont tombées vers l'avant, dit un tommy.

Il était petit et mince avec de grands yeux noirs dans un visage de fille.

Il restait quatre Stukas maintenant à tournoyer dans le ciel. Ils ne se pressaient pas. Ils accomplissaient leur besogne sans hâte, méthodiquement. On entendait la D.C.A. d'un torpilleur qui croisait à une encablure. Mais les petits nuages blancs surgissaient bien au-dessous des avions.

— Pas un chasseur en vue!

Atkins ferma un œil.

— Il est tard, Sir, ils sont allés se coucher.

Maillat se pencha et regarda la mer. La roue de moulin faisait un bruit d'enfer et soulevait un tourbillon d'écume. Le cargo ne paraissait pas aller plus vite.

— Elle ne fait pas plus de six nœuds, dit le tommy au visage de fille.

Maillat se sentit oppressé par sa ceinture de sauvetage. Il était tenté de la défaire, de la jeter loin de lui. Il s'assit et en desserra un peu les cordons.

Les mitrailleuses recommencèrent à tirer. Mais ce n'était plus le même tireur. Celui-ci était beaucoup plus petit et se courbait à peine pour tirer. Maillat en ressentit une bizarre satisfaction.

Le même sifflement strident déchira l'air. Maillat s'aplatit de nouveau. A quelques centimètres de sa tête une paire de brodequins luisait. Maillat se demanda vaguement comment ils pouvaient être si brillants, après que leur possesseur eût pataugé dans l'eau en s'embarquant. Est-ce qu'il avait pris soin de les recirer une fois à bord?

Le sifflement grandit avec une force vertigineuse. Il semblait à Maillat qu'un rapide accourait à lui le long de rails invisibles. Il fixait la paire de brodequins bien cirés, et machinalement se mit à compter les œillets. Il avait eu si peur cet après-midi, pendant le bombardement, et maintenant, il se sentait froid et détaché, comme si rien de tout cela ne l'eût concerné.

— Raté! dit la voix d'Atkins.

Quelqu'un sur le pont jouait de l'harmonica.

— Je me demande pourquoi ils ne visent pas plutôt le torpilleur, cria une voix à côté de Maillat.

C'était le tommy au visage de fille. Sa lèvre inférieure tremblait légèrement.

— Plus grosse cible, fit Atkins.

Les mitrailleuses avaient cessé le feu. Le silence qui suivit parut presque anormal. De nouveau Maillat entendit le son aigre et perçant d'un harmonica. Il jouait « We're gonna hang out the washing on the Siegfried line ». Un marin, puis un autre, passèrent, enjambant les corps étendus et se frayant un passage vers l'avant. Quelqu'un cria quelque chose de la passerelle.

— Bon Dieu! dit Atkins.

Maillat se pencha à côté de lui au-dessus de la rambarde. La roue de moulin était arrêtée. Au même moment ils entendirent le bruit d'une chaîne qui se dévidait.

Atkins se tourna vers Maillat et le regarda dans les yeux.

— C'est la fin du voyage.

— Les trois Stukkas qui restent peuvent nous rater.

— Not a chance, dit Atkins.

— Il va faire nuit.

— Ça n'aidera pas, dit Atkins, ils auront piqué avant.

— S'ils nous ratent...

— Si, dit Atkins.

Trois Stukas, trois piqués, trois torpilles à chaque piqué... La cible était immobile, maintenant. Atkins avait raison, le voyage était fini.

Les Stukas là-haut ne paraissaient pas pressés. Ils s'étaient remis à tournoyer. De nouveau le tac tac des mitrailleuses éclata. Cette fois, Maillat ne se coucha pas. Il se contenta de s'asseoir, le dos appuyé à la rambarde. Il regarda autour de lui ces hommes qui allaient mourir. Il les considéra curieusement comme si lui-même n'avait pas été l'un d'eux. Ils allaient mourir et pourtant ils ne disaient rien, ne faisaient rien. Leurs visages n'exprimaient rien. Ils attendaient. Lourdement, patiemment, ils attendaient. Il n'y avait pas de résignation, mais une espèce de force virile dans cette attente.

A son tour, Maillat se sentit regardé. Il reconnut le tommy au visage de fille. Ses grands yeux noirs étaient fixés sur les siens avec un air timide et anxieux. Il ne savait pas attendre, celui-là. Il avait un visage fin et mobile, parcouru de petits frémissements. Il se tenait debout, les bras tombant le long du corps, les paumes ouvertes.

— Raté!

Il n'y avait pas de trace de satisfaction dans la voix d'Atkins. Il disait cela comme il aurait constaté un résultat sportif, objectivement.

— Plus que deux maintenant.

— Plus que deux, répéta Atkins.

Il s'assit à côté de Maillat, et ferma un œil.

— Et deux, Sir, c'est plus que suffisant.

Maillat lui tendit son étui.

— La cigarette du condamné.

Il expliqua à Atkins qu'en France avant de conduire un condamné à mort à l'échafaud, on lui donnait une cigarette et un verre de rhum. Il expliqua cela posément,

sans se presser. Il avait la gorge un peu sèche, mais il se
sentait parfaitement calme.

— Un verre de rhum, dit Atkins. Je suppose que le
pauvre diable en a bien besoin.

Je suis calme, pensa Maillat, je suis parfaitement calme.
Espèce d'idiot, se dit-il aussitôt, voilà que tu coupes
dans leurs sales histoires d'héroïsme, maintenant! Qu'est-
ce que ça peut faire d'être brave ou lâche? Et aux yeux
de qui?

— Nous n'avons rien de pareil en Angleterre, dit
Atkins. Les Français sont plus humains que nous.

Et les Stukas qui n'en finissaient plus de tourner au-
dessus de leurs têtes!

— Le plus humain, dit Maillat, c'est encore de ne tuer
personne.

Atkins hocha la tête à plusieurs reprises.

— Yes, Sir, dit-il avec ferveur, yes, Sir!

Il avait mis tant de chaleur dans son approbation que
Maillat le dévisagea curieusement. Les deux Stukkas tournaient au-dessus de leurs têtes. Le soir venait, un soir lu-
mineux de juin.

Maillat se mit sur pied, et une fois de plus, regarda la
côte. Elle était si proche! Et c'est elle maintenant qui
représentait la sécurité et la vie. Il se pencha au-dessus de
la rambarde et mesura de l'œil la distance qui le séparait
de l'eau. Il avait souvent plongé de plus haut. Qu'est-ce qui
l'empêchait maintenant de retirer ses bottes, de se jeter à
l'eau, de regagner la terre en quelques brasses, d'échapper
à ce cercueil flottant? C'était bien simple, il allait se tourner vers Atkins, le prier de l'aider à retirer ses bottes, lui
dire adieu, et sauter. Au même instant il sentit qu'il n'en
ferait rien. C'était d'une absurdité à crier. Mais il sentait
que rien n'y ferait, qu'il n'arriverait pas à se décider, qu'il
ne désirait pas partir. C'était inutile de se cravacher, d'essayer de se faire peur. Il resterait là, immobile, à attendre.

Est-ce que je préfère la mort? se demanda-t-il avec étonnement. Mais non, ce n'était pas ça non plus, c'était beaucoup plus étrange. C'était plutôt comme une curiosité atroce de ce moment qui allait venir.

Il leva la tête, considéra les Stukas qui continuaient à tourner dans le ciel limpide de juin. Atkins avait suivi son regard.

— Ils font durer le plaisir, dit Maillat.

Il avait baissé la voix instinctivement, parce que sur le pont maintenant un silence profond s'étendait. L'homme aux brodequins bien cirés était assis à quelques pas de lui. Il avait extrait une boîte de singe de sa musette, et en tirait tranquillement de larges morceaux qu'il portait à la bouche sur son couteau. Il mangeait lentement et ne regardait personne. Le tommy au visage de fille avait caché sa tête entre ses mains.

— Allons plus à l'arrière, dit Maillat.

Atkins le regarda d'un air surpris, mais ne posa aucune question. Ils commencèrent à se frayer un passage. Atkins marchait le premier et, chaque fois qu'il heurtait quelqu'un murmurait « sorry! » au passage. Quelques tommies se retournèrent et regardèrent curieusement l'uniforme de Maillat. Une voix, la même voix impérieuse qu'on avait déjà entendue, déchira le silence.

— Couchez-vous!

Cette fois-ci dans la masse kaki, il n'y eut pas un mouvement, pas une parole.

— Couchez-vous! répéta la voix.

C'était une voix forte, confiante, la voix d'un homme habitué à commander et à être obéi, mais elle parut tout d'un coup ridiculement faible et futile dans le silence où elle tomba. Quelques secondes s'écoulèrent, puis le même ordre retentit, suivi cette fois d'un juron.

Maillat sourit. Il n'était plus question de recevoir des ordres maintenant.

— Qu'il jure! dit Atkins en se retournant.

Il souriait aussi. Ils s'accotèrent à la rambarde. Les deux Stukas tournaient au-dessus d'eux. Atkins se pencha vers Maillat.

— Je suis communiste, dit-il tout bas avec gravité.

Il regardait Maillat avec une espèce de ferveur pudique, et semblait attendre une réponse. Dans le silence, brusquement, les mitrailleuses se mirent à tirer. Jamais la vie n'avait paru moins réelle à Maillat. Est-ce que je vais mourir? pensa-t-il. Il se rappela sa panique de l'après-midi. Il n'avait pas peur maintenant. Il était seulement prodigieusement étonné. Il leva la tête et vit les yeux d'Atkins fixés sur lui. Il attendait toujours sa réponse.

— Vraiment, dit Maillat, vous êtes communiste?

— Oui.

Le sifflement de l'avion qui piquait était si fort qu'il avait couvert sa voix. Il descendait sur eux à une vitesse folle. C'est absurde, pensa Maillat, tout ceci est absurde. Au même instant, sa tête se remplit d'un bruit énorme, il se sentit violemment poussé en avant, et s'affala sur Atkins. Atkins le retint à bras-le-corps pendant une seconde ou deux, puis perdit l'équilibre à son tour, et roula avec lui sur le pont. Maillat saisit la barre de dessous de la rambarde, et s'y cramponna. Il lâcha prise aussitôt. Deux hommes venaient de tomber sur lui de tout leur poids. Il cria.

— Here, Sir, dit la voix d'Atkins.

Il se sentit soulevé par les épaules, remis sur pied. Atkins était devant lui.

— Etes-vous blessé? cria Maillat en français.

Atkins ne le regardait pas. Son visage qui faisait face à l'avant du cargo était éclairé d'un reflet pourpre et paraissait hébété. Il ouvrit plusieurs fois la bouche, mais Maillat ne put entendre sa voix. Des hurlements sans nom la couvraient. Maillat se retourna. Des flammes sortaient de l'avant du bateau.

Elles s'élevaient très haut, presque sans fumée. La lueur était si vive que Maillat ferma les yeux. En même temps, il faillit perdre l'équilibre et tituba sur la poitrine d'Atkins.

— Nous allons être écrasés, dit Atkins dans un souffle. Ils reculent tous vers l'arrière.

La foule s'était brusquement resserrée autour d'eux, et ils se sentirent comme soulevés du sol. Une lumière rouge éclairait les visages, et ils étaient comme enveloppés dans un vent d'une chaleur suffocante. Maillat sentit brusquement dans son cou des picotements intolérables. Ses deux bras, serrés contre sa propre poitrine, l'écrasaient. Il rejeta la tête en arrière, dans un effort avide de tout son être pour respirer.

Quand il revint à lui, il eut l'impression d'être allongé à l'aise sur le dos et de sentir sur son visage un souffle d'une fraîcheur délicieuse. Il ouvrit les yeux. Des formes rougeâtres s'agitaient autour de lui. Il s'aperçut avec étonnement qu'il était debout, et il comprit que la foule le serrait si étroitement qu'il n'avait pu tomber. Il referma les yeux, et une somnolence irrésistible l'envahit. Au même instant il se sentit frappé sur les deux joues. Il ouvrit les yeux. Le visage d'Atkins était devant lui, mais il paraissait noyé dans une brume. Au prix d'un effort incroyable, Maillat réussit à maintenir ses yeux grands ouverts. Il avait très chaud de nouveau.

— Ça va mieux, Sir?

— Ça va, Atkins.

On était un peu moins serré maintenant. Si seulement ces hurlements pouvaient cesser une seconde! Personne ne criait autour d'eux. Cela venait de plus loin, de l'autre côté de la passerelle. Le feu gagnait peu à peu. On voyait ses hautes flammes claires se détacher sur le crépuscule. Le vent, par moments, les courbait dangereusement de leur côté, et ils sentaient un souffle suffocant sur leurs visages, comme si la gueule d'un monstre gigantesque s'était approchée d'eux.

— Vous sentez le pont sous vos pieds, Sir?

— Oui, dit Maillat, ça doit être du propre là-dessous.

Et tout à coup, il pensa : et Gabet? Gabet qui était à l'avant?

— Il faut atteindre la rambarde.

— Pour quoi faire?

— Mais pour sauter.

— Sauter, Sir? dit Atkins d'une voix étouffée.

Il n'ajouta rien, et l'épaule en avant, commença à se frayer un passage. Ça va être difficile, pensa Maillat, mais à sa grande surprise, la foule s'ouvrit docilement. L'instant d'après, il posait les doigts sur la main courante de la rambarde. Il les retira aussitôt. Elle était brûlante.

— La côte! cria Maillat.

Elle était toute proche, une centaine de mètres à peine. Sous le choc le cargo avait dû rompre sa chaîne d'ancre, et dériver. Il était venu s'ensabler presque en face du Sana. Au loin, sur la gauche, Maillat distingua confusément les lignes de tommies alignés sur la plage de Bray-Dunes. L'embarquement continuait.

Maillat se pencha. La hauteur au-dessus de l'eau paraissait vertigineuse. La mer tout en bas était calme, sans une ride. Elle luisait comme un bouclier d'acier.

— Il n'y a pas assez d'eau pour plonger.

— Mais si, dit vivement Maillat. Vous verrez bien, je plongerai le premier.

Il lui sembla qu'Atkins avait légèrement pâli.

— Je ne sais pas nager, dit-il d'une voix enrouée.

— Qu'est-ce que ça fait? Vous avez une ceinture de sauvetage. Il n'y a aucun danger.

Il répéta :

— Il n'y a aucun danger.

Atkins se taisait.

— Je vais plonger, Atkins, et vous suivrez.

— Je ne sais pas nager, dit Atkins d'une voix obstinée.

— Good God! Vous n'avez pas besoin de savoir nager!

Il y eut encore un silence, et Maillat sentit qu'Atkins luttait désespérément contre lui-même. Les hurlements avaient repris plus fort, et brusquement le vent rabattit sur eux un tourbillon d'étincelles. En se haussant sur la pointe des pieds, Maillat vit que les flammes enveloppaient la passerelle. La chaleur était suffocante, et il se sentit défaillir. Une espèce de morne hébétement le gagnait. La main qu'il avait posée sur la rambarde tout à l'heure lui faisait mal, et il avait envie de crier.

— Dépêchons-nous.

— Je préfère rester ici, dit Atkins.

Son visage, éclairé par les flammes, paraissait rougeâtre. Lui aussi avait l'air hébété. Maillat le saisit aux épaules et le secoua.

— Mais vous allez être brûlé, Atkins, brûlé!...

Atkins secoua la tête.

— Je ne peux pas sauter, Sir, c'est impossible.

Les hurlements de la foule bourdonnaient aux oreilles de Maillat. Il avait envie de se mettre à crier, lui aussi.

— Je ne peux pas sauter, répéta Atkins, l'air morne et hébété.

Son visage s'était vidé de toute intelligence d'un seul coup. Maillat le regarda. Atkins si brave, si calme jusque-là! Et il allait mourir, parce qu'il n'osait pas sauter d'une hauteur de quelques mètres. Maillat le secoua avec fureur.

— Atkins, vous sauterez, vous m'entendez! Vous sauterez! Je vous donne l'ordre de sauter.

Atkins se laissait secouer de droite et de gauche sans résistance. Il avait l'air morne et hébété.

— Je n'ai pas d'ordre à recevoir de vous, bafouilla-t-il confusément.

Il y avait des cris autour d'eux maintenant. C'était une

sorte de plainte faible, aiguë, émasculée. Maillat jeta un coup d'œil rapide sur les visages qui l'entouraient. Sur tous il retrouva cette expression de stupeur passive qu'il lisait sur celui d'Atkins. Est-ce que j'ai cet air-là, moi aussi? se demanda-t-il avec terreur. C'était comme si le feu avait été une gigantesque bête de proie qui les fascinait avant de se jeter sur eux.

— Atkins, cria Maillat, je vais sauter. Pas plonger, sauter. N'importe qui peut en faire autant. Vous aussi.

Atkins le regarda, ouvrit la bouche, et tout à coup se mit à crier. C'était un hurlement qui n'avait rien d'humain, et qui ressemblait à la plainte d'un chien qui aboie à la mort.

— My God! dit Maillat, taisez-vous!

C'était une plainte interminable, lugubre, fascinante.

— My God! Taisez-vous!

Les cris étaient plus nombreux maintenant autour d'eux. Et Maillat, lui aussi, avait envie de hurler. Une passivité sans nom se refermait peu à peu sur lui. Atkins criait toujours, et son visage était morne et hébété.

— Atkins, cria Maillat.

Il le gifla de toutes ses forces à deux reprises. Atkins cessa de crier, et ses yeux se mirent à tourner dans leurs orbites. Puis son visage perdit de sa rigidité peu à peu.

— Je vais sauter! cria Maillat.

Il s'aperçut qu'il venait de parler en français, et répéta sa phrase en anglais.

— Yes, Sir.

— Et vous me suivrez?

— Je ne sais pas nager, dit Atkins.

Maillat le saisit par le col de son battle-dress, et le secoua.

— Vous me suivrez, Atkins? Vous me suivrez? Vous me suivrez?

Il le suppliait. Atkins avait fermé les yeux, et ne répondait pas.

— Vous me suivrez? dit Maillat d'une voix suppliante.

Il était agrippé au col de son battle-dress, il le suppliait, il pleurait presque.

Atkins ouvrit les yeux.

— Yes, Sir.

— Vite! dit Maillat, vite!

Une somnolence le gagnait à son tour.

— Tenez-moi par ma ceinture. Je ne veux pas toucher la rambarde avec mes mains.

Atkins le saisit docilement par sa ceinture et Maillat passa une jambe, puis l'autre au-dessus de la rambarde. Rien ne le séparait de la mer maintenant. Le vide se creusait sous lui, vertigineux.

— Lâchez-moi!

Atkins avait la main crispée sur la ceinture de Maillat, et son visage était redevenu morne et hébété.

— Lâchez-moi!

La chaleur de la rambarde lui pénétrait les reins atrocement.

— Lâchez-moi, cria-t-il en se retournant.

Il n'avait plus de force d'un seul coup. Il se sentait vide et hébété. Il ne savait plus où il était, ce qu'il faisait. Il savait seulement qu'il ne fallait pas qu'Atkins continue à le tenir.

— Lâchez-moi! hurla-t-il en français. Il frappa derrière lui aveuglément.

Il se sentit tomber dans le vide de très haut. Ce fut exactement cette impression de chute qu'on éprouve dans le sommeil. Le sol vous manque tout d'un coup, le cœur se crispe, un nerf se détend brutalement quelque part, et c'est fini. Il comprit à son étonnement, quand il se retrouva dans l'eau, qu'aussitôt après avoir frappé Atkins, il avait dû s'évanouir. Une fraîcheur délicieuse l'envahit, et il se rappela l'avoir éprouvée tout à l'heure, quand la foule l'avait suffoqué. Mais elle persistait, cette fois.

Il étendit les bras en croix, et se laissa flotter. Il se sentit partir doucement à reculons, comme un noyé. La ceinture de sauvetage maintenait son buste hors de l'eau, mais ses jambes pendaient, alourdies par ses bottes. Il ferma les yeux, et se sentit tomber de nouveau, comme il était tombé tout à l'heure. Il ouvrit les yeux. L'eau lui caressait le visage. Au-dessus de lui, le cargo se dressait comme une immense muraille verticale.

Il ne voyait presque plus les flammes, mais les hurlements inhumains parvenaient toujours jusqu'à lui. Il s'écarta un peu du bateau pour mieux voir la grappe humaine qui se pressait à l'arrière. Il nageait avec une lenteur qui le surprit.

— Atkins! Atkins! cria-t-il.

En même temps il levait les bras au ciel pour bien montrer qu'il flottait.

Il ne faisait plus assez clair pour distinguer les visages dans la masse confuse au-dessus de lui. Il lui sembla entendre un cri très faible en réponse.

— Atkins!

Cette fois-ci, il y eut un floc, et une forme émergea à quelques mètres de lui. Maillat la rejoignit. Il nageait avec une lenteur qui l'exaspérait. Il saisit l'homme à l'épaule. L'homme poussa un cri et se retourna. Maillat le lâcha. Ce n'était pas Atkins.

— Ne me laissez pas!

— La côte est là.

— Ne me laissez pas! dit l'homme.

Sa voix était basse, exténuée, suppliante.

— Vous pouvez bien l'atteindre tout seul.

— Non, dit l'homme, et il se mit à bafouiller d'une façon incompréhensible.

— Quoi?

— J'ai mal partout, dit l'homme d'une voix distincte.

— Mon Dieu! ajouta-t-il en se remettant à bredouiller, Mon Dieu! Mon Dieu! Mon Dieu!

Ils flottaient dans l'eau côte à côte, soutenus par leurs ceintures de sauvetage.

— Je vais vous pousser jusqu'à la plage, dit Maillat.

Il le saisit par la main. L'homme poussa un cri strident, et souleva ses deux mains hors de l'eau. Maillat les regarda. Tous ses doigts étaient sans ongle, et la première phalange montrait une chair à vif, sanguinolente.

— Bon Dieu! dit Maillat.

Il le saisit à l'épaule, mais l'homme aussitôt tourna vers lui un visage révulsé par la terreur.

— Ne me touchez pas!

— Il faut bien que je vous touche, pourtant.

Il le saisit par le col de son blouson.

— Vous me faites mal, dit l'homme.

Il n'avait pas crié, cette fois. Il avait parlé bas, presque d'un ton d'excuse. Maillat lâcha prise.

— Et par là?

Il avait refermé la main sur sa ceinture de sauvetage. L'homme crispa les mâchoires, mais ne dit rien. Maillat se mit à le pousser devant lui. Il nageait avec une extrême lenteur. Ses bottes pleines d'eau l'alourdissaient, et il avait de la peine à maintenir ses jambes en surface. Cela parut durer un temps infini, et pourtant il se rendit compte plus tard qu'il n'avait pas dû nager plus de quelques mètres avant de trouver la terre ferme.

— Il y a pied maintenant. Est-ce que vous pouvez vous mettre debout?

L'homme essaya, mais s'affala de tout son long dans l'eau, avec un cri. Maillat recommença à le pousser devant lui. Puis l'eau ne fut plus assez profonde, et l'homme toucha le sable en gémissant.

— Je vais vous porter, dit Maillat, en se penchant sur lui.

L'homme le regarda avec des yeux pleins de terreur.

— Ne me touchez pas!

— Il le faut! Vous ne pouvez pas rester dans l'eau toute la nuit.

L'homme ne répondit pas et ferma les yeux. Maillat le prit à bras-le-corps. Il se reprit à plusieurs fois pour le soulever.

— Mon Dieu, gémit l'homme, Mon Dieu! Mon Dieu!

Puis il se mit à se plaindre d'une voix faible et douce comme celle d'un enfant.

Au moment où il sortait de l'eau, Maillat buta contre un obstacle. Il faillit tomber et ne retrouva son équilibre qu'à grand-peine. Il déposa l'homme le plus doucement qu'il put sur le sable. L'homme se laissait faire. Sa tête sonna sourdement sur le sable. Il était inerte, les yeux clos. En se penchant Maillat remarqua qu'il n'avait plus de sourcils.

Sur la plage, malgré l'heure tardive, des biffins passaient par bandes. Maillat appela l'un d'eux, et le pria de l'aider à retirer ses bottes.

— Tu étais là-dessus? dit le biffin en montrant le cargo qui flambait.

— Oui.

— Oh pardon! dit le soldat, qu'est-ce qu'ils prennent, les gars!

C'était comme s'il avait assisté à un match. Un match entre le Feu et les hommes. Et le Feu était le plus fort. C'était pas discutable. Il avait une drôle de classe, le Feu! Qu'est-ce qu'ils prenaient, les gars, comme correction!

— Merci.

— Ah pardon! dit le soldat, qu'est-ce qu'ils dégustent!

Il était tout excité. C'était un match. Le plus fort gagnait, forcément.

— Je voudrais t'y voir.

— Moi? dit le soldat.

Il ajouta d'un air vexé :

— T'en as de bonnes, toi!

Après tout, il n'avait rien à voir là-dedans, lui. Il regardait. Il regardait simplement. Fallait quand même pas confondre.

— Merci pour les bottes.

— Oh de rien! dit le soldat hostilement.

Il s'éloigna. Maillat retourna vers l'Anglais.

— Vous vous sentez mieux?

— J'ai froid, dit l'homme.

Maillat se pencha sur lui.

— Je retourne à l'eau chercher un copain. Je reviens tout de suite. Je peux vous confier mes bottes en attendant?

— Mettez-les sous ma tête, dit l'homme faiblement.

Au moment de rentrer dans l'eau, Maillat sentit une immense fatigue l'accabler. Devant lui, le cargo continuait à brûler. Les soldats qui marchaient sur la plage le regardaient à peine en passant. Il brûlait. Il avait l'air seul, abandonné de tous. Sa masse sombre, avec les hautes flammes qui le couronnaient, se détachait sur le ciel encore clair. Il faisait doux. C'était une soirée lumineuse de juin, et la mer était si calme que la vague qui venait lentement mourir sur le sable ne laissait presque pas d'écume.

Maillat retira sa ceinture de sauvetage, la jeta sur le sable, fit quelques pas, le regard fixé sur le cargo. Une masse à ses pieds lui fit baisser les yeux. Il comprit que c'était dans cette masse qu'il avait buté quand il était sorti de l'eau tout à l'heure. C'était un corps humain complètement nu, sectionné net au-dessus de l'estomac. Le torse et la tête avaient dû tomber ailleurs, peut-être dans la mer. Ce fragment d'homme s'étalait là, obscène et anonyme, avec des jambes longues et musclées, étendues dans une pose naturelle, comme pour le repos. Maillat le regardait, immobile. Le ventre surtout le fascinait. Avec sa blancheur,

ses muscles lâches, la courbe de ses flancs, il avait l'air, au-
dessous de l'affreuse blessure, de continuer à vivre. Maillat
se baissa et le toucha de la main. Il était tiède. Des soldats
qui passaient avaient vu le geste. L'un d'eux se retourna et
lui cria une plaisanterie ignoble. Maillat entendit leurs
rires qui s'éloignaient.

L'eau était presque chaude, et débarrassé de ses bottes,
et de sa ceinture de sauvetage, Maillat nageait plus facilement. Il atteignit le cargo en quelques brasses. A l'arrière,
la grappe humaine se pressait toujours contre la rambarde.
Les flammes n'avaient guère dépassé la passerelle, du
moins apparemment, car Maillat ne pouvait voir que les
plus hautes d'entre elles. Les hurlements sans nom du
début avaient cessé, mais une sorte de plainte les avait
remplacés. C'était une plainte interminable, psalmodiée,
aiguë comme une plainte de femme. Quand le panache de
feu se tordait vers l'arrière, elle devenait plus forte. Maillat
voyait alors des bras se lever et s'agiter dans l'air avec des
gestes de suppliants. Deux cordes attachées à la rambarde,
pendaient maintenant jusqu'à la mer.

— Atkins!

Trois ou quatre hommes seulement nageaient ou flottaient
autour de lui. Au-dessus de sa tête, la plainte continuait,
interminable, avec des accalmies subites et de brusques
crescendos.

— Atkins! cria Maillat de toutes ses forces.

Des voix confuses lui répondirent d'en haut. Maillat
s'approcha. Qu'est-ce qu'ils attendaient donc pour sauter,
ou se laisser glisser le long des cordes?

Il appela de nouveau Atkins à pleins poumons, et
attendit. Il attendit un long moment. L'eau lui paraissait
froide maintenant, et ses jambes commençaient à s'en-
gourdir. Finalement, il vit une forme enjamber lentement
la rambarde, empoigner la corde, et descendre avec des
précautions infinies. Il y eut un floc, et Maillat s'appro-

cha. Ce n'était pas Atkins. L'homme tourna vers lui un visage sans expression, et ferma les yeux aussitôt. Il se laissait flotter sans faire un mouvement. Il avait le visage noir de suie. Maillat se maintint sur l'eau à côté de lui.

— Vous êtes brûlé?

L'homme ouvrit les yeux et les referma aussitôt.

— Les mains...

Sa voix était rauque comme s'il n'avait pas parlé depuis des années.

— Vous pourrez regagner la plage tout seul?

— Oui.

— Pourquoi n'êtes-vous pas descendu plus tôt?

Il y eut un silence et Maillat se demandait s'il ne devait pas répéter sa question, quand l'homme ouvrit les yeux de nouveau.

— Je n'y pensais pas.

— Vous aviez mal?

— Oui, dit l'homme, j'avais très mal, et je criais.

— Et vous n'avez plus mal maintenant?

— Non.

Il était étendu sur l'eau, il ne faisait pas un mouvement, et une expression de contentement indicible recouvrait ses traits.

— Vous ne voulez pas que je vous pousse vers la plage?

— Non, dit l'homme d'une voix nette.

Maillat sentait le froid et la fatigue l'envahir. Il se maintenait sur l'eau avec effort. Il regarda l'immense muraille du cargo qui se dressait au-dessus de lui. La même plainte psalmodiée s'élevait toujours à l'arrière.

En sortant de l'eau il faillit buter de nouveau contre le débris humain. Il l'enjamba, puis fit quelques pas, perdit l'équilibre et s'affala sur le sol. Il se mit à vomir, et son corps était secoué de spasmes. Au bout de quelques minutes, il sentit la sueur l'inonder des pieds à la tête. Il se coucha sur le dos, et eut l'impression de flotter de nouveau dans une fraîcheur délicieuse.

Quand il se releva, il faisait presque nuit, et c'est difficilement qu'il aperçut, à quelques mètres de lui, l'Anglais qu'il avait retiré de l'eau.

— Ça va mieux?

— Oui, dit l'Anglais.

Il ajouta d'une voix d'enfant :

— J'ai froid.

— Il ne fait pas froid, pourtant.

— J'ai froid, j'ai très froid.

Maillat dit doucement :

— Je vais vous envoyer deux brancardiers.

Il poussa un juron tout d'un coup.

— Ah! dit l'homme d'un ton d'excuse, je regrette. Ils étaient deux. Je n'ai pas pu les empêcher. L'un a soulevé ma tête, pendant que l'autre les prenait.

— Les salauds! dit Maillat.

Il revint nu-pieds au Sana. De temps en temps, il se retournait et regardait derrière lui. Sur le cargo, le feu devait lécher les munitions de la mitrailleuse, car de seconde en seconde maintenant, une balle partait en sifflant. Le canon se détachait en noir sur les flammes, et comme il était resté pointé vers le ciel, Maillat avait l'impression que l'arme continuait à tirer toute seule, rageusement, contre rien.

*

— Ce que je comprends pas, dit Alexandre, c'est pourquoi il n'a pas sauté, ton Anglais.

Il était assis à sa place habituelle, les deux mains à plat sur ses cuisses, et il y avait juste assez de lune pour éclairer son visage. Maillat tenait une gamelle pleine à la main, et il mangeait en faisant attention à ne pas salir le pantalon kaki que Dhéry lui avait prêté.

— Les autres non plus n'ont pas sauté.

— Ils avaient peut-être peur de se noyer, dit Pierson.

Maillat secoua la tête :

— On avait tous des ceintures.

Il remarqua pour la première fois une petite silhouette trapue penchée sur le feu.

— Tiens! tu es là, toi? Tu as quand même fait ma commission, après tout.

— Non, dit Pinot de sa voix hargneuse, je n'ai rien dit. C'est Alexandre qui m'a proposé de rester.

— Aussi sec! dit Maillat en riant.

Pierson s'était emparé de son revolver, l'avait mis en pièces détachées, et les essuyait l'une après l'autre soigneusement.

— Ce que je ne comprends pas, dit Alexandre, c'est que tous ces types ne se foutent pas au jus.

Maillat ouvrit la bouche, puis se ravisa et ne dit rien.

— Mais, bon Dieu! s'écria Alexandre en levant ses gros bras, il n'y a quand même pas à hésiter!

« Tu en auras assez d'une boîte de singe? enchaînat-il aussitôt. Tu ne veux pas une boîte de sardines? »

La lune donnait en plein, et le feu qu'Alexandre avait rallumé à l'arrivée de Maillat faisait danser des ombres sur leurs visages. Pinot était assis à la gauche d'Alexandre. C'était sa place, désormais. Alexandre regardait les copains, et il pensait que tout était dans l'ordre, une fois de plus.

— Oh! oh! dit Dhéry, tout pour Maillat!

Maillat se pencha en avant.

— Tu ne dors pas, toi? Et ces millions?

— Tu dois avoir faim? coupa Alexandre.

— Si j'ai faim!

Alexandre lui tendit la boîte de sardines qu'il venait d'ouvrir.

— Tout pour moi?

— Tout.

— Nom de Dieu! dit Maillat.

Ils se mirent à rire en le regardant. Alexandre remplit son quart de vin et le lui passa.

— Je boufferais la roulotte, dit Maillat d'un air heureux.

Ils le regardaient manger en souriant.

— Et après, dit Alexandre, qu'est-ce que tu dirais d'un bon grog au whisky?

Dhéry s'agita mollement dans son coin.

— Mon whisky!

— Si tu veux, dit Pierson, on pourra te le payer.

— Vingt bouteilles à soixante-quinze francs la bouteille, ça ferait une somme!

— A ce propos, tu ne m'as toujours pas payé les dix francs que tu me dois pour le pain.

Dhéry croisa ses grosses cuisses l'une sur l'autre.

— On n'est pas pressé.

— Voilà comme on devient riche, dit Alexandre, ce n'est pas difficile.

— Non, dit Maillat la bouche pleine, ce n'est pas difficile. Il suffit d'aimer l'argent avec assez de passion. Et c'est bien pour ça, au fond, qu'il n'y a pas beaucoup de gens qui deviennent riches. C'est rare, les gens qui aiment quelque chose avec passion.

Alexandre avait ses deux grosses mains poilues bien à plat sur ses genoux. Il écoutait Maillat, et il pensait avec satisfaction : « Maillat déconne. »

— Tu déconnes, dit-il d'un air ravi.

Tout était dans l'ordre, une fois de plus.

— Tant qu'à faire, dit Dhéry, si on faisait un grog pour tout le monde?

Alexandre grogna.

— Je veux bien, mais je me dérange pas pour aller chercher de l'eau au puits.

— J'y vais, dit Pinot.

Il saisit un boutéon et disparut dans la nuit. Maillat se tourna vers Alexandre.

— Comment le trouves-tu?

— C'est un bon gars. Sauf qu'il peut pas voir un avion chleuh sans lui tirer dessus.

— C'est louable, dit Pierson.

— Si c'était utile, oui. Et puis, il y a toujours la chance que le chleuh s'avise de faire du rase-mottes et mitraille une douzaine de types.

— C'est un risque.

Alexandre haussa les épaules.

— Un risque idiot en ce moment. L'ami Pinot, il s'est fait vider du Sana, ce soir. Il tirait du camp. Maintenant il va tirer dans les dunes. Il s'est creusé un petit emplacement de batterie pour lui tout seul.

— C'est un héros, dit Pierson avec gravité.

— Oui, dit Maillat, c'est le type même du héros. Il n'est pas capable d'imaginer sa propre mort. Seulement celle des gens d'en face.

Et pourtant, pensa-t-il, il n'y a pas bien longtemps, j'admirais Pinot, moi aussi.

— Ça ne fait rien, dit Pierson de sa voix douce, il est gonflé.

— Gonflé? dit Alexandre, c'est entendu qu'il est gonflé. Mais s'il attrapait une balle dans le ventre à faire le con dans les dunes, tu verrais s'il est gonflé! Un homme a beau être gonflé, dis-toi bien, il n'a jamais que deux couilles. Jamais trois ou quatre, ou une demi-douzaine. Deux! Deux seulement! Et ça ne mène pas loin.

Il posa quelques bouts de bois sur le feu.

— C'est quand même marrant, la guerre, dit Maillat. Plus tu zigouilles de types, plus tu es méritant.

Pierson tourna la tête vers lui.

— Si tu n'aimes pas la guerre, pourquoi la fais-tu?

— Comment? Pourquoi je la fais?

— Oui, pourquoi tu la fais? Tu aurais pu déserter ou te suicider. Si tu fais la guerre, c'est que tu as choisi de la faire.

— Tu appelles ça un choix? On vient te dire : « Partez tout de suite au casse-pipe avec soixante-quinze chances sur cent d'être tué, ou alors, on vous supprime tout de suite comme déserteur. » Tu appelles ça un choix?

— Oui, dit Pierson de sa voix douce et têtue, j'appelle ça un choix.

— Tu me fais mal au sein, dit Alexandre.

— Voilà! dit Pinot en rentrant dans le cercle de lumière, le boutéon plein d'eau à la main.

Il se tenait debout, petit et boudiné, éclairé faiblement par les braises du foyer, et ses mèches noires poisseuses se relevaient drôlement sur son front.

Alexandre versa l'eau dans un plat, couvrit le plat, et ajouta quelques morceaux de bois sur le feu.

— Tiens, dit Pierson en rendant son revolver à Maillat. Il n'y reste plus une goutte d'eau, et je l'ai rechargé.

Maillat se sentait bien dans ses vêtements secs. Le pantalon de battle-dress anglais que Dhéry lui avait prêté avait une raie impeccable. Maillat l'avait légèrement remonté aux genoux en s'asseyant, et ce geste lui avait donné l'impression d'être de nouveau en civil.

— Tu me le donnes, Dhéry, ton pantalon?

Dhéry croisa ses cuisses l'une sur l'autre avec lenteur :

— Si tu veux.

— Je plaisantais.

— Mais non, tu peux le garder. J'en ai d'autres.

— D'autres? Tu m'aurais dit « un autre ». Mais d'autres?

— Comme je te le dis.

Maillat se pencha en avant.

— Ça fait partie des « millions à prendre »?

— Peut-être, dit Dhéry.

Il sourit lentement, et la masse molle de ses joues reflua de chaque côté de sa bouche.

— Tendez vos quarts! cria Alexandre. Il y aura un bon quart chacun.

Il avait découvert le plat, et le grog fumait, odorant. Alexandre remplit son quart, et le tendit à Maillat. Puis il servit les copains.

— Eh Pinot! dit-il, tu n'as jamais bu ça, à Bezons!

— Ça ne vaut pas le cognac, dit Pinot de sa voix hargneuse.

Ils buvaient à petites gorgées. Les quarts étaient si chauds qu'ils brûlaient les lèvres et qu'on pouvait à peine les tenir par l'anse.

— Ces types, dit Alexandre, c'est quand même inouï qu'ils ne sautent pas.

— Ils ont peut-être peur, dit Pierson. Ça fait peur une nappe d'eau, vue de si haut. Ça attire, mais ça fait peur.

— Non, dit Maillat, quand je suis parti, il y avait deux ou trois cordes qui pendaient. Ils pouvaient descendre par les cordes.

— Ils n'avaient qu'à le faire, alors, dit Alexandre d'une voix furieuse, il n'y a pas à hésiter, quand même!

Dans le silence qui suivit, on n'entendit plus que Pinot qui sirotait bruyamment son grog. Il pensait, Pinot, que c'était une idée de femme de mettre de l'eau chaude dans l'alcool. Lui, Pinot, si on lui avait demandé son goût, il l'aurait bu tout sec, ce whisky. Alexandre, c'était un bon gars, il n'y avait pas à dire, et un gars costaud, mais il avait des goûts plutôt efféminés en fait de boisson.

— Et ton beau toubil, dit Maillat à Dhéry, qu'est-ce qu'il devient?

Tout le groupe s'immobilisa brusquement.

— Il est mort.

— Quoi? dit Maillat.

— C'est vrai, dit Pierson, tu n'étais pas là...

— Il est mort?

— Il a été tué. Un 77.

— Où?

— Dans sa chambre au Sana. Il logeait dans une aile écartée sous les toits. On s'en est aperçu ce soir. Il a été tué dans son lit.

— Lui! dit Maillat.

Une allumette craqua, jeta une vive lumière dans la nuit, et Maillat vit Pierson qui allumait sa pipe à petits coups, et tassait le tabac au fur et à mesure avec un crayon.

— Vous ne savez pas tout, dit-il, j'ai su des détails ce soir par un infirmier.

Alexandre se tourna vers lui brusquement.

— Quoi? Qu'est-ce que tu sais encore? Qu'est-ce que tu vas nous raconter? Il faut qu'il fourre son nez dans tous les trous, ce sacré curé!

— C'est bon, dit Pierson, je ne dis plus rien.

Et Maillat sentit, à sa voix, qu'Alexandre, pour une fois, l'avait blessé.

— Mais non, dit-il, en imitant la grosse voix joviale d'Alexandre, raconte. Nom de Dieu! raconte!

Pierson tassa de nouveau sa pipe avec son crayon.

— Eh bien, dit-il, mais on sentait que l'interruption avait coupé son entrain, il paraît que Cirilli n'était pas seul dans sa chambre. Il y avait une infirmière avec lui. Ils ont été tués dans les bras l'un de l'autre, en fait, et pas très vêtus.

Il n'y eut pas de réaction, et Pierson conclut:

— C'est quand même ennuyeux pour les familles.

— On se fout des familles, l'abbé! dit Maillat avec violence.

Il y eut un silence, et Pierson se leva.

— Décidément, je ne suis pas populaire, ce soir.

Il pivota sur ses talons.

— Je vais faire un petit tour avant de me coucher.

Il passa entre Alexandre et Maillat, dit « pardon » de sa voix douce, et disparut dans la nuit. Ils écoutèrent ses pas qui s'éloignaient.

— Tu l'as froissé, dit Alexandre.

— Et toi?

— Justement, tu n'avais pas besoin de le froisser de nouveau, puisque c'était déjà fait.

Maillat ne songea pas à sourire.

— Bon Dieu! dit-il, c'est ce côté « vieille fille » chez lui...

— Ça suffit comme ça.

— Ce n'était rien qu'une histoire piquante pour lui!

— Ça suffit amplement comme ça, dit Alexandre.

Maillat se tut. Dhéry bougea dans son coin.

— On se couche?

— Oui, dit Alexandre. J'aime bien écouter vos conneries, mais trop, c'est trop.

Il donna une tape sur l'épaule de Pinot.

— On se couche, Pinocchio?

— J'aime pas qu'on plaisante avec mon nom, dit Pinot d'une voix rogue.

— Allons bon! dit Alexandre, c'est moi qui me fais engueuler, maintenant!

Il leva les bras au ciel.

— Mais qu'est-ce que vous avez tous ce soir, nom de Dieu?

— On se couche? dit Dhéry.

— Couche-toi, nom de Dieu! Tu n'as pas besoin de moi, non? Tu ne veux pas que je te borde, par hasard?

— Ne t'énerve pas, dit Dhéry pacifiquement.

— Vingt dieux! dit Alexandre, je m'énerve, moi. Je m'énerve?

— Tu cries assez fort, en tout cas.

— Je crie, moi?

— Mais non, dit Maillat en se tournant vers Dhéry, tu vois bien qu'il chuchote.

Les copains se mirent à rire, et Maillat rit à son tour. Mais sous son rire il sentait toute une zone en lui-même qui était triste.

La main pansée de Dhéry fit une tache blanche dans la nuit quand il se leva. Tous se dressèrent, l'un après l'autre.

— Je vais faire un tour, dit Maillat, je n'ai pas sommeil.

— Tu feras attention, quand tu rentreras, dit Alexandre. Pinot va coucher sur le plancher de la roulotte entre les deux couchettes du bas. Tu feras attention à ne pas lui marcher sur la tête.

— Oui, dit Pinot, fais gaffe.

*

Maillat s'engagea à son tour dans l'allée. Elle longeait le mur du Sana jusqu'à l'angle du bâtiment, et là, sans transition, les dunes commençaient. Maillat les voyait onduler, toutes blanches sous la lune, piquées çà et là de taches sombres, qui devaient être des buissons ou des autos abandonnées. Il gravit la plus proche, et arrivé au sommet, s'assit sur le sable. Le cargo, devant lui, brûlait comme une torche. Il illuminait la mer. D'où il était, Maillat ne pouvait distinguer les hommes qui se pressaient sur la poupe. Il ne voyait que la masse sombre du cargo dominé par une crête de flammes. Mais en tendant l'oreille il pouvait percevoir la même plainte qui l'avait tant frappé tout à l'heure. C'était une plainte faible, aiguë, interminable, comme des gémissements de femme dans la nuit. Il n'y avait plus personne sur la plage. Tout le monde dormait. Et lui, il était là, assis sur le sable encore chaud. L'air était tiède, et ses muscles étaient lâches et dispos. Il avait mangé de bon appétit, il avait bu un grog, et maintenant il fumait une cigarette. Il se sentait bien, tout à fait à l'aise dans sa peau, heureux de vivre. Et des hommes, à quelques mètres, étaient en train de mourir dans les flammes. Personne ne s'occupait d'eux. Ils brûlaient lentement dans la nuit odorante et tiède. Le monde continuait à vivre. Les gens continuaient à aimer et à haïr sur toute la surface de la terre. Ils s'agitaient follement sur leur mince croûte de boue, et le globe qui les portait les entraînait sans fin dans l'espace. En Amérique à la même heure, il y avait des rires de jeunes filles sur toutes les plages du Pacifique. Et demain, le même soleil qui brunissait leur peau fraîche, brillerait sur la carcasse noircie du cargo, le même soleil qui continuerait à briller quand cette farce stupide serait finie. Des hommes sont en train de mourir, pensa Maillat, des hommes que d'autres hommes ont tués, et ces autres hommes seront tués à leur tour. Est-ce que cela a un sens? Est-ce que cela veut dire quelque chose? Il ne se sentait pas ému, mais pendant un long moment, il sentit monter en lui une stupéfaction profonde.

En revenant vers le Sana, il aperçut une ombre qui s'agitait au pied d'un arbre. Il s'approcha, et distingua une culotte de cheval et des bottes.

— Tiens, c'est toi! dit une voix d'un ton contrarié.

C'était Pierson. Il était agenouillé, et avec un mètre de couturière il paraissait très occupé à mesurer le sol. Ses manches étaient retroussées, ses mains tachées de terre, et il y avait une petite pelle à ses côtés.

— Je te gêne? dit Maillat.

— Pas du tout.

Maillat s'assit, le dos contre l'arbre, et alluma une cigarette. Pierson avait sorti de sa poche un petit calepin noir à élastique qui ne le quittait jamais.

— Craque une allumette, veux-tu?

La flamme, de nouveau, brilla. Pierson griffonna quelque chose sur son carnet, fit claquer l'élastique, remit le carnet dans sa poche.

— N'éteins pas.

Il alluma à son tour une cigarette, et s'assit à côté de Maillat. Comme tout était paisible à cette heure! On voyait les dunes onduler vaguement à quelques mètres. Sur leur droite, au pied d'un arbre, une tranchée inachevée s'entrouvrait.

— Dis-moi, dit Pierson, pourquoi portes-tu constamment ton revolver? Il n'y a pas de Fritz ici.

— C'est pour m'achever.

— Pour t'achever?

— Si je suis mortellement blessé, et si je souffre trop.

— Ah! dit Pierson.

— Ça te choque?

— Pas d'un incroyant.

— Je n'ai pas tellement peur de mourir, dit Maillat au bout d'un moment. C'est de souffrir que j'ai peur.

— Mais comment sauras-tu que tu es mortellement blessé?

— Je le saurais.

— Je me trompe peut-être, mais je crois que dans ce cas-là, on n'a même pas assez d'énergie pour se tuer.

— J'en aurais.

— Je ne vois pas comment tu peux en être si sûr.

— J'y ai beaucoup pensé, dit Maillat. Je me suis bien préparé à l'avance.

— Et si tu te trompais? Si ta blessure n'était pas mortelle?

— Je ne le saurais pas, de toute façon. C'est une ironie qui serait perdue pour moi.

— Moi, dit Pierson, il me semble que j'essaierais de supporter mes souffrances.

— Oh! toi, naturellement! Vous vénérez la souffrance, vous autres chrétiens!

— Nous ne la vénérons pas, nous essayons de l'accepter.

— Ça revient au même.

Maillat craqua une allumette parce que sa cigarette s'était éteinte. Pierson vit la flamme illuminer son visage, et pour la centième fois depuis qu'il le connaissait, il eut l'impression bizarre que Maillat était seul. C'était inexplicable, ça ne tenait à rien de précis. Maillat était là, assis à côté de lui, dans l'ombre. Son épaule touchait la sienne. Il allumait une cigarette avec les gestes de tous les jours. Demain, à la popote, il échangerait les mêmes plaisanteries avec Alexandre. Il taquinerait Dhéry sur ses « millions à prendre ». Et pourtant, il n'aurait pas l'air non plus d'être tout à fait avec eux.

— Tu n'es pas un type très gai, au fond.

— Ah! dit Maillat, et il y a de quoi être très gai, tu trouves?

« D'ailleurs, ajouta-t-il au bout d'un moment, tu te trompes. Avant la guerre, j'étais assez heureux, au contraire. A mon avis, j'étais même très heureux. Sauf à partir de 38, quand j'ai compris que ces cons-là se préparaient à faire de l'Histoire.

— C'est ton histoire aussi. C'est ton époque. Tu n'as pas le droit de te détacher de ton époque.

— Bon Dieu! s'écria Maillat, mais je ne me détache pas! Je *suis* détaché. C'est comme si tu disais à un pédéraste qu'il n'a pas le droit de ne pas aimer les femmes.

— Je ne saisis pas.

— Mais si, et la plupart des gars, au fond, ils pensent comme moi. Au début, ils la trouvent tout à fait stupide, la guerre. Puis petit à petit, ils arrivent à se passionner pour elle comme pour un match de football ou une course cycliste. Ils en deviennent amoureux. Après tout, c'est leur guerre à eux, tu comprends. La vraie, la grande, l'unique — puisqu'ils la font. C'est *la guerre de leur vie*, en somme. Voilà comment ils finissent par la voir, la guerre. Moi pas. Pour moi, cette guerre-ci, c'est une guerre comme toutes celles qui l'ont précédée, et toutes celles qui la suivront. Quelque chose d'aussi absurde et dénué de sens qu'une page de dates dans un manuel d'histoire.

— Tu es défaitiste alors?

Maillat tourna la tête de son côté, et Pierson, dans la pénombre, le vit sourire.

— Même pas.

Il jeta sa cigarette devant lui, et elle décrivit une brève courbe de lumière avant de retomber sur le sol.

— Au fond, dit-il, je regrette d'être comme ça quelquefois. J'aimerais bien croire à quelque chose, moi aussi. Croire, c'est ça l'essentiel, tiens, si tu me demandes! N'importe quoi! N'importe quelle bêtise! Pourvu qu'on y croie! C'est ça qui donne un sens à la vie. Toi, tu crois en Dieu. Alexandre, il croit en la roulotte. Dhéry, il croit en ses « millions à prendre », et Pinot, il croit à son F. M. Et moi, je ne crois à rien. Et qu'est-ce que ça prouve finalement? Ça prouve que je n'ai pas été assez intelligent, quand j'étais plus jeune, pour comprendre combien c'est utile d'être idiot.

Pierson se mit à rire.

— C'est bien de toi, ça.

— Oui, dit Maillat, c'est même tellement de moi que je ne le pense pas tout à fait.

— Je m'en doutais un peu.

— Petit finaud.

— Au fond, tu es fier de ne croire à rien.

— Ça non plus, dit Maillat d'une voix sérieuse, ce

n'est pas tout à fait vrai. Avant la guerre, je croyais encore
à pas mal de choses. Pas beaucoup. Enfin, juste assez pour
être heureux. Il n'y a rien de tel que l'état de paix pour
garder ses illusions. Et puis cette putain de guerre est
venue, et c'est comme si la vie avait perdu d'un seul coup
toute son épaisseur. Tiens, c'est comme une boîte dont le
fond a crevé. Tout a passé au travers. Elle est vide.

— Je ne trouve pas.

— Evidemment.

— Pourquoi évidemment?

— Toi, tu t'intéresses au match. C'est ta guerre.

— Mais toi aussi, c'est ta guerre, puisque tu la fais.

— Oh écoute! dit Maillat, tu ne vas pas recommencer
avec ton laïus sur le choix.

— C'est irréfutable.

— Et même si c'est irréfutable, dit Maillat vivement,
qu'est-ce que ça prouve? Que toi, tu assumes la guerre
pour des tas de raisons préalables, et que tu justifies ta
position après coup. C'est du laïus. En réalité, ta position
est prise depuis longtemps.

— C'est irréfutable, dit Pierson de sa voix douce et
têtue.

— Comme les preuves de l'existence de Dieu. C'est
irréfutable, et ça ne convainc que les gens qui croient
déjà en Dieu. Et remarque, je ne sais même pas si elles sont
vraiment irréfutables, ces preuves.

— Tu serais plus heureux si tu t'intéressais à la guerre.

— Mais, bon Dieu! dit Maillat, c'est ce que je me tue
à t'expliquer! C'est évident que je serais plus heureux, si j'y
croyais, à la guerre, et à toutes les raisons qu'on me donne
pour la faire. Mais je n'y crois pas, c'est tout. Pour moi,
la guerre est absurde. Et pas telle ou telle guerre. Toutes les
guerres. Dans l'absolu. Sans exception. Sans régime de
faveur. Autrement dit, il n'y a pas de guerre juste, ou de

guerre sacrée, ou de guerre pour la bonne cause. Une guerre, par définition, c'est absurde.

— C'est bien ce que je disais, tu es défaitiste.

— Mais non! s'écria Maillat, je te l'ai déjà dit, même pas! Un défaitiste, c'est encore un type qui s'intéresse au match, puisqu'il souhaite la défaite de son propre camp. Il est dans le coup. Moi, la seule chose qui m'intéresse, c'est de ne pas être tué au cours du match.

« Et encore, ajouta-t-il, pas tellement. »

Pierson tourna vivement la tête de son côté.

— Pourquoi pas tellement?

— Je ne sais pas. Il y a des tas de raisons. Ma position actuelle, tu comprends... Je suis dans le coup sans être dans le coup. Ça finit par être intenable, à la fin.

— Tu vois, dit Pierson victorieusement.

— Et alors?

— Si ta position est intenable, tu pourrais essayer d'en changer.

— C'est inouï, dit Maillat, tu parles toujours comme si on pouvait se mettre à croire sur commande, rien qu'en le voulant.

— On y arrive.

— Moi pas.

Il ajouta au bout d'un instant :

— J'ai essayé.

Pierson tira sa petite pipe de sa poche et se mit à la bourrer. Il sentait contre sa propre épaule l'épaule chaude et robuste de Maillat. En tournant la tête, il pouvait voir son cou dans la pénombre. C'était un cou plein et musclé, et qui avait quelque chose d'animal dans sa plénitude. Et pourtant, pensa Pierson avec étonnement, ce cou et cette épaule sont ceux d'un homme qui ne tient pas tant que ça à la vie.

— Et les autres raisons?

— Quelles autres raisons?

— Pour lesquelles ça ne t'intéresse pas tellement de ne
pas être tué.

— Oh! dit Maillat, il ne faut pas exagérer. Ça m'intéresse quand même un peu. Mais ce que je me demande,
c'est si la vie, après la guerre, reprendra de l'épaisseur
pour moi.

— Et si elle n'en reprend pas?

— Ça ne serait pas tenable. Pour l'instant, ça va. Enfin, ça va à peu près. Ce que je vis en ce moment, c'est une
parenthèse. La guerre, pour moi, c'est une parenthèse.
Mais je ne peux pas vivre toute ma vie entre parenthèses.

— Je vois, dit Pierson.

« Tu as une allumette? » reprit-il d'un ton impatient
qui ne lui était pas habituel.

Il y eut un craquement sec, et une flamme brilla.

— Attends, dit Maillat, je vais d'abord m'allumer. Une
pipe, c'est toujours plus long.

Il présenta sa cigarette à la flamme, puis tendit l'allumette à Pierson, et le regarda qui allumait sa pipe en la
tassant à petits coups avec son bout de crayon.

— Tu fumes beaucoup.

— Oui, dit Pierson d'un ton mécontent, je fume beaucoup.

Maillat regardait le petit élément de tranchée qui s'ouvrait à deux mètres d'eux au pied d'un arbre.

— Tu ne trouves pas ça idiot de creuser un bout de
tranchée au pied d'un arbre?

— Pas du tout, le feuillage la cache aux avions, c'est
bien trouvé, au contraire.

— On dirait une tombe.

— Oui, dit Pierson.

Il parut sur le point de se lever, mais se ravisa.

— Alors, dit-il, la guerre est absurde pour toi?

— Oui.

— Pourquoi?

— Ça ne se démontre pas, c'est une évidence.

— Pas pour moi.

Maillat sourit.

— Il n'y a jamais d'évidence pour un homme qui croit.

« Il y a pas que la guerre, d'ailleurs, ajouta-t-il aussitôt. Il y a aussi l'assassinat, les condamnations à mort.
Tuer un homme, c'est toujours absurde.

— Pourquoi?

— La Nature s'en charge. C'est ignoble de lui donner
un coup de main.

— Je vois.

— Ce n'est pas la vraie raison, dit Maillat. La vraie
raison, c'est que tuer des hommes, c'est absurde, parce
qu'il faut toujours recommencer. C'est pourquoi il n'y a
jamais de vainqueur dans une guerre. Autrefois, je pensais
que ceux qu'on pouvait à la rigueur appeler vainqueurs,
c'étaient ceux qui, dans les deux camps, survivaient. Mais
ce n'était même pas vrai. J'étais encore trop optimiste.
Les survivants sont des vaincus, eux aussi.

— Quand même, on a été vainqueurs en 18.

— Tu vois bien que non, puisqu'il nous faut recommencer.

« Quand on a tué un homme, ajouta-t-il au bout d'un
instant, c'est pareil. Il n'y a plus qu'une solution : c'est de
continuer.

— Je ne dis pas, dit Pierson...

Et il s'arrêta.

— Qu'est-ce que tu ne dis pas?

— Je ne dis pas que ça ne m'arrive pas, de temps en
temps, de penser un peu comme toi sur la guerre.

— Alors?

— C'est une position intenable, tu l'avoues toi-même.

— Alors?

— Je me ressaisis, c'est tout.

— C'est-à-dire que tu arrives à croire à tout le truc de nouveau.

— Je me ressaisis, dit Pierson de sa voix douce.

Maillat tourna la tête vers lui :

— C'est vrai, vous autres catholiques, vous n'aimez pas les positions intenables. Vous avez l'âme habituée au confort.

— Je ne trouve pas, dit Pierson avec tout juste un peu de sécheresse dans la voix, le catholicisme exige beaucoup.

— Non, il n'exige pas beaucoup par rapport au repos qu'il donne. C'est merveilleux, le repos qu'il donne.

— Il y a des catholiques angoissés.

— Et ils sont mal vus. Un bon catholique n'est jamais angoissé.

— On dirait que tu regrettes, au fond, de ne pas être catholique.

— Pardi! dit Maillat en riant, moi aussi, j'aime le confort.

« Et la preuve, ajouta-t-il, que le catholicisme est une religion confortable, c'est que tout ce que j'ai pu dire ce soir sur la guerre ou la religion, ça ne t'a pas troublé du tout.

— Pour ça, non.

— Tu vois, tu es si bien installé dans ta foi que la question ne se pose même pas pour toi. Ou quand elle se pose par hasard, tu appelles ça une défaillance et tu te « ressaisis ».

— Tu te trompes sur le catholicisme. Etre bon catholique, c'est très difficile.

— Et être athée?

— Je suis d'accord, dit Pierson avec son sourire de vierge, ça doit être très difficile, en effet.

Il se leva et ramassa discrètement la petite pelle qui reposait par terre à ses côtés.

— En tout cas, ajouta-t-il d'un ton bizarrement satisfait, tu as vidé ton sac, ce soir.

Maillat se leva à son tour.

— Si je ne dis pas ce que je pense dans cette vie, quand
est-ce que je le dirai?

Ils se mirent en marche dans la direction du Sana.

Pierson avait Maillat à sa gauche et il portait sa petite
pelle du côté opposé.

— Quelle belle nuit, dit-il en levant la tête.

— Oui, dit Maillat.

Il allait dire : « C'est une belle nuit pour brûler vif »
mais se retint. Il faisait plus noir maintenant parce qu'ils
marchaient sous les arbres de l'allée.

— Dis donc, dit Maillat, qu'est-ce que tu faisais tout à
l'heure avec ton mètre de couturière au pied de ton arbre?
On peut te le demander?

— Tu peux, dit Pierson au bout d'un moment. Je pre-
nais des repères.

— Des repères? Tu as enterré quelque chose?

— Mon revolver.

— Pourquoi?

— Mais pour venir le rechercher après la guerre.

— Tiens! dit Maillat en riant, quelle drôle d'idée!
Qu'est-ce que tu veux faire d'un revolver après la guerre?

— Mais rien, dit Pierson avec un peu de gêne, c'est un
souvenir, c'est tout.

Ils firent quelques pas en silence.

— C'est avec ce revolver que tu as tué ton Fritz dans
la Sarre?

— Oh! Ce n'est pas pour ça, dit Pierson vivement.
C'est seulement que j'ai fait toute la guerre avec lui, c'est
tout.

— Comment c'est arrivé?

— Quoi?

— Ton Fritz.

— Je n'aime pas en parler.

— Excuse-moi.

— Ce n'est rien, dit Pierson.

« C'est arrivé si bêtement, reprit-il au bout d'un moment. On s'est trouvé nez à nez au cours d'une patrouille de nuit. C'était lui ou moi. J'ai été plus rapide.

— Qu'est-ce que ça t'a fait?

— Ça a été terrible. Tu comprends, on est resté seuls un bon moment, lui et moi. Il était couché dans la neige, et moi à genoux, à côté de lui. Il n'est pas mort tout de suite. Il me regardait dans la nuit claire avec ses yeux bleus. Il était très jeune, presque un gosse. Il avait peur. Il a beaucoup souffert pour mourir.

— Tu as dû en baver.

— Oui, dit Pierson simplement.

— Et après aussi?

— Après aussi.

— Et pourtant, tu acceptes la guerre?

— Oui, dit Pierson.

Ils firent quelques pas en silence.

— Moi non, dit Maillat. Ça me paraît très grave, moi, de tuer un homme, figure-toi.

— Tu n'acceptes pas la guerre, mais tu la fais.

— Je sais! Je sais! Je sais! dit Maillat.

Il ajouta :

— Je sais, je devrais déserter selon toi.

— Ça serait plus logique.

— Et se faire fusiller pour ne pas être tué, c'est logique?

La discussion était arrivée au point mort de nouveau. Après cela, il n'y avait plus qu'à recommencer, à tourner et à retourner sans fin dans le même cercle. Tout ce que j'ai dit ce soir était inutile, pensa Maillat avec tristesse.

La porte de la roulotte était grande ouverte, et Maillat en approchant entendit les sifflements rauques et angoissés qui s'échappaient de la bouche de Dhéry quand il dormait. Personne ne se portait mieux que Dhéry, mais sa respiration, la nuit, ressemblait à un râle.

— Passe devant.

— Bonsoir.

— Bonsoir, vieux, dit Maillat.

Pierson disparut dans la roulotte. Dhéry et lui occupaient les couchettes du bas. Maillat et Alexandre, celles du haut. Maillat entendit la sangle d'une couchette crier, et le bruit des chaussures que Pierson posait doucement sur le plancher. Il entra à son tour, fit deux pas, et buta sur quelque chose de mou.

— Merde, dit une voix hargneuse, tu ne pourrais pas faire gaffe?

— Qu'est-ce qui se passe? dit Maillat.

Il entendit le rire jeune de Pierson sur sa droite.

— C'est Pinot, tu sais bien. Alexandre t'avait prévenu, pourtant.

— J'avais oublié, dit Maillat. Pauvre Pinot.

— Il t'emmerde, le pauvre Pinot, dit la voix hargneuse.

Pierson rit de nouveau, de son rire jeune de boy-scout.

— Ça va, petit père, dit Maillat, je m'excuse.

Il grimpa sur sa couchette et s'étendit sur son lit. Il écoutait les mouvements que faisait Pierson sur la couchette du bas pour se déshabiller. Il faisait noir dans la roulotte, mais c'était comme s'il le voyait. En ce moment, il ôtait son uniforme, Pierson, puis il le pliait méticuleusement, et il en faisait un petit paquet propret qu'il mettait sous sa tête comme oreiller. Puis il se couchait en chien de fusil, et maintenant, il disait ses prières. Ou peut-être ne les disait-il pas, ce soir? Non, pensa Maillat, il doit les dire. Il est trop réglo, Pierson. Ce n'est pas lui qui tricherait avec le bon Dieu. En ce moment, il est couché sur le côté droit en chien de fusil. Il a gardé sa chemise kaki immaculée, et son petit caleçon court qui lui donne l'air d'un boy-scout. Il a croisé ses mains sous sa joue rose, et il prie. Tout à l'heure, quand j'ai buté dans Pinot, il a ri d'un rire innocent de collégien. Il adore les petites farces, Pierson, et les petites taquineries, et les plaisanteries un peu scatologiques. Et maintenant, il est couché sur le côté droit, il a abaissé ses longs cils sur ses joues roses, et il prie. Il prie son Papa qui est dans les Cieux de le délivrer du Mal.

Il y avait longtemps que le bruit discret que faisait Pierson en se déshabillant avait cessé. Et Maillat était étendu dans le noir, les yeux grands ouverts.

— Tu ne dors pas? dit quelqu'un à voix basse.

Maillat décroisa les mains de derrière sa nuque, et tourna la tête à gauche. Ses yeux s'étaient habitués à la pénombre de la roulotte, et il distingua vaguement sur la couchette d'en face la tête d'Alexandre. Il devait être soulevé sur son coude, et lui aussi devait faire effort pour le voir.

— Non, dit Maillat à voix basse.

— A quoi penses-tu?

— A la guerre.

— Ne pense pas à des trucs comme ça.

— A quoi veux-tu que je pense?

— Je ne sais pas, moi. Aux femmes, par exemple.

— Ça ne réussit pas toujours. Et puis, moi, c'est surtout le matin que je pense aux femmes.

— Essaie toujours.

— Non, dit Maillat, il ne faut pas s'obstiner, si ça ne réussit pas. Parce que même sur les femmes, on se met à penser des choses tristes.

— Moi pas, dit Alexandre. Quand je pense à ma femme, je pense jamais des choses tristes.

— C'est ta femme.

— Oui, dit Alexandre, c'est ma femme.

Il y eut un silence, et Alexandre recommença à parler.

Il faisait effort, à cause des copains, pour étouffer les résonances profondes de sa voix.

— Comment ça se fait que tu n'as pas de femme, toi, Maillat?

— Je ne suis pas marié.

— Je veux pas dire ça.

— Autrement non plus.

— Ça m'épate, dit Alexandre. Un gars comme toi.

— Je ne sais pas. Ça ne s'est pas trouvé.

— Jamais?

— Oh! si. Deux ou trois fois. Ça s'est décroché, finalement.

— Tu étais mal tombé.

— C'est ce que j'ai cru.

— Tu le regrettes maintenant?

— Non. Mais ce n'était pas forcément de leur faute, à elles. Peut-être, c'était de ma faute, après tout.

— Ça m'étonnerait. T'es pas le gars à être vache avec les femmes.

— Oh! non, dit Maillat, ce n'était pas ça.

— Alors?

— Peut-être je n'y croyais pas assez.

— Tu y croyais un peu quand même?

— J'y croyais même pas mal au début.

— Tu vois bien.

— Ça ne suffit pas. L'amour, pour que ça réussisse, il faut y croire beaucoup. Et puis, il faut y croire encore, même quand on n'y croit plus qu'à moitié.

— Et tu étais heureux comme ça?

— J'étais heureux. J'étais même assez heureux, je trouve. Je faisais des choses qui m'intéressaient.

— Moi aussi, dit Alexandre, je faisais des choses qui m'intéressaient.

— Et en plus, tu avais ta femme?

— Oui.

Il y eut un silence, et Maillat dit :

— Tu la trompes, ta femme?

— Ça arrive.

— Et alors?

— Ça ne compte pas. C'est le rayon d'à côté.

— Oui, et tu dois même aimer ta femme davantage après, parce que tu te sens supérieur à elle.

— Qu'est-ce que tu chantes là? dit Alexandre d'une voix contrariée. Je ne me sens pas supérieur à elle. C'est ma femme.

— Et les autres?

— Quelles autres?

— Celles avec qui tu la trompes?

— Oh elles! dit Alexandre. Je leur en veux pas.

Maillat se mit à rire.

— Pourquoi ris-tu? dit Alexandre d'une voix étonnée. Il n'y a pas de quoi rire.

— Je ris parce que je t'aime bien.

— Tu déconnes.

Et Maillat remarqua fugitivement que c'était la première fois qu'Alexandre disait un gros mot, ce soir.

— Ta femme, ton boulot, ta roulotte, ton copain! dit Maillat.

— Et alors?

— C'est moi, ton copain? dit Maillat de sa voix taquine.

— Tu déconnes.

— C'est moi, ton copain, Alexandre?

— Ferme ton déconophone, dit Alexandre. Je veux dormir, moi.

— C'est moi, ton copain, Alexandre?

Alexandre se retourna sur sa couchette, et Maillat ne vit plus que son large dos. Au bout d'un moment, il se coucha à son tour, détendit ses longues jambes, et recroisa les deux mains sous sa nuque.

DIMANCHE MATIN

— Où tu vas?

— Je ne sais pas, je vais faire un tour sur la plage. Peut-être je pousserai jusqu'à Bray-Dunes.

Alexandre enveloppa Maillat du regard.

— C'est marrant, dit-il, tu ne peux pas tenir en place. Toujours à courir de droite et de gauche. C'est de la bougeotte. Et qu'est-ce que ça te rapporte? Qu'est-ce que ça te rapporte, je te le demande?

Maillat haussa les épaules.

— Tu reviens ce midi?

— Naturellement.

— Bon, dit Alexandre.

Maillat prit l'allée du Sana, tourna à gauche, se trouva sur la plage. Il entendit des pas derrière lui.

— Maillat!

C'était Dhéry. Il était essoufflé d'avoir couru.

— Tu souffles comme un phoque.

— Je ne suis pas un athlète, moi, dit Dhéry.

Il fit quelques pas.

— Quelle belle journée!

Maillat tourna la tête et le dévisagea.

— Tu as à me parler?

— Oui.

— Bon, dit Maillat.

Il s'assit sur le sable, tira une cigarette de sa poche et l'alluma. Dhéry hésita, puis, au bout de quelques secondes, il s'assit à son tour sur le sable. Maillat fumait et ne disait rien.

— Voilà, dit Dhéry, je n'ai pas l'intention de me laisser faire aux pattes par les Fritz.

— Tiens! Tu vas essayer de t'embarquer, toi aussi?

— Pas si fou.

Il y eut un silence.

— Alors? dit Maillat.

Dhéry le regarda.

— Voilà, dit-il. Je vais m'habiller en civil, m'installer dans une maison, et quand les Fritz arriveront, je resterai sur place.

— Et si les Fritz te pincent?

— Ils ne me pinceront pas.

— Ils te demanderont tes papiers.

— Ils sont en règle, mes papiers.

Il sortit son livret militaire de sa poche, l'ouvrit, et le tendit à Maillat. Il y était dit que le soldat Dhéry était réformé pour maladie de cœur à la date du 2 février 1940.

— Cirilli?

— On ne peut rien te cacher...

— Pas mal. Mais les Fritz voudront savoir ce que tu fous ici.

— J'habite ici.

Il prit dans son portefeuille un papier, et le tendit à Maillat. C'était une quittance de loyer datée du 1er janvier 1940.

— Cette quittance établit que j'habite Bray-Dunes depuis six mois.

— C'est un faux?

— Pas du tout. A part la date, c'est tout ce qu'il y a de

plus authentique. Je suis locataire d'une petite ferme près de Bray-Dunes, figure-toi.

— Depuis quand?

— Depuis hier.

Maillat siffla.

— Les copains sont au courant?

— Non, tu es le premier à qui j'en parle.

— Tiens, tiens, dit Maillat, pourquoi donc?

Il prit une poignée de sable dans sa main, et s'amusa à la faire couler entre ses doigts.

— Parce que je veux te mettre dans le coup.

Maillat releva la tête.

— Moi? dit-il, pourquoi moi?

— Mais je ne sais pas, dit Dhéry avec un petit rire contraint, probablement parce que tu m'es sympathique.

— Ne te fatigue pas.

— Mais bon Dieu! dit Dhéry.

Maillat le regarda.

— Ecoute, dit-il, je ne dis pas que je ne te suis pas sympathique, mais ce n'est pas pour ça que tu veux me mettre dans le coup.

— C'est pourquoi alors?

— C'est ce que je te demande.

— Mais je t'assure... commença Dhéry.

— Ne me prends pas pour un con.

Dhéry le regarda, puis ses yeux disparurent derrière ses lunettes.

— Eh bien voilà, dit-il. Tu parles allemand, n'est-ce pas?

— Ah bon! dit Maillat, tu as besoin d'un interprète.

Il nivela du revers de la main les petits monticules de sable qu'il avait faits.

— Et pourquoi as-tu besoin d'un interprète?

— Pourquoi? dit Dhéry. Mais c'est toujours utile, quel-

qu'un qui parle la langue de l'occupant. Ça inspire
confiance. Rien que pour les papiers, tiens.

— Tu n'as pas besoin d'interprète pour les papiers. Ils
sont parfaits, tes papiers.

— Mais si, mais si. On ne sait jamais.

— C'est tout su, dit Maillat.

Il regarda Dhéry.

— Alors, tu te décides?

— A quoi? dit Dhéry d'un air innocent.

— Allons, dépêche-toi, dit Maillat avec impatience.
Explique-moi à fond ta combine, si tu veux que je
marche.

— Quelle combine?

— Salut! dit Maillat en se levant.

Dhéry se leva à son tour. Il regardait Maillat en hésitant. Maillat lui tourna le dos et commença à s'éloigner.
Dhéry courut après lui.

— Eh bien voilà... j'ai fait quelques réserves dans ma
ferme.

— Des réserves? dit Maillat en se retournant.

— Des chaussures, des pneus...

Maillat s'immobilisa. Puis brusquement il éclata de rire.

— Les millions, dit-il, les « millions à prendre! »

— Il n'y a pas de quoi rire.

Maillat riait si fort qu'il s'écoula bien quelques secondes
avant qu'il fût en état de parler de nouveau :

— Et à qui vas-tu les vendre, tes chaussures? Aux
Chleuhs?

— Pas si fou, dit Dhéry. C'est aux civils que je les
vendrais, et pas aux civils d'ici, tu penses.

« Le difficile là-dedans, ajouta-t-il d'un air posé, c'est
le transport. C'est la question de transport. Remarque, j'ai
le camion. Ça, ce n'est rien. Non, le difficile, c'est que les
Fritz laissent passer mes chaussures, quand les communi-
cations seront rétablies.

— Mais ils te les prendront, tes godasses.

— Ça, c'est pas sûr. Il faut pas croire que les Fritz vont mettre la main sur tous les biens privés.

— Les biens privés!

— Rien ne prouve qu'elles sont à l'armée française, ces godasses. Ce n'est pas écrit dessus. Il suffit d'avoir des factures, c'est tout.

— Et tu les as?

— Je les aurai, dit Dhéry simplement.

Maillat le considéra en silence.

— Alors, dit-il au bout d'un moment, moi, je serai là pour aplanir les choses du côté Fritz? C'est bien ça?

— Oui.

— Inouï! dit Maillat.

Il fit quelques pas en silence, s'arrêta, et regarda Dhéry.

— Et je suppose que je toucherai un tant pour cent?

— Evidemment.

— Evidemment! dit Maillat.

Il se mit à rire de nouveau.

— Pourquoi ris-tu? dit Dhéry. Tu ne crois pas que c'est réalisable?

— Ça me paraît très réalisable, au contraire.

— Alors?

— Alors, rien. Ça me fait rire, c'est tout.

— C'est ton droit, dit Dhéry sèchement. Alors, tu acceptes?

Maillat le regarda.

— Tu rêves, non?

— Tu ne marches pas?

— Non.

— Mais pourquoi? dit Dhéry avec une brusque fureur.

— A vrai dire, dit Maillat lentement, je n'en sais rien.

— Ecoute, dit Dhéry, primo, c'est très réalisable. Secundo, il y a des risques, mais ils ne sont pas excessifs.

Tertio, ça ne lèse personne. Je dirais même qu'il vaut mieux que ce soit moi qui les récupère, ces godasses, plutôt que les Fritz.

— Ça, c'est vrai.

— Alors?

— Ça ne m'intéresse pas, c'est tout.

— Tu te dégonfles.

— Non, dit Maillat, je ne crois pas que ce soit ça non plus. Et tiens, ton idée de se mettre en civil, je la retiens. C'est bête comme chou, mais je n'y avais pas pensé. C'est le coup des godasses qui ne me tente pas.

— C'est un préjugé.

— Je ne crois pas. Honnêtement, je ne crois pas. Si ça m'intéressait vraiment, il n'y aurait pas de préjugé qui tienne. Non, ça ne m'intéresse pas, c'est tout.

Il regarda Dhéry avec curiosité.

— Dis-moi, dit-il, ça te passionne tellement que ça, le fric?

— Ça passionne tout le monde.

— C'est ce qui te trompe, dit Maillat au bout d'un moment.

— Alors, tu ne marches pas?

— Non.

— Ecoute, réfléchis au moins, avant de te décider.

— C'est tout réfléchi.

— Tu es con, dit Dhéry rageusement.

Maillat le regarda.

— Probablement.

« Mais si je suis con, ajouta-t-il au bout d'un moment, autant l'être jusqu'au bout. »

Ils étaient debout l'un en face de l'autre, et Maillat s'apercevait qu'il avait toujours un peu méprisé Dhéry jusque-là. Pour des raisons plutôt futiles, d'ailleurs : parce qu'il était obèse, parce qu'il n'avait pas de courage physique, parce qu'il était avare, parce qu'il n'aimait pas les femmes. Et maintenant, il ne le méprisait pas du tout. C'était presque grandiose d'aimer l'argent à ce point.

— Au fond, dit-il en souriant, tu es un poète, toi, avec tes millions.

— Tu te fiches de moi.

— Non, dit Maillat, tu es un poète.

— En tout cas, dit Dhéry, ne dis rien à personne.

— Même pas à Alexandre?

— Même pas.

— Si tu veux, dit Maillat un peu sèchement.

— Bon, dit Dhéry. Au revoir.

— Au revoir, poète, dit Maillat.

Il continua sa marche. « C'est un poète! » dit-il à mi-voix, et il se mit à rire.

Tout en marchant, il regardait distraitement autour de lui. Tout d'un coup, il s'arrêta net, étonné. Les fusils anglais, qui hier encore jonchaient les dunes et la plage, avaient disparu. Aussi loin que sa vue pouvait porter, il n'en voyait plus un seul. Il y avait donc eu des chefs dans leur armée pour s'indigner de cet abandon, et pour avoir donné l'ordre de récupérer ces armes. Et cet ordre, en une nuit, avait été exécuté.

Maillat remarqua une auto devant lui sur la plage. Elle ne devait pas être là depuis longtemps : elle avait encore toutes ses roues. Maillat s'approcha, et passant la tête par la portière, jeta un coup d'œil à l'intérieur. Tout paraissait en ordre. Au tableau de bord, la clef de contact était encore engagée dans la serrure. Maillat la tourna. Une petite lumière apparut. Il s'assit au volant et pressa le démarreur. Au premier coup le moteur ronfla. Celui qui était arrivé jusque-là avec cette auto devait être bien pressé, puisqu'il n'avait pas songé, en s'en allant, à emporter la clef. Un padre, peut-être. C'est dans ce genre de petites voitures qu'on les voyait passer sur les routes de Flandres,

pendant la drôle de guerre. Ils allaient porter la bonne
parole aux unités perdues dans les villages. Ils entraient
dans les cantonnements. Les tommies se levaient aussitôt.
Les padres demandaient s'ils avaient lu la Bible. Les
tommies répondaient oui ou non, selon le cas. Alors les
padres récitaient quelques versets, distribuaient des bro-
chures pieuses, et s'en allaient.

Maillat fit ronfler le moteur à plein régime. Il débraya
brutalement. Il sentit les roues patiner une ou deux fois
dans le sable, puis s'arracher, et commencer à tourner. Il
sourit en pensant à Dhéry et ses millions à prendre. C'était
vrai, au fond. Il y avait, dans ces quelques kilomètres de
côte, des richesses plus fabuleuses que dans l'Ile de Monte-
Cristo. Et tout était à vous. Tout était à vous, maintenant. Il n'y avait qu'à étendre la main et à prendre. Ce
n'était plus qu'une question de transport, et Dhéry l'avait
résolue apparemment.

Maillat abandonna l'Austin devant les premières maisons
de Bray-Dunes. La foule était dense déjà, et sur la plage
les files parallèles des tommies s'allongeaient jusqu'à
l'horizon. Entre deux villas Maillat remarqua, bossuant
le sol comme une taupinière, un petit abri en terre, en
forme de tunnel. Il était construit à moitié en surface, les
déblais de la fouille faisant murs, et une tôle, recouverte
d'une mince couche de terre, servant de toit. Il paraissait
si dérisoire qu'on se demandait contre quoi il pouvait bien
protéger. Maillat avança la tête dans l'ouverture. Une
odeur nauséabonde le prit à la gorge. L'abri était plein.
Une dizaine de soldats, mélangés à quelques civils, y
étaient entassés, étendus à même la terre. Ils étaient sales,
mal rasés, avec des uniformes défraîchis et souillés.
Comme Maillat se penchait pour mieux les voir, tous les
visages se tournèrent en même temps vers lui. Brusquement, une clameur furieuse s'éleva.

— Qu'est-ce qui vous prend? dit Maillat.

Les cris redoublèrent.

— Fous le camp, cria une voix.

— Moi?

— Oui, toi!

— Fous le camp, salaud! Ne reste pas devant l'entrée!

— Mais pourquoi?

Les cris reprirent, plus menaçants. Et dans tous les yeux qui le fixaient du fond de l'abri, Maillat, stupéfait, lut une véritable haine.

— Bon Dieu! fit-il, j'ai bien le droit de me mettre où je veux, non?

— Ecoute! cria une voix.

Elle vibrait de colère, mais on sentait qu'elle voulait être conciliante.

— Rentre ou sors! Tu peux rentrer si tu veux. On te fera une petite place.

— Je n'y tiens pas.

— Alors, va-t'en! cria la voix rageusement.

— Mais pourquoi? dit Maillat.

Sa voix fut étouffée par les clameurs. C'était un seul cri, inarticulé et sauvage, comme le grondement d'une meute.

— Tu vas foutre le camp? reprit la voix. Nom de Dieu! Tu vas foutre le camp?

— Mais pourquoi?

— Sors-toi de l'entrée! Salaud!

— Mais enfin, hurla Maillat à son tour, qu'est-ce que je vous fais?

— Ce que tu nous fais? reprit la voix qui avait déjà parlé. Ce que tu nous fais, salaud? Tu nous fais repérer par les Stukkas!

Maillat se mit à rire.

— Les Stukkas! Mais il n'y en a pas un seul en vue pour le moment.

Les cris reprirent de plus belle.

— Sors-toi de cette entrée, espèce d'espion! dit une voix rauque que Maillat n'avait pas encore entendue.

Il faisait si sombre dans ce trou puant qu'on ne pouvait même pas distinguer qui parlait.

— Sale espion! reprit le chœur sauvagement.

Maillat se pencha davantage pour mieux voir. Ces gars-là n'avaient pas l'air fou, pourtant.

— Ecoutez! dit-il, vous êtes cinglés, les gars! Si vous croyez qu'un Stukka va remarquer un homme parmi des dizaines de milliers! Et choisir spécialement votre cagna pour la bombarder! Ça ne tient pas debout, voyons!

Une clameur sauvage lui répondit.

— Attends! cria la même voix rauque, je vais sortir te couper les couilles, moi!

— Sortir? dit Maillat, et les Stukkas?

Un brodequin, lancé sur lui du fond de l'abri, tomba à ses pieds.

— Sors-toi de là, sale con! cria la voix rauque.

Est-ce qu'ils se croyaient vraiment à l'abri sous leur tôle ondulée, entre leurs murs de terre? Maillat avait envie de rire, mais en même temps il était abasourdi par tous ces yeux, brillants de haine, fixés sur lui. C'était stupéfiant, tous ces visages décomposés par la peur, et à qui la haine, cependant, prêtait une sorte de férocité.

Il chercha quelque chose à dire, ne trouva rien, et ramassant le brodequin à ses pieds, le jeta à toute volée à l'intérieur de l'abri.

Il marcha quelques minutes droit devant lui. Quand il releva la tête, il fut surpris de se trouver devant le garage où la veille il s'était trouvé avec Pinot. La veille seulement! Et que de choses s'étaient passées depuis! Il y avait quelque chose de changé dans la rue. Il avait dû y avoir un autre bombardement sans doute. En face du garage, pourtant, la maison de Jeanne se dressait, intacte, la seule de toute la rue peut-être qui n'eût pas été touchée.

Maillat traversa la rue, frappa à la porte. Rien ne répondit. Il entra. Il parcourut successivement toutes les pièces du rez-de-chaussée. Ses pas faisaient crier les parquets. Il s'attendait à chaque instant à entendre la voix de Jeanne dire derrière son dos : « Vous désirez, Monsieur? » Comme la veille, elle apparaîtrait, debout, les bras croisés, dans l'encadrement d'une porte. Comme elle avait eu l'air brave en disant cela! Et comme son cœur devait battre! Mais non, cette fois-ci, la maison était bien vide. Elle avait été balayée, pourtant. Il n'y avait pas de poussière sur les meubles.

Maillat gagna la cuisine. Elle était exactement dans l'état où il l'avait vue la veille. Sur la table, il reconnut la bouteille de vin avec le bouchon de fantaisie représentant une tête d'homme vermeille et lippue. Elle était presque vide, mais deux verres qui la flanquaient montraient encore des traces de vin. Maillat se sentit intrigué. Il revoyait le geste qu'avait eu Jeanne la veille, dès qu'elle l'avait vu reposer son verre. Elle s'en était emparée aussitôt, l'avait rincé, essuyé, rangé dans le placard. On eût dit que dans cette maison il y avait une règle qui défendait sous peine de mort qu'un verre sale restât plus de quelques secondes sur une table. Et ces deux verres, pourtant... Il y avait même une petite flaque de vin qui s'étendait à côté de l'un d'eux. Tout était si net dans cette maison, si propre, si reluisant de propreté flamande que cette petite tache de vin sur la toile cirée, ces deux verres sales prenaient un aspect insolite.

Maillat repassa dans la salle à manger, y fit quelques pas sans but, passa son doigt sur le buffet Henri II. Une légère odeur d'encaustique régnait. Aux croisées pas une vitre ne manquait. On avait dû prendre soin de les maintenir ouvertes au moment des alertes. Des rideaux blancs plissés étaient tendus devant les fenêtres. Tout était intact, bien en ordre, d'une propreté méticuleuse. Dehors, c'était la cohue, la poussière, les gravats, le désordre. Mais ici la guerre

n'était pas passée. La petite maison était exactement comme
elle était autrefois. Le plancher luisait, ciré de frais. Maillat
regarda autour de lui, et sourit en découvrant ce qu'il cherchait. Une paire de patins de feutre près de la porte qui
attendait le visiteur. Il y posa les deux pieds et refit en
glissant doucement le tour de la pièce. Cette odeur de cire,
ces patins de feutre... Comme tout cela était familier!

Il ne se décidait pas à s'en aller. Il s'assit sur l'unique
fauteuil près de la fenêtre, alluma une cigarette, trouva à
portée de sa main un cendrier. Une pression le fixait à une
bande de cuir, posée en travers sur le bras du fauteuil, et
lestée, à chaque extrémité, de deux poids qui l'équili-
braient. Le cendrier était en cuivre. Il brillait comme de
l'or. Jeanne avait dû l'astiquer le matin même, plus soigneusement peut-être que tout le reste. C'était amusant de
frotter quelque chose qui brillait si bien. Maillat se rappela
les deux verres sales de la cuisine. Deux verres sales dans
une telle maison! Il se leva, reprit les patins de feutre
sous ses pieds, se dirigea vers la porte. C'était étrange que
tout le monde fût sorti, qu'il n'y eût personne pour garder
la maison. On pillait si facilement maintenant. C'était un
miracle qu'il n'y eût pas déjà deux ou trois soldats occupés
à fracturer les meubles, à les vider. Maillat s'arrêta. Il lui
avait semblé entendre un bruit de pas au-dessus de sa tête,
un piétinement plutôt, suivi d'un cri. Il s'immobilisa,
prêta l'oreille. Cette fois-ci, c'était bien un cri. Un cri
faible, comme étouffé.

Maillat gagna le vestibule, s'engagea dans l'escalier.
Il était assez sombre, et menait à un palier si étroit que
trois personnes à la fois n'auraient pu s'y tenir. Deux
poignées blanches luisaient vaguement dans la pénombre.
Maillat tourna l'une d'elles. La porte s'ouvrit, et en même
temps un flot de lumière lui fit cligner les yeux. La
chambre était très grande, éclairée par deux fenêtres. Mais
tout ce que Maillat vit d'abord, ce fut un soldat qui lui

tournait le dos. Un dos très large, surmonté d'une nuque puissante. Le soldat paraissait s'appuyer des genoux sur le sommier du lit, et lutter contre quelque chose. Maillat l'entendit jurer d'une voix profonde. De nouveau, Maillat perçut ce même cri étouffé. Il fit un pas en avant, et vit un deuxième soldat que le dos gigantesque du premier lui avait caché jusque-là. Celui-ci lui faisait face. Il se tenait penché de l'autre côté du lit, les deux bras en avant. Il avait un visage de gouape. Les deux hommes étaient si absorbés qu'ils n'avaient pas entendu Maillat. Ils étaient tous les deux penchés sur le lit, et par moments piétinaient le plancher comme s'ils luttaient. Le grand n'arrêtait pas de jurer. Maillat fit un autre pas en avant, et s'immobilisa, cloué au sol par la stupeur.

— Salauds!

Il avait crié avec une telle force qu'il ne reconnut pas sa voix. Les deux hommes tournèrent la tête. Leurs visages étaient rouges et suants. Le géant avait une tête bovine où de petits yeux pâles, striés de sang, s'agitaient comme de petites bêtes inquiètes.

— Salauds! répéta Maillat. Vous n'avez pas honte!

Il y eut un silence.

— Ça va, ça va, dit le petit au visage de gouape, on t'en laissera un morceau, mon pote. Quand il y en a pour deux, il y en a pour trois.

— Salauds! hurla Maillat.

— Ah non! dit la gouape d'un ton traînant et menaçant, pas de ça, hein? Tu vas la boucler, ma belle. Et tâche d'être poli, d'abord.

Le géant ne disait rien. Il regardait Maillat avec des yeux hébétés. Maillat fit un pas et lui mit la main sur l'épaule.

— Ecoute, dit-il avec un effort pour retrouver son calme, c'est dégoûtant ce que tu vas faire là; c'est dégoûtant, tu entends? Tu vas laisser ça là, hein?

Sans transition, la petite gouape se mit à crier :

— L'écoute pas! Paul, l'écoute pas! Il va t'avoir au boniment, cette pourriture! Rentre-lui dedans, Paul!

De ses yeux pâles, le géant regardait tour à tour Maillat et son camarade.

— Voyons, dit Maillat, tu ne ferais pas ça chez toi, hein? Réfléchis. D'où tu es?

— De la Creuse, dit le géant.

— Lui réponds pas! hurla la petite gouape. Il va t'avoir Paul! Il va t'avoir. Le laisse pas causer! Rentre-lui dedans, je te dis! Et tout de suite!

Il piétinait de fureur. Le géant paraissait hésiter. Maillat baissa les yeux un quart de seconde, et tout d'un coup il aperçut le sexe de l'homme à découvert. Il pendait hors de la braguette comiquement. Il avait l'air nu et désarmé comme une espèce de gros ver blafard. Maillat releva les yeux aussitôt. C'est trop tard. L'homme avait vu le regard. Ses petits yeux pâles se durcirent, et Maillat sentit qu'il avait perdu la partie. Il jeta un coup d'œil sur le corps qui se débattait sur le lit. De tout son poids la gouape pesait des deux mains sur les frêles épaules. Le corsage pendait, déchiré, et laissait voir les seins.

Maillat frappa le premier, mais il frappa mal, et le corps en équilibre sur le mauvais pied. Le coup glissa sur le menton et se perdit sur le col de la vareuse. L'instant d'après, il reculait en bloquant les coups. L'homme le dépassait de toute une tête. Il avançait lentement tout en frappant, et Maillat sentait sur son visage le vent de ses énormes poings. Ses propres coups lui paraissaient dérisoires. L'homme avait du sang sur la lèvre, mais il avançait toujours. Maillat eut l'impression qu'il le poussait devant la porte de la chambre. Il la sentait qui béait comme une trappe derrière son dos. Il essaya de sauter de côté, mais glissa sur ses brodequins neufs. L'homme envoyait de grands coups lents et puissants, dont aucun n'avait encore

atteint son but, mais Maillat sentait peser sur lui son poids
gigantesque. Il avait les deux bras endoloris à force de
parer. Il feinta, toucha encore une fois au visage. L'homme
jura, mais continua d'avancer. S'il me coince sur le palier,
pensa Maillat, je suis perdu. Il réussit à sauter de côté,
feinta au visage, chercha l'estomac. Au même instant, il se
sentit soulevé de terre par un coup prodigieux, et entendit
sa propre tête sonner contre le mur. Il reprit pied, le souffle coupé, se courba en deux, couvrit son visage de ses deux
mains. Il va me tuer, pensa-t-il avec terreur. Mais l'homme
ne songeait plus à frapper. Il l'avait saisi par le col de sa
vareuse, et le poussait vers la porte en le soulevant à demi.
Maillat entendit la gouape pousser des cris stridents. Il
avait dû crier comme cela dès le début, mais Maillat
n'y avait pas pris garde. L'homme le traînait toujours.
Il va me jeter dans l'escalier, pensa Maillat désespérément. Il lança son genou en avant de toutes ses forces.
L'homme jura, lâcha prise, et Maillat se sentit frapper en
pleine poitrine. Il tituba, battit l'air des deux bras, puis
le sol se déroba sous lui brusquement, et il roula sur les
marches pendant un temps qui lui parut très long. Au-
dessus de lui une porte claqua. La nuit se fit.

Il resta allongé sans mouvement, les tempes bourdon-
nantes, la tête vague. Il ne souffrait pas. Il se sentait seulement flotter à reculons dans une nuit trouée de lumières.
C'est quand il voulut bouger que la douleur revint. Il
réussit à se mettre à genoux sur une marche, et resta ainsi
quelques secondes dans le noir, la tête pendante. Il n'arrivait pas à se redresser. La sueur coulait le long de ses
flancs. Il se laissa aller, retomba comme un plomb, et la
joue appuyée contre une marche, il se mit à vomir avec
de longs spasmes qui le secouaient tout entier. Il prit son
mouchoir, s'essuya la bouche, et sentit un liquide tiède
couler le long de sa joue. Il se remit sur pied en s'appuyant
sur la rampe. Il ferma les yeux, il avait l'impression que le

combat continuait, qu'il reculait encore devant cette brute.
Il sentait de nouveau le poids de l'homme sur lui, ce poids
qui le dominait, qui le repoussait en arrière, même avant
que l'homme l'eût touché. Il avait peur. Il se sentit pris de
vertige, étendit la main, rencontra la boule qui terminait
la rampe. C'était une boule de verre, taillée en facettes. Il
se souvint qu'il y en avait une semblable dans la villa de
ses grands-parents. Elle était fraîche et familière sous sa
main. Je vais sortir, se dit-il, faire quelques pas dans la
rue, le grand air me ranimera tout à fait. Au même instant
il comprit qu'il était en train de remonter l'escalier.

Appuyé de tout son poids sur la rampe, il recommençait
à gravir les marches une à une. Il dut s'arrêter à mi-chemin.
Ses genoux tremblaient. J'ai peur, pensa-t-il avec rage. Il
se sentait très faible. Une envie irrésistible le prit de se
laisser tomber sur place, et de dormir. Ce que je fais est
absurde, se dit-il, ça ne sert à rien, cette brute va encore
me descendre. Il montait de nouveau. Il sentait cette intolérable impression de poids qu'il avait eue pendant le
combat, ce poids qui le faisait reculer sans même le toucher. En arrivant sur le palier, il eut l'impression que
quelque chose lui battait les cuisses à chaque pas. Il tâtonna
de la main droite. C'était son revolver. Il avait dû s'échapper de l'étui pendant sa chute, et se balançait au bout du
cordonnet de sûreté que Maillat portait autour du cou. Il le
remit dans l'étui, ouvrit la porte, entra, s'adossa contre le
mur. Il avait atrocement peur.

— Allez-vous-en, les gars.

Il avait parlé bas, d'une voix à peine distincte. Devant
lui, lui cachant tout, il vit de nouveau le dos monstrueux
du géant. L'homme ne se retournait pas. Il n'avait pas
entendu.

— Allez-vous-en, les gars, répéta Maillat.

Cette fois, l'homme se retourna et le fixa de ses yeux
pâles. Au mouvement qu'il fit, il démasqua Maillat,

et le soldat au visage de gouape l'aperçut. Il ricana.

— Tu en veux encore, dit-il de sa voix traînante. Tu n'en as pas assez, dis, ma belle, tu veux ton rabe?

— Allez-vous-en, dit Maillat.

Il voulait parler d'un ton ferme, et entendait désespérément sa propre voix couler, faible et tremblante, de ses lèvres. Une voix de vieillard, pensa-t-il avec dégoût.

— Tu veux ton rabe, répéta la gouape. Tu fais dans ton froc, ma belle, mais tu veux quand même ton rabe. Vas-y, Paul, ne fais pas attendre Monsieur.

— Fous le camp, dit le géant en fixant Maillat de ses yeux pâles.

Il paraissait gêné, et d'un geste gauche maintenait sa main droite grande ouverte devant son sexe.

— Je ne partirai pas, dit Maillat.

Et toujours cette voix faible, asexuée, hésitante qui coulait de ses lèvres malgré lui.

— Non? dit le géant en s'avançant d'un pas.

Maillat sentit qu'il se tassait sur lui-même comme un chien battu. Il essaya de se redresser et de ramener ses bras devant lui.

Tout son corps était mou et sans force.

— Ne me touchez pas, dit-il d'une voix blanche.

— Vas-y, Paul! hurla la gouape, vas-y! donne-lui son rabe, à cet enculé!

Les petits yeux du géant fixaient Maillat avec un air de supériorité intolérable. Maillat se mit à trembler de rage.

— Salauds! hurla-t-il.

L'homme avançait sur lui. Il ne songeait même plus à cacher son sexe de sa main. Il avait les bras ballants, et l'air comme endormi. Mais ses petits yeux porcins s'étaient mis à briller.

— Non! cria Maillat en ramenant ses bras sur sa poitrine. Au même instant il sentit l'étui à revolver sous son coude. Il dégaina, et braqua l'arme devant lui.

— N'approche pas, cria-t-il.

La crosse de l'arme était froide et dure dans le creux de sa main. Une joie immense l'inondait.

— Ça! dit l'homme.

Il continuait d'avancer. Il n'était plus qu'à un mètre. Maillat sentait peser sur lui son poids gigantesque.

Le coup claqua. L'homme ramena les deux mains sur sa poitrine et regarda Maillat d'un air extraordinairement étonné. Puis il abaissa les mains, crispa les lèvres, fit une moue comme s'il allait se mettre à pleurer, et se mit à vaciller. Il vacilla deux pleines secondes, puis il bascula, s'affala de tout son long, ne bougea plus.

Maillat quitta l'appui du mur, et fit un pas en titubant. Il regardait la gouape. Celui-là, ce serait un véritable plaisir!

— Non! dit la gouape en reculant, non!

Il dodelinait de la tête et fixait Maillat avec des yeux épouvantés. Maillat faillit tomber, s'épaula contre le mur, et avança par saccades. Ses gestes étaient si incertains que le revolver dansait au bout de son bras. Il lui fallut bien deux secondes pour arriver jusqu'au lit. La gouape s'était reculée jusqu'à l'angle du mur et de la fenêtre, et s'y rencognait désespérément. Il tendait les deux mains en avant comme pour se protéger.

— Non! Non! suppliait-il en secouant la tête de droite à gauche. Non! Non!

Maillat tira. L'homme s'affaissa sur les genoux, les bras repliés devant lui, ouvrit la bouche, et continua à faire « non! » de la tête. Maillat appuya sur la détente de nouveau. L'homme tomba en avant, se raccrocha des deux mains au lit, puis glissa, entraînant le couvre-lit dans sa chute. Il sembla se tasser sur lui-même, le nez contre terre. Maillat ne voyait plus que son dos, sa nuque, et ses cheveux noirs qui balayaient le sol, comme si la petite gouape continuait à dire « non! ». Il se pencha au-dessus du lit, et une main appuyée sur le matelas, il vida son chargeur.

Il y eut tout à coup un grand silence dans la pièce. Maillat se laissa tomber sur le lit au côté de Jeanne. Il se sentait pénétré de lassitude, mais en même temps bizarrement soulagé. Il porta une cigarette à sa bouche, l'alluma, et la tête renversée en arrière, tira une bouffée. Je viens de tuer deux types, pensa-t-il. Moi, Maillat, je viens de tuer deux types. Il répéta la phrase plusieurs fois de suite, mais ça ne l'avançait pas. Il n'arrivait pas à lui trouver un sens. Il n'y avait rien dans son esprit qu'une envie de rester là, sans bouger. Il se demanda si Jeanne n'était pas morte. Il devrait voir, lui donner des soins, la faire revenir à elle, si elle était évanouie. Mais non, rester là d'abord, étendu, ne pas bouger, ne pas bouger surtout. Le reste viendrait ensuite. Tous ses muscles étaient chauds et détendus comme après une marche harassante. Le matelas se creusait sous ses reins. Il s'allongea de tout son long, bien à plat, comme s'il eût craint qu'une seule partie de son corps ne coïncidât pas avec le lit.

Une brûlure au cou le fit sursauter. Il avait dû s'endormir. Sa cigarette s'était échappée de ses lèvres, couvrant sa bouche et son menton de cendres. Elle s'était logée sous le col de sa chemise. Il retrouva la cigarette, la remit entre ses lèvres. Il se sentait vague et dépaysé comme après une sieste trop longue. Le sentiment de bien-être avait disparu. Il baissa les yeux et aperçut le corps de Jeanne à son côté. La jupe était relevée jusqu'aux cuisses, et le corsage déchiré laissait voir les seins, des petits seins roses et ronds, attachés très haut. Machinalement, Maillat avança la main, et rabattit la jupe sur ses jambes nues. Il se rappela avec dégoût qu'il avait vu faire le même geste à Virrel, la veille. Jeanne ne bougeait pas. Ses deux bras étaient rejetés de part et d'autre de son corps, et Maillat remarqua que ses épaules, à l'endroit où la gouape avait dû peser des deux mains étaient rouges et zébrées de coups d'ongle. Couchée et à demi nue, elle paraissait très frêle et très jeune. Les tempes de Maillat se mirent à battre. Il allongea le bras, et du bout du doigt, toucha le sein de la jeune fille. Il céda doucement sous la pression. Maillat retira la main aussi vivement que s'il avait touché un fer rouge.

— Jeanne! appela-t-il à haute voix, Jeanne!

Il la prit aux épaules et la secoua. Mais elle était inerte et pâle entre ses mains. Il la lâcha, et se rappelant avoir vu un médecin gifler un malade pour le ranimer, il donna à Jeanne un petit coup timide sur la joue. Le visage de Jeanne resta inerte. Il se mit à frapper plus fort, des deux mains. A chaque coup la tête inerte de Jeanne ballottait de droite à gauche, et il y avait quelque chose dans ce mouvement qui faisait honte à Maillat. Il fallait bien la ranimer, pourtant. Il frappait presque brutalement, maintenant. Les claques retentissaient dans la maison silencieuse avec une intensité gênante. Maillat s'arrêta et s'essuya le front. Et tout d'un coup il se vit seul, dans cette chambre inconnue, avec ces deux cadavres sur le plancher, et cette jeune fille à demi nue qu'il giflait avec un acharnement de brute. Lui, Julien Maillat, il était là, en train de battre cette petite fille couchée sur un lit, et à terre, baignant dans leur sang, il y avait deux hommes. Et c'était lui, Maillat, qui les avait tués.

Un peu de couleur, maintenant, affluait sous la peau exsangue des joues. Jeanne ouvrit les yeux, et les referma aussitôt.

— Jeanne! cria Maillat en la giflant de nouveau.

Cette fois-ci, il y eut une plainte, un « non » étouffé. La jeune fille ouvrit les yeux, et les referma. Maillat la gifla. Elle les rouvrit une troisième fois, mais son regard n'arrivait pas à se fixer. Ses paupières retombaient à chaque fois comme si un poids énorme pesait sur elles.

— Jeanne!

Il n'en finissait plus de la réveiller, de soulever à bout de bras cette masse inerte qui retombait. Il la frappa avec violence. Le coup claqua sur la joue de Jeanne comme un coup de feu. Tout son visage tressaillit, et elle se mit à battre des cils mécaniquement. Ses yeux roulèrent de droite à gauche entre les paupières. Peu à peu l'espèce de brume qui les recouvrait se dissipa. Maillat vit le regard de la jeune fille s'arrêter sur lui et prendre une expression d'horreur.

— Ne me touchez pas! cria-t-elle.

— C'est moi, dit Maillat. Vous ne me reconnaissez pas?

Elle se dressa sur le lit, et le fixa avec des yeux égarés.

— Vous! dit-elle, mais les autres?

Maillat désigna de la main le corps du géant. Etendu, il paraissait encore plus grand.

— L'autre est derrière le lit.

— Ils sont morts? demanda Jeanne en se dressant sur son coude.

— Oui.

— C'est vous?

— Oui.

— J'ai peur, dit Jeanne.

— Ils sont morts.

— C'est vous qui avez tiré?

Maillat fit signe que oui de la tête.

— Ah! dit-elle, j'ai cru que c'était sur moi qu'on tirait!

Elle baissa les yeux, et regarda à ses pieds le cadavre du géant. Il était étendu sur le dos de tout son long, les deux jambes rigides, un peu écartées. Il paraissait remplir toute la pièce. Maillat suivit son regard, et regarda le cadavre à son tour.

— Comme il est grand!

— Oui, dit Maillat d'une voix absente.

— Est-ce qu'il était plus grand que vous?

— Oui.

— Eh bien, dit Jeanne de sa petite voix nette et décidée, il est mort maintenant. Il ne pourra plus me faire de mal.

Elle se tourna vers Maillat avec une vivacité inattendue.

— Comment vous appelez-vous?

— Maillat. Julien Maillat.

— Je peux vous appeler Julien?

Il y avait quelque chose de presque joyeux dans sa voix. Maillat se tenait debout devant elle, immobile, lointain, le regard vide.

— Appelez-moi comme vous voudrez.

— Mais qu'est-ce que vous avez? Vous avez le visage en sang?

— Ce n'est rien, dit Maillat d'une voix terne.

Il se passa la main sur le visage.

— On s'est battu, lui et moi.

— Vous n'avez pas tiré tout de suite, alors?

— Non.

— Tiens! dit-elle d'un air étonné. Pourquoi?

— Pourquoi? répéta Maillat.

— Mais qu'est-ce que vous avez? Vous avez mal?

— Non.

Jeanne abaissa de nouveau les yeux vers le cadavre.

— Et il est mort, maintenant.

Elle fronça les sourcils, et ajouta d'une petite voix nette :

— C'est bien fait.

— Quoi? dit Maillat en tressaillant violemment. Qu'est-ce que vous dites?

— Je dis que c'est bien fait.

Il la regarda.

— Ah! dit-il d'une voix sifflante, c'est bien fait, hein? C'est bien fait? Vous trouvez que c'est bien fait?

Elle le dévisageait avec stupeur. Au bout d'un moment,

il haussa les épaules et parut s'affaisser sur lui-même.

— D'ailleurs, dit-il comme se parlant à lui-même, c'est ce que tout le monde dira.

— Vous êtes fâché? demanda Jeanne humblement.

— Non, dit-il avec lassitude, non, je ne suis pas fâché.

Il resta immobile de nouveau, les bras pendant le long du corps, le regard vide.

— Vous avez une coupure sur le front, dit Jeanne. Il faut la laver tout de suite.

— Ne me parlez pas! dit-il en frappant le plancher du pied.

— Mais je ne dis rien de mal, dit Jeanne, je dis qu'il faut que vous laviez votre blessure.

Il fit plusieurs pas dans la chambre, porta une cigarette à ses lèvres, saisit son briquet, et resta là, immobile, le briquet à la main, la cigarette non allumée entre ses lèvres.

— Qu'est-ce qu'on va en faire? dit Jeanne en désignant du bout du pied le cadavre du géant.

— Ne me parlez pas! cria Maillat.

Il passa la main sur son visage comme s'il venait de s'éveiller. Il se tourna vers Jeanne.

— Qu'est-ce que vous dites?

— Il faut les mettre dans la rue. Le camion des morts les prendra.

— Le camion des morts?

— Vous ne l'avez jamais vu? Il passe toujours après les bombardements.

Maillat ôta sa cigarette non allumée de ses lèvres, et la jeta. Puis il resta debout, sans bouger, les yeux baissés. Il regardait le cadavre du géant.

— Ce qu'il est grand! dit Jeanne.

— Taisez-vous! dit Maillat. Pour la dernière fois, taisez-vous!

Il y eut un silence. Il fit encore quelques pas dans la pièce.

— Je vais commencer par le plus petit.

Il fit le tour du lit, se baissa, saisit le cadavre de la petite gouape par les pieds, et le tira au milieu de la pièce.

— Oh! dit Jeanne en sautant au bas du lit, vous n'allez pas le traîner comme ça jusqu'en bas? Mais vous allez mettre du sang partout, voyons! Vous allez salir mon plancher!

— Votre plancher! cria Maillat rageusement.

Il se dirigea vers la porte à reculons en tirant le cadavre à lui.

— Mais vous n'allez pas me laisser seule avec l'autre! s'écria Jeanne.

— Il ne vous fera pas de mal, dit Maillat, les dents serrées.

Elle se jeta sur le lit et se mit à pleurer.

— Oh! pas de larmes! dit-il, pour l'amour de Dieu, pas de larmes!

Jamais le monde ne lui avait paru moins réel. Il descendait l'escalier à reculons, en tirant le corps par les pieds. A chaque marche, la tête sautait et retombait avec un bruit sourd, et comme elle ballottait de droite à gauche, la petite gouape avait encore l'air de dire « non ». Maillat posa les pieds du cadavre sur une marche, lui tourna le dos, et, saisissant les pieds de nouveau, recommença à descendre. Il allait plus vite maintenant.

Tout à coup le cadavre donna une violente secousse, et s'arracha de ses mains. Maillat dégringola tout seul plusieurs marches, oscilla, se rattrapa à la rampe, le cœur battant. Il resta penché sur elle une ou deux secondes, avec de grands coups sourds dans sa poitrine, et si béant de stupeur qu'il se demandait ce qu'il faisait là, où il se trouvait, s'il ne se réveillait pas d'un rêve. Il se retourna. Mais non, le cadavre était toujours là. Quand Maillat avait pris le tournant, le bras de l'homme s'était engagé entre deux barreaux de la rampe, et il était là, accroché par l'aisselle gauche, le bras pendant dans la cage de l'escalier, avec l'air d'un ivrogne qui se serait rattrapé miraculeusement dans sa chute. Maillat remonta plusieurs marches, s'agenouilla pour saisir le bras qui pendait dans le vide. En se penchant, il approcha son visage de celui de la petite gouape, et comme il tirait le bras à soi, la tête inerte glissa doucement vers lui, et vint se caler contre son épaule dans une attitude d'abandon et de tendresse. Maillat la regarda. C'était un visage flou et assez joli, aux traits petits et réguliers. Il n'avait plus rien de méchant ou de vicieux maintenant. Avec ses joues un peu rondes, ses lèvres gonflées, entrouvertes, il avait l'air faible, enfantin, vaguement pathétique. Maillat sentit la sueur l'inonder de la tête aux pieds.

Quand il eut tiré son fardeau sur le trottoir, il s'accota contre le mur, reprit son souffle. Il n'y avait presque personne dans la rue. Elle était au-dehors du flot des soldats. Même avec ses maisons détruites, elle gardait un air tranquille et balnéaire. Le même soleil de grandes vacances, le même ciel pur brillaient au-dessus de Maillat. La vie continuait comme avant.

Un soldat passait sur une bicyclette. Maillat l'interpella.

— Dis donc, tu sais où il est, le camion des morts?

Le soldat s'arrêta et regarda Maillat, bouche bée. Il avait des yeux pâles, écarquillés.

— Le camion des morts?

— Oui, le camion qui enlève les morts après les bombardements.

— J'ai jamais entendu parler de ça, dit le cycliste. Le camion des morts? Alors, on les enlève en camion, les morts? Tu parles d'une armée qu'on avait, bon Dieu! Les morts, on les balade en auto, et nous autres, on se tapait la route à pinces! C'est le monde renversé, quoi!

— Tu préférerais le contraire?

— Et comment! dit le cycliste sans sourire. Et comment! que je préférerais le contraire!

— C'est pour lui? ajouta-t-il en montrant le corps.

— Oui.

— C'est ton copain?

Maillat remarqua que même lorsque le cycliste ne parlait pas, il gardait la bouche grande ouverte.

— Non, ce n'est pas mon copain.

— Alors, qu'est-ce que ça peut te foutre de le faire emmener par le camion? Laisse-le là où il est, puisque c'est pas ton copain.

— Non, dit Maillat.

— Je comprends pas ça, dit l'autre. Si c'est pas ton copain, laisse tomber. Enfin, ça te regarde, hein? Tu fais comme pour toi. Salut!

Il remonta sur le vélo, et disparut bientôt au coin de la rue. « Celui-là! » dit Maillat entre ses dents. Il vint se placer au milieu de la chaussée. Mais la rue était déserte. Il resta là, un moment, indécis.

— Eh vieux! cria une voix.

Il se retourna. C'était le cycliste de tout à l'heure. Il pédala jusqu'à Maillat, posa un pied sur le sol, et assis sur la selle de son vélo, regarda Maillat d'un air excité.

— Je l'ai vu, annonça-t-il.

— Quoi?

— Le camion des morts. Vieux, je croyais que c'était une blague, mais je l'ai vu! Un gros camion à plateau avec un tas de types couchés dessus pêle-mêle. Il est arrêté à trois cents mètres après le tournant. C'est marrant quand même, tu l'avoueras, dans c'te armée, on balade les morts en auto, et nous, on s'tapait la route à pinces. C'est le monde renversé, quoi!

— Il y avait des types avec le camion?

— Oui, quatre. Trois dans la cabine, et un petit noiraud sur le toit de la cabine. Ils étaient en train de casser la croûte, et tiens! un morceau de saucisson comme ça, et du pain! Ah! les salauds! C'est pas eux qui boufferaient du singe, tu penses!

— Alors, dit Maillat, tu leur as dit de venir ici?

— Non, dit le cycliste avec étonnement, pour quoi faire?

— Mais pour emmener le type, voyons!

— Ah ça! dit le cycliste, tu me l'avais pas dit.

— Bon! dit Maillat, qu'est-ce que tu fais maintenant? Tu retournes? Dans la même direction?

— Oui.

— Alors, tu ne voudrais pas dire en passant aux types du camion de venir par ici?

— Ah pardon! dit le cycliste, si ça t'amuse, comme ça, de t'occuper d'un type qui n'est pas ton copain, ça te regarde, je t'ai dit, tu fais comme pour toi, mais moi, je m'en mêle pas.

— Pourquoi?

— C'est comme ça, dit le cycliste, je m'en mêle pas.

— Remarque, dit Maillat, ce type, ce n'était pas mon copain, en un sens, mais je le connaissais.

— Ah! dit l'homme, tu le connaissais! Fallait l'dire tout de suite que tu l'connaissais. Ça change tout, si tu l'connaissais. Je vais la faire, alors, ta commission.

— Merci.

Le cycliste ramena sa pédale à la verticale, et y posa le pied.

— C'est quand même marrant, tu trouves pas, dans c'te putain d'armée, c'est les morts qu'on balade en auto...

— Et nous, dit Maillat, on s'tapait la route à pinces. C'est le monde renversé, en somme.

— Tu l'as dit, fit le cycliste avec satisfaction, c'est le monde renversé.

Il disparut au tournant. Maillat resta seul au milieu de la rue. Au bout d'un moment, le camion surgit, roula

vers lui. Maillat lui fit signe d'arrêter. Sur le toit de la
cabine un petit noiraud, hilare et trapu, était assis, domi-
nant le plateau où les morts kaki étaient entassés.

— Salut, mon pote! cria-t-il en brandissant son saucisson.

— Salut! dit Maillat.

Deux hommes sortirent de la cabine. Ils étaient gras et
luisants, avec un air de prospérité sournoise sur toute leur
personne.

— C'est ton copain? demanda l'un d'eux.

— Non, ce n'est pas mon copain.

Ils s'approchèrent du corps. Ils ne se pressaient pas. Ils
le regardaient en silence. Maillat eut le sentiment fugitif
que sa présence les gênait.

— Tu parles d'un sale boulot, dit d'un ton d'excuse
celui qui avait déjà parlé.

— Ah dis donc! Passe la main! cria joyeusement le
petit noiraud, qu'est-ce que c'est que cette vanne? C'est
toi qui l'as choisi, le sale boulot! On t'a pas forcé. T'étais
volontaire, non?

— Ça va, dit l'homme d'un air vexé.

Le chauffeur était descendu de la cabine, et le dos accoté
au capot de la voiture, il allumait une cigarette. C'était
un grand garçon vulgaire et bien bâti, avec une petite
moustache en virgule sous le nez. Il avait croisé ses jambes
guêtrées de cuir, et regardait droit devant lui d'un air
distant.

Les deux hommes empoignèrent le cadavre, l'un par
les épaules, l'autre par les pieds, et s'avancèrent vers le
camion.

— Montez! Montez! Messieurs-Dames! cria le petit
noiraud. A qui le tour? Il y a de la place!

— Celui-là, dit un des hommes en jetant un coup d'œil
à Maillat, il ne respecte rien.

Ils se rangèrent environ à un mètre du camion, parallèlement au côté du plateau, et se mirent à balancer le corps de droite à gauche.

— A la la une!... cria le petit noiraud. A la la deux!...

Les deux hommes lâchèrent le corps en même temps. Il se retourna dans l'air et retomba avec un bruit mou sur les autres corps.

— A la la trois! cria le petit noiraud, et c'est complet! Plus personne! Complet jusqu'au prochain! Et dring!

De la main droite, il fit le geste de tirer une sonnette.

— Tu chères, Jules, dit un des deux hommes en regardant Maillat de nouveau.

— Il y en a encore un autre, dit Maillat, au premier étage. Mais il est trop lourd pour que je le descende tout seul, même en le traînant. Est-ce que l'un de vous pourrait pas venir m'aider?

— Ça, dit l'un des deux hommes, ça, ça fait pas partie de notre boulot. Notre boulot, c'est de ramasser les corps dans la rue, c'est pas d'aller les chercher dans les maisons. Y a d'autres types qui font ça.

— Allons, dit Maillat, pour me rendre service?

— Non et non, dit l'homme, et non, c'est non.

— Et toi?

— Moi? dit l'autre, j'dis comme lui.

— Et toi? demanda Maillat au chauffeur, tu pourrais pas venir m'aider?

— Moi, dit le chauffeur, j'suis le chauffeur.

Il lança une bouffée de fumée droit devant lui, et décroisa lentement ses jambes guêtrées.

— J'veux bien, moi, s'écria le petit noiraud du haut de son perchoir, j'veux bien y aller, si tu me donnes une pipe.

— Deux.

— J'y vas, cria l'autre d'une voix allègre.

Il rangea soigneusement son pain et son saucisson sur le toit de la cabine, et sauta à pieds joints sur le plateau Il y eut un bruit mou.

— Pardon, Messieurs-Dames! dit   le petit noiraud, excusez si je vous marche un peu sur les pinceaux!

Il s'appuya d'une main sur le côté du plateau, et sauta gaiement sur le trottoir.

— Tu chères, Jules, dit un des deux hommes.

— Tu parles de tantes, ces deux-là, dit le petit noiraud à Maillat en marchant à côté de lui dans le couloir de la maison. Ils font les sucrés, comme ça, devant le monde, n'empêche que je les ai déjà vus, qui piquaient des alliances, en douce, aux macabs. Tu me diras, qu'est-ce qu'ils en ont à foutre, les macabs, de leurs alliances? Je ne dis pas, mais c'est quand même pas une chose que je ferais. Les morts, c'est les morts, hein? Ils voient plus rien, ils sentent plus rien, les pauvres gars. D'accord, et c'est pas la peine de la leur faire au respect, alors que tout ce qu'on va en faire, c'est de les foutre dans la glaise. Mais ce n'est pas une raison, non plus, pour leur piquer leurs alliances. C'est pas pour eux, tu comprends, c'est pour toi. C'est pour toi que c'est dégueulasse.

— Oui, dit Maillat.

— C'est ton copain, le type qui est là-haut?

— Non, ce n'est pas mon copain.

— C'est un éclat qui l'a descendu?

— Non, c'est moi.

— Quoi? dit le petit noiraud en s'arrêtant, le pied sur une marche, et en regardant Maillat fixement, c'est toi qui l'as descendu? Pour quoi faire que tu l'as descendu?

— Il était en train de violer une jeune fille avec le gars que vous venez de charger.

— Alors, le gars d'en bas, c'est aussi toi qui l'as descendu?

— Oui.

— Alors, ça t'en fait deux? Deux que tu descends d'un coup? Vingt dieux! Tu es un dur, toi, dis donc!

— Oh! ce n'est pas difficile, dit Maillat bizarrement, pas difficile du tout, figure-toi.

— Tiens, ajouta-t-il en sortant son revolver de l'étui, tu vois ce petit bout d'acier qui fait saillie, tu appuies le doigt dessus. Une petite pression, une toute petite pression, et voilà! Pas besoin d'être un dur pour faire ça.

— Rentre ce machin, dit le petit noiraud, ça me fait peur, moi, ces trucs-là! Mais deux! dis donc! deux!

Il parut réfléchir.

— Faut être salaud, quand même, tu me diras. A deux contre une môme! T'as bien fait de les descendre.

— Tu trouves? dit Maillat.

Il ouvrit la porte de la chambre. Le petit noiraud jeta à peine un coup d'œil au cadavre du géant. Il se dirigea droit vers le lit. Jeanne y dormait à poings fermés.

— Ah dis donc! dit-il.

Et pour la première fois depuis que Maillat l'avait aperçu, hilare et gesticulant sur le toit de la cabine, il cessa de rire et de s'agiter.

Il s'écoula plusieurs secondes.

— Ah dis donc!

— On y va?

— On a tout le temps, dit le petit noiraud sans détourner la tête. Ah dis donc! Si elle est jolie, cette môme! Ah ma mère! Si elle est jolie!

Il avança la main.

— N'y touche pas!

— Dis donc, dit le petit noiraud en regardant Maillat d'un air indigné, j'suis pas un salaud, moi! J'y toucherai pas, à ta môme.

Il saisit un des lambeaux du corsage, et l'écarta délicatement pour découvrir le sein.

— Dis donc, dis donc, dis donc, fit-il en baissant la voix, dis donc, ces petits nénés, vise-moi un peu ces petits nénés. Ah les salauds! Faut-il être salaud quand même!

En un sens, remarque, je les comprends. Mais ce qu'il faut être salaud, quand même! T'as bien fait de les descendre, j'te l'dis.

À ce moment, Jeanne ouvrit à demi les yeux. Le petit noiraud retira vivement la main.

— Julien, dit Jeanne vaguement.

Elle referma les yeux aussitôt.

— Qui c'est ça, Julien? dit le petit noiraud à voix basse.

— C'est moi.

— Ah ça, c'est marrant, alors! Moi, je m'appelle Jules. Jules et Julien, en somme.

Il revint à sa contemplation.

— C'est ta môme alors?

— Non.

— Tu chères, dis donc! Rien que la façon dont elle a dit « Julien »!

— Non.

— Pas possible! dit le petit noiraud d'un air déçu. Ah dis donc! Vise-moi un peu ces petites mains! Et cette jolie petite bouille! Ça fait rien, c'est gentil, une jolie petite môme qui dort. C'est comme si elle se confiait à vous, en somme.

— On y va?

— Alors, reprit-il en se tournant vers Maillat, c'est ta môme?

— Je t'ai déjà dit non.

— Ah! dit le petit noiraud.

Et il eut de nouveau l'air déçu.

— Bon! reprit-il, c'est pas ta môme. Mais tu vas te l'envoyer, hein?

— Non.

— Quoi? dit le petit noiraud, beau gars comme tu es, et tout? Ah dis donc, tu ne sais pas ce que tu perds! Cette petite môme, elle a tout juste l'âge qu'il faut. Comme j'dis

toujours : seize ans, ça va. Mais plus tard, c'est trop tard.
Je sais ce que j'dis, vieux. Une femme qui commence pas
à seize ans, rappelle-toi que ça ne fera jamais une bonne
baiseuse. Moi, si j'étais ministre, je ferais des lois pour ça.
Je leur ordonnerais, aux gens : « Votre môme a seize ans?
Allez! A l'homme! Et hop! Tout de suite! Pas de rouspé-
tance! » Je sais ce que j'dis. Vieux, tu as de ces filles de
bourgeois, si c'est pas malheureux, à quinze-seize ans, elles
jouent encore à la poupée! Une poupée?... Une poupée?...
C'est une grosse b..., oui, qu'il leur faudrait! Et tout de
suite! Je sais ce que j'dis. Plus tard, c'est trop tard. Ça
fera jamais une bonne baiseuse, dis-toi bien. Une femme,
c'est délicat à l'intérieur, c'est compliqué comme organes,
t'as pas idée. Si elle a pas de l'homme assez tôt, elle sèche.
C'est comme j'te l'dis : elle sèche. Oh! je sais bien, tu as
des vierges de vingt berges, ou même de vingt-cinq berges,
qui sont encore de belles mômes. A voir, oui. Comme ça, à
regarder oui. Une belle carrosserie, oui. Mais le moulin
vaut plus rien. Il a trop attendu. Voilà!

— Tu te décides? dit Maillat.

— Bon Dieu! dit l'autre d'un air choqué, j'peux bien
la regarder, non? J'vais pas te l'abîmer, en la regardant,
quand même!

— Ah ma mère, reprit-il, vise-moi comme c'est blanc,
et rose, et tout... et propre! Tiens! J'le vois d'ici qu'elle est
propre, cette môme. Tu croiras pas, vieux, mais ce genre
de petites mômes, il y en a qui se lavent le cul deux ou
trois fois par semaine, c'est pas croyable, et peut-être
même bien tous les jours. Tu diras ce que tu voudras,
mais c'est quand même agréable d'avoir affaire à une
môme qui se lave!

Il soupira.

— Et vise-moi un peu ces cheveux, reprit-il. Si c'est
fin comme cheveu! Ah! tu parles de cheveux, dis donc!
On dirait de la soie!

Il avança la main pour les toucher, mais s'arrêta en chemin, et resta là, la main suspendue, avec une expression bizarre sur ses traits.

— J'ose pas, dit-il en se tournant vers Maillat d'un air étonné, j'ose pas. C'est drôle, hein? J'ose pas.

— Alors? dit Maillat.

— Te fâche pas, dit le petit noiraud, on y va!

Il se tourna vers le cadavre du géant, et le poussa du pied avec mépris.

— Ce gros lourd!... dit-il. Comme j'dis toujours : Plus c'est grand, plus c'est con!

Quand ils arrivèrent dans la rue, les deux hommes étaient appuyés sur le côté du plateau. Ils cassaient la croûte avec cet air luisant et sournois qui avait déjà frappé Maillat. Le chauffeur était toujours à la même place, en train de fumer et de se limer les ongles. Il ne disait rien. De temps en temps, son regard se posait sur ses camarades, mais il ne paraissait pas les voir. Quand ils eurent hissé le corps du géant sur le plateau, il tira un petit peigne de sa poche, se recoiffa avec soin, remit le peigne dans son étui, et l'étui dans sa poche. Puis d'un geste élégant du poignet, il jeta sa cigarette par-dessus son épaule, la regarda tomber d'un air satisfait, et remonta dans la cabine.

— J'y repense encore, cria le petit noiraud en gesticulant du haut de son perchoir, Jules et Julien! C'est marrant, tu trouves pas?

— Non, dit Maillat, mais merci pour le coup de main.

Le moteur se mit à tourner. Maillat regarda l'auto s'en aller. Il était debout au milieu de la rue. Il ne bougeait pas. Ses mains pendaient, inertes, au bout de ses bras. Et il regardait partir dans le camion des Morts pour la Patrie, les deux hommes qu'il avait tués.

Comme Maillat pénétrait dans la chambre, Jeanne ou-

vrit les yeux. Il s'approcha. Elle s'assit sur le lit, le
regarda venir à elle, et brusquement sourit.

— Julien.

— Oui?

— Vous les avez descendus?

— Oui.

— Ils sont devant la porte?

— Non, le camion les a emmenés.

— Ah! dit-elle.

Elle l'enveloppait d'un regard circonspect, soumis, in-
terrogateur.

— Je vais essuyer ça, dit Maillat en regardant à ses
pieds, puis je partirai.

Elle sauta à bas du lit, et le regarda d'un air effrayé.

— Tout de suite? Vous allez partir tout de suite?

— Oui.

Elle se précipita sur lui, jeta les bras autour de sa taille,
et cacha la tête dans sa poitrine. Il resta une seconde sans
bouger, puis il saisit derrière son dos les deux poignets de
Jeanne, et les ramena devant lui. Elle releva la tête. Son
visage était bouleversé par une douleur d'enfant. Elle
ouvrit la bouche pour parler, mais les larmes l'étouffèrent.
Elle se mit alors à faire « non » de la tête en regardant
Maillat.

— Bon Dieu! cria Maillat, ne faites pas ça!

Il lui saisit la tête à deux mains.

— Oh! supplia-t-elle entre ses larmes, ne me quittez
pas, Julien! Je ne veux pas rester toute seule dans cette
maison. Je ne pourrais plus maintenant.

— Comment seule? Et Antoinette?

— Antoinette? Elle est partie hier chez des amis à
deux kilomètres d'ici.

— Et vos grands-parents?

— Ils sont morts.

Maillat leva les sourcils.

— Depuis hier?

— Il y a deux ans.

Il la regarda.

— Oui, dit Jeanne, hier je vous ai dit qu'ils étaient dans la cave, mais ce n'était pas vrai. On disait toujours ça aux soldats qui entraient chez nous. On ne savait pas qui vous étiez, vous comprenez.

— Alors vous viviez toutes les deux toutes seules dans cette maison? Depuis deux ans? Comment faisiez-vous pour vivre?

— Oh! on se débrouillait bien. Moi, j'étais employée à la poste, et Antoinette faisait un peu de couture.

— Mais pourquoi n'êtes-vous pas partie avec Antoinette?

Jeanne releva la tête et ses yeux brillèrent.

— Et la maison alors? Elle est à nous, la maison. La maison et tous les meubles. Si je la quitte, on me la pillera.

— Mais c'est fou! Vous êtes en plein bombardement ici.

— C'est ce qu'Antoinette disait. Elle n'écoutait que sa frousse, Antoinette. Mais moi, je n'ai pas voulu partir. Si je pars, on n'aura plus rien après la guerre. On sera dans la rue.

— Et où vous serez, si vous êtes tuée?

— Oh! dit Jeanne, je ne serai pas tuée. C'est peut-être bête, mais je pense que si je la quitte, ma maison, elle sera bombardée, mais que si je reste, je serai récompensée, elle n'aura rien.

— Oui, dit Maillat, moi aussi, avant la guerre, il m'arrivait de penser des choses de ce genre.

Un sifflement déchirant l'interrompit. Il mit un genou à terre machinalement. Il se releva aussitôt, et regarda la jeune fille.

— On descend dans la cave? dit-elle.

Elle porta les deux mains à ses oreilles parce que la
D. C. A. se déchaînait.

— Oui, dit Maillat.

Il ajouta avec un petit sourire :

— Et espérons que cette fois encore vous serez récompensée.

Elle s'engagea dans l'escalier devant lui. Elle marchait
comme si elle eût senti sur son corps le regard de Maillat.
Une ou deux fois, elle se retourna en tendant le buste pour
lui sourire. Maillat remarqua qu'elle portait encore son
corsage déchiré. La cave était petite, mal éclairée. Quatre
grands casiers, remplis de haut en bas de bouteilles vides,
se dressaient contre les quatre murs. Et suspendus en
rangs serrés à des ficelles tendues d'un bout à l'autre de la
cave, des saucissons se balançaient.

— Tous ces saucissons! cria Maillat, stupéfait. Vous
en avez pour toute la vie!

— Quoi? cria Jeanne.

— Tous ces saucissons!

Ils ne gênaient aucunement Jeanne, mais ils étaient suspendus à la hauteur du visage de Maillat, et il devait, à
moins de se tenir courbé, réussir à caser sa tête au milieu
d'eux.

— Qu'est-ce que ça veut dire, toutes ces bouteilles
vides? cria Maillat.

Il vit la bouche de Jeanne s'arrondir, mais si près qu'il
fut d'elle, il n'entendit rien. La masse énorme de bruit
s'accroissait de seconde en seconde. Jeanne appliquait ses
deux mains sur ses oreilles, mais Maillat savait que
c'était inutile, qu'un vacarme de cette ampleur ne se servait même pas de vos oreilles pour pénétrer jusqu'à vous.
Il s'installait d'emblée dans votre corps. Il n'y avait rien à
faire pour lui échapper.

Maillat n'arrivait pas à penser aux bombes qui allaient
tomber. Il regardait les saucissons qui entouraient sa tête

en rangs serrés, les innombrables bouteilles vides qui
tapissaient la cave, et Jeanne debout à deux mètres de lui,
les deux mains contre ses oreilles, les seins nus sous les
lambeaux de son corsage. Jeanne le regardait. Il sentait
qu'elle essayait de lui sourire sans y réussir tout à fait.
Elle aussi avait renoncé à parler.

Il y avait des accalmies subites dans le tir de la D. C. A.,
suivies de brusques crescendos. Maillat attendait les bombes, et les bombes ne se décidaient pas à tomber. Comme
à chaque fois, Maillat se demanda anxieusement s'il y
avait en lui un pressentiment. Le pressentiment qu'il
serait tué, ou, au contraire, le pressentiment qu'il sortirait
de là, sain et sauf. Une fois de plus, il n'arrivait pas à
savoir ce qu'il pressentait au juste. Ou plutôt, il s'aperçut
que tantôt il pensait : « Cette fois, tu vas y rester » et
tantôt : « Cette fois encore, tu vas en réchapper. » Il se
demanda ce qu'il valait mieux penser. Peut-être que s'il
pensait : « Cette fois, tu vas y rester », peut-être, précisément, cette pensée-là lui porterait chance. Et alors il valait
mieux ne pas penser qu'il s'en sortirait. Ou bien était-ce le
contraire ? Peut-être était-ce vraiment quand on pensait
qu'on allait être tué qu'on l'était, et inversement ? Arrivé
à ce point, Maillat essaya, comme chaque fois, de se faire
honte, et de se traiter d'imbécile. Mais il savait aussi que
cela aussi, c'était un truc, une fausse sortie de théâtre pour
se jeter à lui-même de la poudre aux yeux, et qu'il allait
recommencer cent fois — avec le même petit détachement
truqué de temps en temps — à se demander anxieusement
ce qu'il pensait vraiment, et ce qu'il « valait mieux » penser.

Maillat ressentit une sorte de soulagement quand la
première bombe tomba. Les yeux de Jeanne, dans la
pénombre de la cave, s'agrandirent et brillèrent. Ils regardaient Maillat avec un air d'appel et de supplication. Il
s'écoula quelques secondes. Puis les bombes se mirent à
tomber, par chapelets, cette fois. Jeanne bondit vers lui,

comme mue par un ressort, et lui entoura la taille de ses
bras.

La terre trembla sous leurs pieds. Toutes les bouteilles
vides de la cave se mirent à frémir dans leurs alvéoles,
avec de brusques sursauts désordonnés, comme si elles
faisaient effort pour sortir de leur logement. En même
temps, les saucissons autour de Maillat s'ébranlèrent, et
se mirent à jouer avec sa tête. Il n'était plus question pour
Maillat de se courber pour les éviter, tenu, comme il était,
comme dans un étau, par les bras de Jeanne. Il essayait
de les esquiver mais à chaque mouvement qu'il faisait,
il en mettait d'autres en branle, et le mouvement se com-
muniquant par les ficelles auxquelles ils étaient suspendus,
c'était toute une file qui se mettait à danser. Les bombes
continuaient à tomber. La maison, à chaque coup, tremblait davantage. Les bouteilles vides dans les casiers sautaient plus fort. Toutes les files de saucissons dansaient
maintenant, avec les mouvements raides et gauches de
marionnettes dont on tire les fils. Maillat essaya de se
dérober à leurs coups en fléchissant sur les jarrets, mais
avec le poids de Jeanne contre lui, la position n'était pas
tenable. Et finalement, il resta comme il était, la tête droite
au milieu des saucissons, comme une grosse boule entourée de quilles. Les bombes tombaient toujours, la maison
se mit à trembler continuellement. Deux ou trois bouteilles réussirent à sauter des casiers sur le sol, et les
saucissons autour de son visage se mirent à danser plus
vite et plus fort une espèce de danse frénétique.

Au-dessus de sa tête, maintenant, sans interruption, il
y avait d'abord le sifflement du Stuka qui piquait, puis le
sifflement bien distinct de la bombe, et finalement tout
près de lui, un vacarme péremptoire de ferrailles déchaînées
comme d'une rame de métro qui entre en gare, mais qui
entrerait d'en haut, accourant perpendiculairement au sol,
avec le sifflement horriblement familier des freins pneu-

matiques, et de l'air qu'on libère pour permettre d'ouvrir
les portes. L'explosion, après cela, ce n'était rien. C'était
un soulagement de l'entendre. C'était du passé. Maillat
attendait d'autres bombes déjà. Il était tendu vers elles
désespérément.

En baissant la tête, il vit les épaules de Jeanne secouées
par les sanglots. Elle se collait contre lui frénétiquement,
cuisse contre cuisse, ventre contre ventre, avec de petits
mouvements convulsifs, comme si elle avait voulu entrer
dans son corps pour s'y réfugier. Autour de la tête de
Maillat les saucissons continuaient à danser dans tous les
sens avec une espèce de gaucherie élastique. Ils lui heur-
taient le visage de temps en temps sans brutalité et, par
moments, il recevait de petits coups par-derrière, sur la
nuque, comme par taquinerie. Où qu'il regardât dans la
pénombre de la cave, il ne voyait plus qu'eux : rouges,
boudinés, comiques. Une armée de saucissons suspendus
comme par miracle dans l'air, et sautant et se trémoussant
en tous sens, silencieusement, avec une espèce de lourde
agilité. De temps en temps, une bouteille sautait d'un
casier, retombait à terre avec un bruit mou, faisait un ou
deux tours sur elle-même, puis restait là, immobile, pe-
naude, le goulot béant stupidement. Il y en eut bientôt
cinq ou six autour du couple. Une sournoise envie de rire
saisit Maillat.

Jeanne leva la tête vers lui et ouvrit la bouche. Il n'entendit aucun son. Elle ouvrit et referma la bouche plusieurs fois, comme un poisson dans un bocal. Il se pencha
et hurla dans son oreille.

— Je n'entends pas!

Elle baissa la tête, et la cacha de nouveau dans la poitrine de Maillat. Ils étaient là, tous les deux, absurdement
enlacés dans la pénombre humide de la petite cave, elle,
avec des lambeaux de corsage autour d'elle, et lui, la tête
entourée de saucissons danseurs et balourds, comme de

gros hommes qui auraient essayé d'imiter des « girls »,
et autour d'eux, les bouteilles vides qui sautaient par
dizaine, dans cet immense, interminable vacarme de fin
du monde.

C'est alors, brusquement, que le désir monta chez Maillat. Il le sentit venir en lui, et l'envahir peu à peu
irrésistiblement. Ses tempes se mirent à battre, et il se mit,
à son tour, à serrer Jeanne contre lui de toutes ses forces.
Un voile tomba devant ses yeux. La cave parut trouble et
vague tout d'un coup. Il y avait ce jeune corps qu'il collait
contre lui avidement, et ce bruit énorme qui l'entourait,
et de temps en temps les petites tapes molles des saucissons sur son visage ou sur sa nuque, et les bouteilles qui
sautaient l'une après l'autre des casiers. Il serrait Jeanne
contre lui comme s'il avait voulu l'absorber, l'enfermer
en lui, étouffer sa chair dans la sienne. Une espèce de force
frénétique le soulevait, et il commença à son tour à frémir
et à se convulser contre elle, comme si, lui aussi, il allait
se mettre à danser. Pourtant sa peur ne l'avait pas quitté.
Elle était là, tapie en lui-même, quelque part. Il la sentait,
sous son désir, qui frémissait. Les petites tapes molles des
saucissons continuaient à pleuvoir sur sa tête, et il la
secouait de temps en temps, comme un taureau agacé par
les banderilles. Il désirait Jeanne âprement, avec un acharnement maniaque, et il avait peur, en même temps. Elle
était toujours là, sa peur. Elle se balançait au bout d'un
fil. Et son désir aussi. Et lui, Maillat, lui aussi, il se balançait au bout d'un fil. C'était donc ça, la vie? Des bouteilles
vides, et des saucissons danseurs. Et lui, Maillat, au bout
d'un fil. Et Jeanne aussi, au bout d'un fil. Et toutes les
femmes et tous les hommes du monde, en attendant qu'on
les tue. Maillat leva la tête brusquement, et se mit à rire.
Aucun son ne lui parut sortir de sa gorge. Il riait, pourtant,
et ses épaules sautaient si fort que, vu de dos, il avait l'air
de sangloter.

*

Quand ils furent remontés de la cave, Maillat regarda
sa montre, constata qu'il était déjà midi, et que les copains,
à la popote, allaient s'inquiéter de son absence. Il fut sur
le point de dire adieu à Jeanne, puis il réfléchit que le
plancher de la chambre était encore couvert de sang, et
qu'il ne pouvait pas laisser à Jeanne le soin de l'étancher.
Il lui demanda une serpillière et une cuvette, et ils eurent
tous les deux, debout dans le vestibule, une petite discussion irritante, parce qu'elle voulait à toute force s'en
charger. Finalement, elle céda, pénétra dans la cuisine, et
revint au bout d'un instant, tenant à la main ce qu'il avait
demandé. Il monta l'escalier devant elle.

Agenouillé à l'endroit où le géant était tombé, il commença à ramasser le sang dans les plis de la serpillière.
Quand elle fut complètement imbibée, il la tordit au-dessus
de la cuvette. Ses mains devinrent rouges aussitôt. Il
répéta l'opération plusieurs fois. Jeanne était debout devant lui, la tête penchée. Elle le regardait faire.

— Laissez, dit-elle au bout d'un moment. Vous ne
savez pas étancher. Donnez-moi la serpillière. Ensuite,
vous la tordrez, si vous voulez, avec vos grandes mains.

Il lui donna la serpillière, et, les mains en l'air pour ne
pas se tacher, attendit qu'elle eût fini. Quand la serpillière
fut saturée, elle la lui tendit, et il la tordit au-dessus de la
cuvette. Ils travaillèrent en silence quelques minutes avec
l'air camarade et paisible de deux jeunes mariés qui s'amu-
sent à faire le ménage ensemble.

— Voilà! dit Maillat.

Il se releva lourdement, et resta debout, à la même place,
les yeux baissés. Il regardait la cuvette à ses pieds. Elle
était pleine.

— Je vais descendre tout ça, dit Jeanne d'un air vif et affairé. Je reviendrai avec un broc d'eau pour nous laver.

Il l'attendit, les mains en l'air. Le sang, en séchant sur ses mains, devenait noir et visqueux. Il entendit du bruit dans l'escalier, et comprit que Jeanne essuyait les traces de sang sur les marches. Quand elle revint, ils se lavèrent les mains dans la même cuvette pour économiser l'eau, puis l'un après l'autre, ils se lavèrent le visage. Jeanne avait apporté deux serviettes. Tandis qu'il s'essuyait, Maillat vit les yeux de Jeanne fixés sur lui.

— Julien.

Il leva les sourcils en la regardant.

— Rien.

Elle reprit au bout d'un instant.

— Ça vous ennuie que je vous appelle Julien?

— Non.

— Est-ce que vous ne voudriez pas manger un peu maintenant. Je vais vous faire quelque chose. Ça sera vite fait.

— Je n'ai pas faim.

— Vous ne voulez pas boire un peu? Vous n'avez pas soif?

— Non, mentit Maillat.

— Julien?

— Oui?

— Vous n'allez pas me quitter maintenant?

Il la regarda. Elle se tenait droite et figée devant lui, le corsage en lambeaux, les yeux envahis d'angoisse.

— Comment ça, vous quitter? Bien sûr que je vais vous quitter. Qu'est-ce que vous voulez que je fasse ici?

Elle frémit de la tête aux pieds comme s'il l'avait giflée.

— Mais pourquoi? dit-elle d'une voix étranglée.

— Comment pourquoi?

— Après ce qui s'est passé, dit-elle d'une voix sourde, je ne pourrais pas vivre toute seule ici.

Elle regardait fixement la tache humide au milieu de la chambre.

— Il me semble que je vais les revoir tout le temps tous les deux. Surtout le petit, avec les yeux méchants qu'il avait, quand il me regardait en bas dans la cuisine. Oh! Julien, si vous saviez! C'était affreux! Le grand buvait son vin sans rien dire. Il avait l'air plutôt intimidé. Mais le petit s'est mis à me regarder avec des yeux drôles et méchants, puis il s'est avancé sur moi, et tout d'un coup il m'a déchiré mon corsage, et il m'a tordu les bras derrière le dos, et il m'a poussé vers l'autre, en m'injuriant. C'était affreux, Julien, je tremblais comme une feuille, mais j'avais tellement peur, je ne pouvais pas crier. Le grand me regardait sans rien dire de ses petits yeux. Et le petit me tordait les bras, et me poussait vers lui, en m'injuriant derrière mon dos. Oh Julien! Il m'injuriait! il m'injuriait!

— Assez! cria Maillat brusquement.

Il fit quelques pas en silence, puis reprit d'une voix plus calme :

— Si vous ne voulez plus vivre ici, alors, allez rejoindre votre sœur chez vos amis. Vous serez en sûreté là-bas.

Jeanne le regarda.

— Et ma maison? Si je la quitte, on me la pillera. Et qu'est-ce qu'il nous restera après la guerre?

— Après la guerre! dit-il en haussant les épaules. Est-ce qu'elle finira jamais, cette guerre? Et qu'est-ce que ça peut vous faire où vous serez après la guerre?

— C'est ma maison.

— Elle sera sûrement bombardée, votre maison.

— Non, dit-elle passionnément; non, elle ne sera pas bombardée, si je reste.

— Que vous restiez ou non, ça ne change rien.

— Oh! si, dit Jeanne.

— Comme vous voulez, dit-il en haussant les épaules, mais moi...

Elle le regarda avec des yeux envahis d'angoisse.

— Oh! Julien! Je vous en supplie, ne me quittez pas. Vous ne pouvez plus me quitter maintenant.

— Maintenant?

— Oh! dit-elle sans répondre, je vais les revoir tout le temps. Chaque fois que je monterai l'escalier, je les entendrai rôder autour de moi.

— C'est stupide, vous avez peur des morts, et vous n'avez pas peur des bombes. Ils ne vous feront rien, les morts.

— J'ai peur, dit-elle d'une voix sourde.

— Mais bon Dieu! si vous avez tellement peur, allez vivre avec Antoinette alors!

— Non, dit Jeanne avec décision, je resterai ici.

Il alluma une cigarette et la considéra sans rien dire pendant quelques secondes.

— En somme, dit-il d'une voix froide, vous voulez rester pour garder la maison, et moi, vous voulez que je reste pour vous garder.

— Mais qu'est-ce que ça peut vous faire de rester, puisque je vous le demande?

— Ça ne me plaît pas, c'est tout.

Il y eut un silence.

— La vérité, dit Jeanne d'une voix sifflante, c'est que vous ne voulez pas rester, parce que vous avez peur des bombes. Vous êtes un lâche!

Maillat sourit.

— Sale petite femelle, dit-il sans violence.

Elle battit des paupières plusieurs fois, mais ne répondit rien, ne bougea pas.

— D'ailleurs, ajouta-t-il, c'est vrai que j'ai peur des bombes. Vous avez bien peur des morts, vous! Chacun sa peur.

— Je n'ai pas peur.

— Eh bien alors, tout va bien.

Elle le fixa avec des yeux étincelants de rage.

— Si c'était pour me quitter, il valait mieux les laisser faire, alors!

— C'est ce que je me demande.

— Oh! Julien, dit-elle, comment osez-vous dire une chose pareille?

— Mais bon Dieu! c'est vous qui l'avez dit, ce n'est pas moi! Allons, finissons-en, allez-vous rejoindre Antoinette, oui ou non?

— Non, dit-elle en tapant du pied, non, cent fois non! Je ne quitterai pas ma maison.

— Bien, dit-il, dans ce cas, adieu.

Elle fixa, sans la prendre, la main qu'il lui tendait, et ses yeux se remplirent de larmes.

— Ecoutez, dit-elle, vous ne m'aimez pas, alors?

Maillat, béant, la regardait.

— Par exemple! Mais il n'en a jamais été question!

— Mais dites, Julien, dites, vous ne m'aimez pas du tout, alors? Pas même un tout petit peu?

— Ça n'a rien à voir.

— Dites, Julien, supplia-t-elle, dites, c'est vrai que vous ne m'aimez pas, même pas un tout petit peu?

— Si vous voulez le savoir, je vous estime, parce que vous êtes courageuse... Enfin si, vous êtes courageuse, en un sens. Et comme vous êtes jolie, je vous désirerais facilement.

« Je ne sais pas pourquoi je vous dis ça, ajouta-t-il avec colère, vous le savez aussi bien que moi. Ça n'a rien à voir, d'ailleurs.

— Ah! dit-elle plaintivement, je le savais bien que vous ne m'aimiez pas. Même pas un tout petit peu. Et tenez, il me semble que vous m'en voulez. Je ne sais pas pourquoi, mais vous m'en voulez.

— Je vous en veux, moi?

— Si, vous m'en voulez, et vous allez me laisser toute seule ici.

— Il ne tient qu'à vous de ne pas être seule, dit Maillat d'un air excédé. Allez rejoindre Antoinette.

— Oh! Julien, dit-elle, j'ai si peur. Et vous allez me quitter, vous! Vous ne voulez pas l'avouer, mais vous m'en voulez!

— Je ne vous en veux pas! cria Maillat.

La discussion avait tant de fois tourné et retourné sur elle-même qu'il ne savait plus très bien où il en était. Il se sentait à la fois confus, ému, exaspéré.

— Si, vous m'en voulez! dit Jeanne en se tordant les mains. Vous m'en voulez, parce que vous avez tué deux hommes à cause de moi.

— Non, dit Maillat.

« Ah! bon Dieu! taisez-vous! cria-t-il avec une rage soudaine.

— Julien!

— Non, cria Maillat, je m'en vais, vous m'entendez, je m'en vais!

Il fit un pas en avant. Aussitôt, elle fut contre lui, les bras autour de son cou, le corps collé au sien. Elle l'embrassait au visage au hasard, à petits baisers rapides. Il voyait sa bouche voltiger devant ses yeux, rose, fraîche, maladroite, comme la gueule d'un tout jeune chien.

— Julien!

— Lâchez-moi!

— Non, dit-elle d'une voix entrecoupée, non! Je vous aime, moi! Je vous aime!

Il cherchait à se dégager, mais elle le tenait serré contre elle avec une force surprenante. Elle continuait à lui embrasser le visage à petits coups. Elle écrasait son corps contre le sien de toutes ses forces.

— Julien, souffla-t-elle d'une voix sourde, prends-moi!

— Sale petite garce!

— Prends-moi! souffla-t-elle, prends-moi!

Ils luttaient visage contre visage. Elle avait lié ses deux bras autour de son cou, et le maintenait collé contre elle avec une force prodigieuse. Il tirait violemment sur ses bras, et il devait lui faire très mal, mais elle continuait à cribler son visage de baisers. Il sentait son souffle chaud sur sa bouche.

— Maintenant, Julien! Maintenant! Maintenant!

— Sale petite garce! dit-il, les dents serrées, qu'est-ce que tu ne ferais pas pour ta maison!

— Non, Julien, non, ce n'est pas pour ça, je t'aime, moi.

— Lâche-moi! cria-t-il rageusement.

Elle cherchait ses lèvres. Il sentait sa bouche humide et chaude partout à la fois sur son visage. Son corps se tendait contre le sien. Il le sentait frémir contre lui merveilleusement. Il l'injuriait bouche contre bouche, elle n'écoutait pas, elle se serrait contre lui davantage. Il sentit ses tempes qui commençaient à battre.

— Putain! dit-il d'une voix coupante, si c'est ça que tu voulais, il fallait te laisser faire par les autres, alors!

Les bras de Jeanne retombèrent. Elle s'écarta. Elle ne disait rien. Elle regardait Maillat, et son regard était intolérable.

— Alors, dit-il, c'est fini?

— Allez-vous-en.

— C'est fini, ce grand amour? dit-il d'une voix vulgaire.

— Allez-vous-en.

— Oui, dit-il, je m'en vais.

Il ne bougeait pas. Le regard qu'elle fixait sur lui le brûlait. Il ne pouvait pas partir sous ce regard.

— Putain! dit-il les dents serrées, ça t'avait excitée ces deux types, hein? Et ça t'avait excitée aussi que je les tue?

— Allez-vous-en.

C'était trop tard déjà. Il ne pouvait plus partir avec ce regard sur lui. Il ne pouvait plus l'emporter avec lui pour toujours.

— Tu en voulais, dit-il d'une voix sourde, tu en voulais, hein?

« Je suis ignoble », pensa-t-il avec une espèce de joie. Elle fit un pas en avant brusquement, et le gifla. Il resta immobile quelques secondes, avec la brûlure du coup sur la joue. Il ressentait un soulagement immense.

— Ah! tu me gifles, dit-il d'une voix basse et menaçante, tu me gifles, hein?

Elle recula d'un pas tout à coup. Ce fut comme un déclic aussitôt. Il se mit à marcher sur elle lourdement. En avançant il sentait son poids peser un peu plus sur elle à chaque pas. Il se rappela dans un éclair qu'il avait lui-même ressenti cette impression quand le géant avait marché sur lui tout à l'heure. Mais c'était lui qui pesait maintenant. Il ne la touchait pas encore, mais il sentait sa masse peser sur elle.

Les yeux de Jeanne s'agrandirent, et elle ouvrit la bouche pour crier. Elle reculait pas à pas, les yeux fixés sur le visage sauvage qui s'approchait. Tout à coup elle sentit le mur derrière elle.

— Tu en veux, répétait Maillat, tu en veux, hein? Tu en veux?

Sa voix était absente, sourde, mécanique. Il posa les deux mains sur les épaules de Jeanne, et il regarda ses propres mains tout à coup avec étonnement. Elles arrachaient ce qui restait du corsage de Jeanne, lambeau après lambeau, avec un acharnement maniaque. C'étaient ses mains qui faisaient cela. Elles étaient grandes, brunes, nerveuses. C'étaient ses mains. Et il les regardait qui déchiraient et lacéraient l'étoffe, sans les reconnaître. Le buste de Jeanne apparut, complètement nu.

— Julien!

Elle se tordait sous ses mains. Il la tenait par les épaules, et regardait son buste frêle.

— Laissez-moi!

Il poussa un grondement inhumain, brusquement, tout près de son visage. Il résonna en elle comme un coup de tonnerre. Elle se sentit engourdie et comme fascinée. Il referma les bras sur elle, se pencha, et la mordit au sein : elle poussa un cri étouffé et recommença à se débattre. Il sentit les ongles de Jeanne s'enfoncer sur toute la longueur de sa joue.

Il n'eut pas conscience de la porter sur le lit. Un voile était tombé sur ses yeux, et tout, autour de lui, était devenu trouble et vague. Une voix sous lui disait : « Non, non, non! » C'était une voix lointaine et faible comme celle d'un enfant effrayé sous un tunnel. Il sentait des brûlures un peu partout sur son visage. Il tâtonna, saisit deux mains au vol, les écrasa dans une des siennes. Elle était sous lui, mince, faible, palpitante. Il sentait son propre poids sur elle avec délices.

DIMANCHE APRES-MIDI

— Te voilà! dit Pierson. On te croyait mort. Alexandre s'en faisait, de la bile!

— Où est-il?

— Chercher de l'eau pour la vaisselle.

Il sourit.

— Et en jurant comme un damné parce que c'était ton tour.

Maillat s'assit à sa place habituelle contre la roue avant droite de la roulotte.

Pierson était en face de lui, le dos accoté contre le mur du Sana, en train de bourrer sa pipe. Il la bourrait soigneusement, avec des gestes lents et minutieux. Maillat leva les yeux et le regarda faire avec un étonnement sourd. C'était comme s'il ne reconnaissait plus Pierson tout d'un coup. « Pierson », se dit-il en lui-même, « l'abbé Pierson, ton copain Pierson, tu sais bien! » Il avait vécu à ses côtés pendant huit mois, et il le regardait comme s'il ne l'avait jamais vu, assis là, tranquillement, en train de tasser le tabac dans sa pipe avec son pouce : un petit abbé en uniforme attendant d'être fait prisonnier, tranquillement, et qui serait mort demain, peut-être. « Pierson », répéta Maillat en lui-même. Il le regardait avec étonnement. Pierson, à ce moment, leva la tête et lui sourit. C'était le sou-

rire de Pierson. Et quand il parlerait tout à l'heure, ce
serait la voix de Pierson. Et il disait les choses que Pierson
disait d'habitude. Et c'était bien Pierson, assis là devant
lui, contre le mur du Sana, avec le mouvement familier
des doigts pour ramener dans la pipe les brindilles de
tabac qui s'en échappaient. Et Maillat ne le reconnaissait
pas. « Mais c'est Pierson! » se dit-il, « c'est ce bon vieux
Pierson, tu sais bien! Et il bourre sa pipe comme tous les
jours. » Il le regardait avec étonnement, comme au sortir
d'un rêve.

— Qu'est-ce qui t'arrive? dit Pierson en souriant.

— Rien.

— Tu en fais une tête! Mais qu'est-ce que tu as sur la
figure? On dirait des coups de griffe.

— C'est rien.

Maillat se passa la main sur le visage.

— Et les autres, où sont-ils?

— C'est vrai, dit Pierson, tu ne sais pas... Tu veux
manger?

— Oui.

— Alexandre a mis ta part de côté. Tu es bien servi, tu
peux être tranquille.

Pierson se leva, ouvrit les portes de la roulotte, et tendit
triomphalement une gamelle à Maillat.

— Du poulet! Hein? Qu'est-ce que tu en penses? Du
poulet! C'est magnifique! Du poulet pour les futurs prisonniers!

— Dhéry?

— Evidemment. A propos, il nous quitte, tu sais?

— Ah?

— Oui, il va essayer de tenter le coup, de s'habiller en
civil, et de se planquer dans une ferme quand les Fritz
arriveront.

— Il nous quitte quand?

— Tout de suite. Il nous a fait ses adieux tout à l'heure.

« Et le poulet, ajouta Pierson en souriant, c'est le cadeau d'adieu. Dhéry a beaucoup regretté que tu ne sois pas là. »

Maillat était courbé sur sa gamelle et ne releva pas la tête.

— Ce n'est pas vrai, dit-il d'une voix égale. Il n'a pas regretté du tout. Il s'en foutait.

— Mais non, pourquoi dis-tu cela?

— Parce que c'est vrai.

— Je ne crois pas.

— Moi, je crois. Et la preuve, c'est que, moi aussi, je m'en fous.

Il y eut un silence, et Pierson reprit :

— Pinot nous quitte également.

— Quoi? dit Maillat en s'arrêtant net de manger, il nous quitte aussi, celui-là!

— Il a retrouvé des gars de son pays. Il va faire popote avec eux.

— Petit salaud.

Il parlait d'une voix terne, machinale, sans aucune colère. Une ombre lui boucha le soleil tout d'un coup. Il leva la tête.

— Tiens! l'abbé, dit Alexandre, tu es encore là?

Au même moment, il découvrit Maillat.

— Ah! tu es là, toi, fils de garce! Tu es là, sacré nom de Dieu de fils de garce! Tu es là, sacré nom de Dieu de bordel à cul de fils de garce!

Pierson pencha la tête de côté d'un air connaisseur :

— Pas mal! dit-il de sa voix douce. Pas mal! Encore un tout petit peu plus d'ampleur, peut-être...

Alexandre regarda Maillat, et sa colère tomba.

— Mais qu'est-ce que tu as? Tu es griffé? Tu en fais une gueule! Qu'est-ce qui t'arrive?

— Rien, dit Maillat.

Il se mit à crier tout d'un coup :

— Rien! Tu entends! Rien!

— Ça va, dit Alexandre, personne ne te force à parler. Mais bon Dieu! Qu'est-ce qui te prend d'être en retard d'une heure? On te croyait mort. Mais parle, nom de Dieu, réponds!

Il ajouta au bout d'un moment :

— Réponds quand on te parle!

— Je mange.

— C'est bon, dit Alexandre.

Il posa le boutéon à terre à ses pieds et alluma une cigarette en affectant de tourner le dos à Maillat.

— Ça ne fait rien, curé, rapport gros mots, tu es drôlement libéral.

— Je m'adapte.

— Et rapport histoires cochonnes aussi.

— Je m'adapte, répéta Pierson avec son sourire de vierge.

— Est-ce qu'ils sont tous comme ça, maintenant, les curés? Ou c'est spécial à toi?

— Il y a des deux.

— Jésuite!

— C'est inouï, dit Pierson, tu m'appelles « jésuite », juste au moment où je dis la vérité.

Alexandre tournait autour de Maillat comme une grosse poule inquiète autour d'un poussin malade.

— Assieds-toi, bon Dieu! dit Maillat sans relever la tête.

Alexandre s'assit, puis posa les deux mains à plat sur ses genoux, et redressa le torse.

— Et voilà! dit-il. Monsieur est en retard d'une heure. Monsieur sèche son tour pour la vaisselle. Et quand Monsieur revient, Monsieur m'engueule!

Il s'écoula bien une demi-minute avant qu'Alexandre ouvrît la bouche de nouveau.

— Tu ne veux pas que je te fasse un peu de café?

— Non.

— Tu veux du vin?

— S'il te plaît.

Alexandre alla chercher son quart, le rinça dans le boutéon d'eau, le remplit et le tendit à Maillat. Maillat le vida d'un trait. Alexandre rinça le quart, et le suspendit de nouveau à la porte de la roulotte.

— Je vais quand même te faire un peu de café.

Il mit quelques morceaux de bois sur les braises du foyer, et mettant un genou à terre, il se mit à souffler dessus. La cendre vola autour de lui, et il se mit à tousser.

— Alexandre, dit Maillat, tu es un chic type.

Alexandre releva la tête, et le dévisagea d'un air choqué.

— Un chic type? gronda-t-il, qu'est-ce qui te prend? Tu deviens fou, non? Un chic type? Un chic type? Je t'en foutrai du chic type, moi!

Il continuait à souffler sur le feu. Sa barbe bouclée touchait le sol.

— Tu sais que Dhéry nous quitte?

— Oui.

— Et Pinot. Il était tout gêné, le pauvre Pinot, de m'annoncer ça. C'est un bon bougre, le gars Pinot. Lui et son F. M.!... Je l'aimais bien, moi, Pinot, avec sa silhouette de dessin animé.

Maillat releva la tête.

— Fiche-moi la paix avec Pinot et son F. M., tu veux?

— Ça va, dit Alexandre.

« Et puis, nom de Dieu! ajouta-t-il avec violence, on n'a plus le droit de rien dire ici?

— Est-ce qu'il y aura du café pour moi? dit Pierson. J'en boirais bien encore une tasse.

— Dans dix minutes, l'abbé. J'en refais pour tous les trois.

— Bon, dit Pierson en se levant. Eh bien, je vais aller aux informations en attendant.

Alexandre se retourna et sourit.

— C'est ça. Et cette fois-ci, pour l'arrivée des Fritz, tâche de savoir l'heure exacte.

— A une minute près, dit Pierson par-dessus son épaule.

Maillat se leva et alla s'asseoir à la place de Pierson. Alexandre soufflait sur le foyer. De temps en temps, il jetait un coup d'œil à son ami. Maillat était assis sans bouger, les deux coudes sur les genoux. Il ne fumait pas. Il regardait droit devant lui, les yeux vides.

— Alors? dit Alexandre.

Maillat se leva si brusquement que son pied heurta le boutéon d'eau, et le renversa.

— Ça y est! dit Alexandre sans bouger de place, l'eau de la vaisselle! Tu ne pouvais pas faire attention, non? Cette fois, c'est toi qui iras la chercher!

Maillat regardait l'eau qui sinuait doucement sur la poussière du sol. Puis il se rassit et se passa la main sur le visage.

— Alexandre, dit-il, à voix basse, je viens de tuer deux types.

— Toi, dit Alexandre en se relevant, toi, Maillat!

Maillat le regarda avec un mince sourire.

— Moi.

— Deux Français?

— Tiens, c'est vrai, dit Maillat, je n'avais pas pensé à ça. Tout ce que j'ai réussi à tuer dans cette guerre, c'est deux Français!

Il remit la tête dans ses mains.

— Alors?

— Quoi? dit-il comme s'il se réveillait.

— Tu les as tués pourquoi?

— Ils violaient une jeune fille.

— Les salauds!

Maillat haussa les épaules.

— C'est ce que j'ai pensé d'abord. Mais, moi aussi, après...

— Tu n'as pas?...

— Si. Enfin, pas tout à fait. Elle s'était offerte, d'abord.

— Ce n'est pas pareil.

— Oh! je ne sais pas.

Il se passa la main sur le visage, une fois de plus.

— C'est tellement confus, tout ça. Elle ne se serait peut-être pas offerte, s'il n'y avait pas eu ces deux types d'abord.

Alexandre était assis, les mains sur les genoux et les coudes écartés.

— Peut-être que si.

— Mais ce n'est pas ça, seulement. Elle a peur dans sa maison maintenant.

— Où est-elle, sa maison?

— Bray-Dunes.

— Nom de Dieu! dit Alexandre. Elle ferait mieux de partir!

— Rien à faire. Elle est orpheline, et sa maison, c'est tout ce qu'elle a.

Il prit par terre un petit morceau de bois et se mit à le tourner dans ses mains.

— Elle voulait que je reste avec elle.

— Ah! dit Alexandre, et tu crois que c'est pour ça qu'elle s'est...

— Je ne sais pas.

— Alors, dit Alexandre vivement, qu'est-ce que tu vas faire?

— Mais rien! Rien, naturellement! Rien! Qu'est-ce que tu veux que je fasse? Je suis ici, hein? A la popote. A la popote du Sana. A la popote du Sana de Zuydcoote avec Alexandre et Pierson. Je suis là, hein? Je suis là, moi, Julien Maillat, futur prisonnier, à la popote du Sana de Zuydcoote avec mes deux bons copains!...

— Ta gueule.

Alexandre posa quelques morceaux de bois sur le foyer.

— Tu as essayé de la décider à partir?

— Tout ce que j'ai pu.

— Maintenant qu'elle est toute seule, elle va peut-être se décider.

— Non. Elle mourra de peur, mais elle restera.

— Il n'y a rien à faire, alors?

— Rien.

Il y eut un silence. Puis Alexandre reprit :

— Tu vas y retourner?

— Non.

— Ce serait de la folie.

— Oui, dit Maillat, ce serait de la folie.

Il ajouta d'une voix vulgaire, tout d'un coup :

— Je ne suis pas fou.

Il eut un petit rire, et Alexandre détourna la tête.

— On pourrait en faire une fable, dit Maillat. Deux types violaient une jeune fille. Je tue les deux types vertueusement. Et puis je viole la jeune fille.

Il eut le même petit rire grinçant de nouveau.

— C'est drôle, hein?

— N'y pense plus. Ça s'est passé comme ça, voilà tout.

— Mais nom de Dieu! dit Maillat en se levant, c'est justement ça que je n'arrive pas à comprendre. Je ne suis quand même pas un salaud, moi!

— Sûrement pas, dit Alexandre.

Maillat le regarda fixement.

— Ah tu crois? Tu crois?... Eh bien, écoute, quand j'ai

descendu l'espèce de grosse brute qui m'avait tabassé...
Enfin, je te raconterai... Et il ne restait plus que le petit,
une petite gouape... Et alors, qu'est-ce que tu crois que
j'ai fait? Qu'est-ce que tu crois que j'ai pensé? Que j'allais
lui faire signe de foutre le camp? Il tremblait de peur, ce
gosse. Il se rencognait contre le mur comme un rat.
Comme un petit rat puant et traqué. Et moi, je m'avançais.
J'étais si faible que je m'appuyais contre le mur pour ne
pas tomber. Et lui, il faisait « non! » de la tête désespérément... comme ça... Il me regardait avec des yeux de bête
affolée, et il faisait « non! » de la tête.

— Alors?

Maillat s'essuya la bouche avec son mouchoir.

— Alors, j'ai tiré. C'est tout.

— Evidemment, dit Alexandre au bout d'un moment.
Il mit un genou à terre et souffla sur le feu.

— N'y pense plus. Ça s'est passé comme ça, c'est tout.

— Oui, dit Maillat fiévreusement, tu as raison, ça s'est
passé comme ça, c'est tout. J'aurais pu lui faire signe de
foutre le camp, à ce gosse. Mais c'est vrai, je n'y ai pas
pensé. Voilà, je n'y ai pas pensé. J'avais tué l'autre. Il
fallait aussi que je tue celui-là. Voilà comment ça s'est
passé.

Il porta une cigarette à ses lèvres d'un air absent. Puis
il regarda Alexandre, et ses yeux avaient quelque chose
d'enfantin et de suppliant.

— Je ne voulais tuer personne, moi.

Alexandre avança d'un pas et posa la main sur la sienne.

— Mon pauvre vieux... dit-il.

— Ne me touche pas! cria Maillat avec violence.

Il eut son petit rire grinçant de nouveau.

— Tu sais ce que j'ai ressenti quand les deux types sont
tombés? Est-ce que tu le sais seulement? Allons, devine!
devine!

— Laisse tomber.

— J'ai ressenti un moment de joie toute pure. Tu comprends, ils m'obéissaient, ces deux types, tout d'un coup.

Il s'arrêta, et une seconde plus tard, il reprit à voix presque basse :

— Ils se sont couchés, et ils sont devenus très obéissants tous les deux.

— Salaud!

— Ah tu vois!... dit Maillat, tu vois!... Ça n'a pas duré d'ailleurs, ce moment-là. C'est retombé brusquement. Et puis je me suis senti... couillonné.

— Pourquoi?

— Je ne sais pas.

— Bon Dieu, laisse tomber, alors.

— Non, reprit Maillat fiévreusement, ça s'est passé comme ça, comme tu dis. Ça s'est passé exactement comme ça. Et je sais maintenant ce qu'il ressent, un assassin. Il a un moment d'exaltation. Et puis, ça retombe. Et il se sent couillonné.

Il alluma sa cigarette, et ajouta d'une voix à peine perceptible :

— Ou alors, il faudrait continuer.

Alexandre, béant, le regardait.

— Nom de Dieu! dit-il en secouant sa tête crépue de droite à gauche comme pour chasser un essaim de mouches, je vais devenir aussi cinglé que toi à écouter tes conneries.

Il se leva, saisit son manche de pelle et commença à touiller le café. Sur l'eau de la gamelle, il y avait une espèce de croûte brune qui se soulevait de l'intérieur et crevait en petites bulles comme une lave en fusion. Alexandre regardait cette lave distraitement. « Pauvre vieux, pensait-il, il l'a sec, avec ses deux types. Et le pire, c'est que ça lui ressemble, en un sens. Je ne lui dirai pas, mais ça lui ressemble. »

— C'est marrant, dit-il tout haut, comme ça te ressemble, tout ça.

— Quoi « tout ça »? dit Maillat en relevant vivement la tête.

« Bon Dieu! » pensa Alexandre.

— Tout ça... tout ce qui t'arrive.

Maillat le regardait fixement.

— Ça me ressemble de tuer deux types?

— Non, dit Alexandre faiblement, pas ça... pas ça spécialement. Tout ce qui t'arrive, en général. Ça te ressemble, tout ce qui t'arrive.

— On peut dire ça de tout le monde.

— Je ne crois pas, fit Alexandre.

Et aussitôt il pensa : « Arrête, mais arrête donc! Ne lui dis pas surtout. »

Maillat ne le quittait pas des yeux.

— Tu es fou, cria-t-il violemment. Qu'est-ce qui me ressemble là-dedans, d'après toi?

— Mais tout, tout... Tout ce qui t'arrive depuis que tu es ici... Cette histoire de rat... la Polonaise... tous les types que tu rencontres... Ce cargo qui brûle... les types que tu sors de l'eau... les autres types que tu as tués... Cette jeune fille... tout!

— Alors, dit Maillat âprement, tu crois que ça ne pouvait arriver qu'à moi? C'est stupide.

Alexandre détourna la tête.

— Tu as raison, c'est stupide.

« Arrête », se dit-il, « mais arrête donc, espèce d'idiot! » Au même instant, il ouvrit la bouche de nouveau.

— Oui, je déconne, dit-il. C'est une connerie sûrement. Mais c'est ça que je sens. Je trouve que ça te ressemble, tout ce qui t'arrive... et tout ce qui t'arrivera aussi.

Maillat eut un petit rire contraint.

— Tout ce qui m'arrivera!

— Alors! dit la voix de Pierson, il vient, ce café?

— Il vient! dit Alexandre en retrouvant sa grosse voix joviale d'un seul coup, il vient!

Pierson regarda Maillat, puis tourna vivement la tête vers Alexandre en haussant les sourcils. Alexandre détourna les yeux. Pierson parut sur le point de dire quelque chose, puis se ravisa. Alexandre servait le café.

— Il est bon, dit Pierson au bout d'un moment.

Il cala son quart brûlant entre ses cuisses, tira sa petite pipe de sa poche, et se mit à la bourrer. Il y eut un silence, Maillat buvait et ne regardait personne.

— Pierson, dit Alexandre, qu'est-ce que tu feras après la guerre?

— Moi? Mais je me ferai ingénieur en céramique. Et toi?

— Moi? Curé, bien entendu. Curé dans ta cure, l'abbé. Et qu'est-ce que je leur mettrai dans les fesses, à tes vieilles filles!

Pierson tira sur sa pipe.

— Il n'y a pas de vieilles filles chez moi. C'est un quartier cent pour cent ouvrier. Les vieilles filles, c'est une invention des classes distinguées.

— Elles se marient toutes, alors, dans ta paroisse?

— Oh non! dit Pierson, mais les vieilles filles, dans ma paroisse, c'est encore celles qui sont le plus mariées.

Maillat se leva.

— Je vais aller chercher de l'eau.

— On a tout le temps, dit Alexandre.

« Après la guerre, reprit-il, je me construis une petite maison.

— Avec des lapins? dit Pierson en levant les sourcils.

— Parfaitement, avec des lapins! Je n'ai plus le droit d'avoir des lapins, maintenant?

— Je vais aller chercher l'eau, dit Maillat.

Il se leva et saisit le boutéon par son anse.

— Bon Dieu! dit Alexandre, laisse-nous souffler un peu. Je n'ai pas arrêté, moi, depuis ce matin.

Maillat hésita une seconde, puis il pensa que c'était un bon moment pour Alexandre, le seul bon moment de la journée pour lui, et que ça ne serait pas bien de l'abréger... Il se rassit. Et les minutes se remirent à couler inexorablement, une à une, avec ce petit frottement doux et métallique des roues de loteries dans les foires.

— Ma maison, dit Alexandre, je la construirai tout en bois. Mais pas des planches, non, des rondins. Comme un chalet.

Pierson leva la tête.

— Pourquoi en bois?

— Je ne sais pas. J'aime ça, le bois. C'est chaud, c'est intime. On a l'impression que ça vit encore autour de vous. C'est peut-être bête ce que je vais dire, mais ça me rassure, le bois.

— Ça te rassure?

— Oui, dit Alexandre en rougissant imperceptiblement sous son hâle, ça me rassure. Je ne sais pas pourquoi, ça me rassure.

Pierson secoua les cendres de sa pipe en la frappant à petits coups précautionneux contre sa chaussure. Il jeta un coup d'œil sur sa gauche. Maillat ne fumait pas, ne bougeait pas. Il avait l'air morne et endormi.

— Dans ma maison, dit Alexandre, il y aura une pièce rien que pour moi, avec mon établi, mes outils, tout le bordel. Rangé au poil, naturellement. Une pièce rien que pour moi. Tout le temps que je serai à la maison, je le passerai là.

— Ta femme s'ennuiera.

— C'est ce qu'elle dit toujours, dit Alexandre en se frottant la barbe. Elle trouve que je m'occupe pas assez d'elle. C'est marrant que leur boulot, aux femmes, ça ne les occupe jamais autant que nous. Il faut toujours qu'elles

aient quelqu'un à qui parler. C'est drôle, mais moi, quand
je bricole, j'ai besoin de parler à personne.

Il se leva et piétina les cendres fumantes du foyer de ses
grosses godasses. Pierson leva la tête, et une fois de plus
il eut la vision fugitive d'un guerrier nègre exécutant une
sorte de danse sacrée.

— Oui, dit Alexandre en se rasseyant, elle s'ennuie.
C'est quand même embêtant qu'elle s'ennuie.

« C'est pourquoi, ajouta-t-il d'un air songeur, je voudrais bien avoir deux femmes. Elles se tiendraient compagnie mutuellement.

— C'est une idée, dit Pierson. Et ta femme marche,
bien entendu?

— Eh bien, non, figure-toi! Pas du tout. J'ai essayé une
fois de mettre ça sur le tapis... discrètement... Je n'ai pas
recommencé.

— Je vois. C'est très curieux.

— Tu trouves aussi? dit Alexandre. C'est marrant
qu'elle comprenne pas son intérêt. C'était pourtant la
solution parfaite, tu ne trouves pas? Deux femmes, c'est
du billard.

— Deux? fit Pierson avec une petite moue. Deux seulement? Pourquoi pas trois?

— Tu me fais mal au sein, dit Alexandre. Je ne suis pas
millionnaire, moi. Mais deux, ça va.

— Bon! dit Maillat en se levant, cette fois, j'y vais.

Il saisit l'anse du boutéon, et fit un pas en avant. Au
même moment il trébucha, et tomba brutalement sur les
genoux.

— C'est cette saloperie de brique, dit-il.

Et il se mit à jurer.

— Tu as mal? dit Alexandre en se levant. Tu es tout
pâle.

— Qu'est-ce qu'elle foutait là, cette brique?

Pierson se leva à son tour.

— Ça ne va pas?

— Ce n'est rien.

Il se releva, revint s'asseoir à sa place, et se mit à se frotter le genou. Puis sa tête partit en arrière et il devint très pâle.

— Le whisky! dit Pierson.

— Vous devez me trouver idiot, dit Maillat.

Et d'un coup il ne vit plus rien. Puis il sentit un goût de métal entre ses lèvres, et un liquide brûlant couler dans sa gorge.

— C'est rien, dit-il en ouvrant les yeux. C'est passé.

Il entendit Pierson dire : « Ne le saoule quand même pas », et comprit qu'il était de nouveau en train de boire. Il fit signe de la main qu'il n'en voulait plus.

— Qu'est-ce que je fais du reste? dit la voix d'Alexandre, je le bois?

— Ne te gêne pas, dit Pierson en riant.

Il sembla à Maillat que Pierson avait ri dans sa tête. Il ouvrit les yeux de nouveau, et vit la grosse tête d'Alexandre penchée sur lui. « C'est une bonne grosse tête », pensa-t-il avec gratitude. « Et Pierson a un rire de jeune fille. » Il se sentait mou et attendri.

— C'est salement douloureux un coup sur le genou, dit Alexandre. Comme douleur, ça vaut presque un coup dans les couilles. Ça va, Maillat?

Maillat ouvrit les yeux tout à fait.

— Ça va.

Il se leva, fit deux pas péniblement, et saisit l'anse du boutéon.

— Rassieds-toi, dit Alexandre, j'y vais.

— Ça va maintenant.

— Rassieds-toi, je te dis.

— Fiche-moi la paix! dit Maillat. C'est mon tour.

Alexandre saisit l'anse du boutéon et le tira à lui.

Maillat résista, et ils luttèrent un moment, debout, face à face, entre la roulotte et le foyer.

— Vous êtes drôles, dit Pierson.

— Lâche ça, dit Alexandre, tu vas démolir l'anse.

— Lâche toi-même.

— C'est la première fois, dit Pierson, que je vois Alexandre se disputer pour aller chercher de l'eau.

Maillat lâcha le boutéon et vint se rasseoir en clopinant.

— Ce fils de garce, dit Alexandre, il a failli désosser le boutéon!

Il s'éloigna à grands pas. Maillat le regarda partir, et tout d'un coup, son cœur se serra. Il se leva comme pour le rejoindre, puis se rassit aussitôt. Une espèce d'inquiétude insupportable lui passait dans les nerfs comme une vrille. « C'est mon genou », pensa-t-il, mais il comprit aussitôt qu'il se mentait à lui-même. Il y avait en lui ce vague malaise qu'on éprouve quand on s'est arrangé pour oublier un devoir qu'on s'était prescrit. Il sentait qu'il y avait une chose importante qu'il *devait* faire, et faire tout de suite, sans perdre de temps, mais il n'arrivait pas à savoir ce que c'était. Il avait mauvaise conscience tout d'un coup, sans qu'il sût pourquoi. C'était comme une petite voix qui aurait dit à son oreille : « Maillat, tu devrais... tu devrais... tu devrais... » Et il demandait avec angoisse : « Mais quoi faire? Bon Dieu! Quoi faire? » Et la voix reprenait : « Maillat, tu devrais... tu devrais... tu devrais... » Et les minutes continuaient à couler, et il serait trop tard bientôt, et il n'arriverait pas à savoir quelle était cette chose importante qu'il *devait* faire. Il se leva une seconde fois, et se rassit. « Maillat, tu devrais... tu devrais... tu devrais... » Il fouillait désespérément en lui-même pour trouver ce qu'il devait faire, et à chaque effort qu'il faisait, c'était comme si ce qu'il cherchait lui échappait davantage, s'enfonçait dans l'ombre un peu plus. Il sentait autour de lui le camp s'étendre sous les arbres, avec son grouillement de soldats kaki, et un bourdonnement incessant, percé de cris, de jurons, d'appels. Le soleil sous les arbres faisait des ronds, et sur les dunes à sa gauche, il produisait un poudroiement ocre, avec de brusques scintillements comme sur la mer. Maillat était assis à la place désormais vacante de Dhéry, le mur était chaud sous ses reins, et derrière lui, il sentait la masse blanche du Sana, éblouissante de soleil, et le jardin pimpant, ses belles allées au gravier clair, ses rosiers en fleur, et sur un côté, les rangées de morts sur les brancards. « Maillat », répétait la voix, « tu devrais... tu devrais... » Et les minutes coulaient inexorablement, et il était trop tard déjà, et la chose qu'il aurait dû faire était tout à fait hors de portée maintenant, noyée dans les ténèbres du souvenir.

— Un beau temps de vacances, dit Pierson.

Maillat leva la tête.

— De quoi rendre grâces à Dieu! dit-il rageusement.

Pierson le regarda avec une gravité inattendue.

— Oui, dit-il en appuyant sur chaque mot, oui, oui, Maillat. De quoi rendre grâces à Dieu.

Il y eut un sifflement, suivi d'un claquement sec. Maillat se jeta à terre, et poussa un cri.

— Qu'est-ce qu'il y a?

— Mon genou.

— Ah bon! dit Pierson.

Il reprit presque aussitôt :

— Qu'est-ce qui leur prend encore, à ces veaux, d'envoyer des 77 sur le Sana?

Ils attendirent, couchés, une nouvelle rafale. Mais rien ne vint. Pierson se releva.

— C'est un coup pour rien, dit-il.

Maillat se releva à son tour et s'épousseta.

— Ces artilleurs, dit-il, dans n'importe quelle armée, on ne sait jamais à l'avance ce qu'ils vont faire.

— Un coup pour rien, répéta Pierson.

Un grand biffin dégingandé arriva en courant. Il s'arrêta devant la roulotte et regarda Maillat :

— C'est pas ici le grand type avec une barbe? dit-il d'une voix grasseyante.

— Si, dit Maillat. Il est au puits. Qu'est-ce que tu lui veux?

— J'en reviens, du puits... dit l'homme.

Il s'arrêta.

— Alors? dit Maillat.

L'homme regarda Maillat, puis Pierson, ouvrit la bouche, et ne dit rien.

— Alors? répéta Maillat avec impatience.

— Il lui est arrivé quelque chose, dit l'homme.

Maillat se leva d'un bond.

— Il est blessé?

— Vas-y, dit l'homme. Tu verras.

— J'y vais aussi, dit Pierson de sa voix calme. Maillat était déjà parti. Pierson se tourna vers l'homme.

— Ça ne te ferait rien de garder la roulotte, pendant qu'on n'est pas là?

— D'accord, dit l'homme.

Il s'appuya sur la porte de la roulotte et regarda à l'intérieur.

— Eh vieux! appela-t-il.

Pierson se retourna.

— Tu ferais aussi bien de prendre un brancard.

Pierson ouvrit les yeux tout grands.

— Il... Il est touché à ce point?

— Il est mort, dit l'homme.

Pierson monta dans la roulotte, prit le brancard d'Alexandre, le replia et descendit à reculons en tirant le brancard à lui. L'homme lui parla de nouveau. Il ne répondit pas. Il priait.

Le brancard n'était pas lourd, mais Pierson n'était ni vigoureux, ni adroit. Il éprouvait de la peine à le porter. Il essaya d'abord de le tenir à bout de bras comme une valise. Mais le brancard lui battait dans les jambes. Finalement, il le jucha sur son épaule, et presque à chaque seconde, il devait en rétablir l'équilibre. Le bois du montant lui rentrait dans l'épaule. Il transpirait. Il essayait de prier, mais l'effort qu'il devait faire l'en empêchait.

Il ne vit pas le puits, mais un rassemblement d'hommes tout autour.

— Laissez-moi passer, dit-il.

Alexandre était là, couché un peu sur le côté. La tête était sectionnée du tronc, et ne tenait plus au cou que par un fil. Elle était placée presque parallèlement à l'épaule.

Pierson vit le dos de Maillat devant lui. Il le toucha légèrement de la main. Maillat se retourna. Son regard était affreusement vide.

— Vite! dit-il enfin en apercevant le brancard.

Il répéta « vite, vite! » plusieurs fois comme si la vie d'Alexandre eût dépendu de la vivacité de Pierson.

Pierson sentait sur lui les regards des soldats qui entouraient le corps. Il déplia le brancard sur lequel Alexandre avait dormi depuis trois nuits. Puis il le posa sur ses pieds parallèlement au corps. Il regarda Maillat et se pencha.

— Non, dit Maillat, prends les pieds.

Il changea de place. Il vit Maillat se baisser, prendre la tête d'Alexandre à deux mains, et l'ayant calée sur ses genoux, saisir le tronc par les épaules. Pierson fit un effort très violent, et c'est à peine s'il réussit à ne pas lâcher le corps en aidant Maillat à le déposer sur le brancard.

— Fais attention! dit Maillat.

Il posa la tête sur le brancard, dans le prolongement du cou.

— Tu es prêt? demanda-t-il.

— Oui, dit Pierson.

— Il est grand et lourd, dit un soldat. Tu pourras jamais, toi, mince comme tu es. Tu veux que je prenne ta place?

— Non, dit Pierson, les dents serrées.

— Passe devant, dit Maillat. Non, pas comme ça. Tourne-moi le dos.

Pierson s'accroupit, prit les deux bras du brancard, et les souleva. Aussitôt un poids énorme se mit à tirer sur ses épaules. Il avança en trébuchant. Les hommes s'écartèrent de lui. Il entendit la voix de Maillat derrière son dos.

— Tu diras quand tu voudras t'arrêter.

Ils s'arrêtèrent plusieurs fois. Les tempes de Pierson battaient très fort, et il n'arrivait pas à prier.

Ils placèrent le brancard entre la roulotte et le mur du Sana. Aussitôt, Pierson se mit à genoux par terre à côté du corps, et pria. Maillat resta debout. Il regardait la tête d'Alexandre, puis à la hauteur de ses genoux, la nuque de Pierson. C'était une nuque frêle et un peu maigre comme celle d'un jeune garçon. Maillat gagna l'allée, fit quelques pas, alluma une cigarette. Il se promena de long en large pendant quelques minutes.

Quand il revint, Pierson était assis à sa place habituelle. Pinot était debout à côté de lui.

— Je viens de l'apprendre, disait-il. Tout à fait par hasard. Un gars qui racontait le coup à côté de moi. Un grand type, qu'il disait, avec une barbe noire et des cheveux frisés, la tête coupée. Aussi sec. Ça m'a donné un choc. J'ai tout de suite pensé que c'était lui. Je...

— Tais-toi! dit Maillat.

Il s'assit et regarda Alexandre. C'était difficile de regarder un corps dont la tête était sectionnée. On se demandait si c'était le corps qu'il fallait regarder, ou la tête.

— C'est moi qui devrais être là.

Pierson releva les yeux.

— Si tu ne t'étais pas cogné le genou, dit-il au bout d'un moment, tu aurais eu le temps d'y aller avant que l'obus éclate.

— Si! dit Maillat, et *si* je n'avais pas été en retard pour manger, et *si* j'y étais allé la première fois! Si! si! si! Je n'en ai pas fini avec ces « si! »

— Tu ne pouvais pas prévoir, dit Pierson, ça s'est passé comme ça, c'est tout.

Maillat le regarda fixement.

— Oui, dit-il lentement, ça s'est passé comme ça.

Il se prit la tête à deux mains, et se tut.

Pinot, au bout d'un moment, se racla la gorge, et dit :

— Vous allez le veiller?

— Tu déconnes, dit Maillat.

Pierson cligna des yeux. C'était la voix et l'intonation d'Alexandre à s'y méprendre. Et c'était bien aussi ce qu'eût dit Alexandre, dans un cas pareil. « Non », pensa Pierson avec ferveur, « non, il n'est pas mort. Ce n'est pas vrai, il n'est pas mort. Même *ici*, il n'est pas mort. Même *ici*. »

— Je ferai une croix, dit Pinot.

Maillat se leva.

— Non. Si on marque sa tombe, ils le ramasseront après la guerre, et ils le mettront dans leur saloperie de cimetière militaire.

« Les salauds! ajouta-t-il brusquement avec une voix tremblante de fureur. Même dans la mort, ils ne vous lâchent pas.

— Alors? dit Pinot.

— On va l'enterrer au pied d'un arbre, c'est tout.

Il regarda Pierson.

— Allons-y.

— Tout de suite? dit Pinot d'un air choqué.

— Oui, dit Maillat, tout de suite.

Pierson se leva à son tour.

— Je n'ai pas pris son portefeuille. Je pensais que peut-être tu préférerais t'en occuper.

— Oh pour l'amour de Dieu, prends-le, prends-le, prends-le! Tu sais ce qu'on écrit, toi, dans ces cas-là.

Ils l'enterrèrent au pied d'un arbre, le dernier arbre à droite en regardant le Sana. Ils n'eurent même pas à creuser sa tombe. Il y avait, partant presque du pied de l'arbre, un petit élément de tranchée inachevée qu'ils utilisèrent. Ils l'élargirent un peu et coupèrent quelques racines pour permettre au brancard de passer et de reposer sur le fond, bien à plat. Puis Maillat descendit dans la fosse, posa un pied de chaque côté du brancard, et recouvrit le corps d'une capote.

Pinot trouvait qu'on l'avait enterré trop vite, Alexandre. Il se tenait sur le bord de la fosse, campé sur ses petites jambes, avec ses mèches raides collées sur son front par la sueur. Il regardait le sable qu'il faisait tomber à grands coups de pelle sur le corps, et il trouvait qu'on l'avait enterré trop vite, Alexandre. Quand il eut fini, il jeta la pelle et attendit. Mais il ne se passa rien. Maillat resta debout à regarder droit devant lui. Il ne paraissait pas ému. C'était son copain, pourtant, Alexandre. Mais il était là, il ne disait rien, ne faisait rien, pas même un signe de croix. Pierson s'agenouilla, mais il ne récitait pas ses prières à haute voix, comme Pinot s'y était attendu. Il les disait à voix basse, comme ça, pour lui seul. Pinot trouvait qu'on l'avait enterré trop vite, Alexandre. On l'avait enterré sans croix, sans cérémonie, sans même quelques paroles d'adieu. Même Pierson n'avait pas récité ses prières à voix haute. Si c'était pour vous enterrer comme ça, c'était pas la peine, alors, d'avoir un copain curé.

Ils revinrent tous les trois à la popote, et Pinot marchait un peu en arrière. Le ciel était radieux, et il faisait si chaud que Maillat retira sa veste.

— Tu vas écrire? dit-il.

— Dès que je pourrai.

Ils firent quelques pas et Maillat reprit :

— Qu'est-ce que tu lui écrirais à ma famille, Pierson, si j'étais tué? Que j'étais estimé pour mes qualités de chef, que mon moral est resté jusqu'au bout exemplaire, que je suis mort sans souffrir, et que mon sacrifice n'aura pas été vain, puisque c'est grâce à de tels sacrifices que la France...

— C'est vrai que tu as des qualités de chef.

— Oui, et tu sais ce que je pense aussi.

— Dans ces cas-là, dit Pierson, on n'écrit pas ce qu'on sait.

Maillat eut un petit geste de la main. Il y eut un silence, et la voix de Pinot s'éleva avec chaleur :

— C'était un chic type.

— Tais-toi! cria Maillat rageusement.

Pierson regarda Maillat, mais ne dit rien. Pinot attendit quelques instants encore, puis il dit qu'il était attendu à sa popote, et s'en alla. De dos, en s'éloignant, il avait l'air encore plus petit, plus boudiné, plus pathétique. Pierson le suivit des yeux.

— Tu l'as blessé.

— Oui, dit Maillat, je n'aurais pas dû.

Il reprit aussitôt avec violence :

— Je me fous de Pinot, tu entends! Je me fous de Pinot et de son F. M.!

Il s'assit à la place d'Alexandre, et alluma une cigarette.

— Tu sais, fit Pierson de sa voix douce, il est malheureux, en ce moment, Pinot.

Maillat le regarda d'un air vague comme s'il se réveillait.

— Quoi? Qu'est-ce que tu chantes? Qui est malheureux?

— Pinot.

— Fous-moi la paix avec Pinot.

— Il est malheureux. Il croit que sa femme le trompe.

— Avec cette gueule! dit Maillat avec un petit rire.

Il ajouta au bout d'un moment :

— Elle le trompe, alors?

— Il n'en est pas sûr. Il le croit.

— Bon Dieu! dit Maillat avec colère, et elle est stérile avec ça, la garce! Elle peut s'en faire mettre plein le ventre.

Il y eut un silence, et Maillat reprit :

— Sale garce. Je comprends tout alors.

— Quoi tout?

— Tout. Le F. M. entre autres.

— Quel est le rapport?

Maillat haussa les épaules. Puis il jeta sa cigarette brusquement et se passa la main sur le visage.

— Saint Jean-Baptiste, Pierson. Tu te rappelles?

— Oui, dit Pierson.

— Tu te rappelles, hein? tu te rappelles?

— Tais-toi.

— De quoi rendre grâces à Dieu, Pierson.

— Tais-toi.

— Et son sacrifice n'aura pas été vain, puisque c'est par de tels sacrifices que la France...

— Tais-toi, Maillat, je t'en prie. Tais-toi! Tais-toi!

Il y eut beaucoup de silence tout d'un coup. Maillat ramassa un morceau de bois que la flamme du foyer n'avait pas touché, et se mit à le tourner et à le retourner dans ses mains.

— C'est vrai, dit-il, que c'est une belle matière, le bois.

Quelques minutes passèrent, puis il se leva, décrocha le quart d'Alexandre, le trempa dans le boutéon de vin caché sous la roulotte, but, raccrocha le quart sans le rincer, et revint à sa place. « Fils de garce », dit la voix d'Alexandre à son oreille, « tu pourrais pas rincer ton quart, non? » Maillat se figea, puis retourna sur ses pas, prit le quart et regarda autour de lui d'un air vague. Pierson leva les yeux.

— Tu sais bien qu'il n'y a pas d'eau.

— Ah oui! dit Maillat.

Il raccrocha le quart.

— Le boutéon est resté là-bas.

— Oui, dit Maillat, je l'ai vu. Il était à côté du puits.

— C'était le seul qui nous restait. Il est sûrement chipé maintenant.

Maillat se rassit. En baissant les yeux à terre, il vit la brique qui l'avait fait tomber. Il la repoussa du pied. Au bout d'un moment il se leva de nouveau.

— Pierson, je ne peux plus.

— Quoi? dit Pierson.

Mais il n'avait pas l'air surpris.

— Rester ici, à la popote. Je ne peux plus. Je m'en vais.

— Où?

— Je ne sais pas.

— Où?

— A Bray-Dunes.

— Où à Bray-Dunes?

— Tu veux savoir? dit Maillat avec un mince sourire.

— On ne sait pas ce qui peut arriver.

— Tu vois la route qui mène à la mer? La première rue à droite en venant de la voie ferrée. Une maison blanche en face d'un garage démoli. C'est là.

— En plein Bray-Dunes alors? C'est de la folie.

— C'est ce que disait Alexandre. Il ne voulait jamais

quitter la roulotte, tu te rappelles? Il disait qu'en restant
au Sana, on ne risquait rien.

— C'est de la folie.

— Qu'est-ce que ça peut faire? dit Maillat.

Il ajouta :

— Je viendrai te voir demain à midi.

— Si tu veux.

— Non, pas « si je veux. » Demain sans faute à
midi.

— Je t'attendrai.

Maillat ajouta au bout d'un moment :

— Où elle est, la popote de Pinot?

— Pourquoi?

— Je veux lui dire au revoir.

— Je croyais que tu te foutais de lui, dit Pierson.

Comme Maillat ne répondait rien, il reprit :

— C'est contre la grille d'entrée du Sana, à droite.

— Quoi? dit Maillat d'un air absent.

— La popote de Pinot.

— Ah oui! où tu dis que c'est?

— A droite, contre la grille du Sana.

— Merci.

Pierson avait la tête baissée et les yeux fixés au sol.
Maillat était debout à côté de lui. Il regardait la roulotte,
le foyer de briques, la place d'Alexandre.

— Et toi, dit-il enfin, qu'est-ce que tu vas faire?

— Oh moi! dit Pierson avec un petit rire triste, j'aurai
vite fait, tu sais bien, de me dégoter une popote où il y a
déjà un autre curé.

*

Il se dirigea vers la fenêtre de la chambre, l'ouvrit toute
grande, et des deux mains, empoigna la barre d'appui. Il
lui semblait qu'il n'avait pas bougé de place depuis le

matin, que c'était la même discussion qui continuait, qu'elle ne finirait jamais plus. « Cette maison », dit-il, les dents serrées, « cette maison! » Il n'aurait jamais cru possible de haïr des briques à ce point.

Elle était debout devant lui, les bras croisés sagement sur sa poitrine, avec son air de petite fille. Elle ne disait rien. Elle était là, simplement.

Un accès de rage le ressaisit, le fit trembler de la tête aux pieds. Il se retourna, empoigna de nouveau la barre d'appui de la fenêtre et la serra à se faire mal.

— Ecoute!

Elle n'avait pas bougé de place. Si frêle, si mince! Et il avait l'impression de se battre contre un roc. Il répéta une deuxième fois : « Ecoute! », s'arrêta un quart de seconde, et ajouta d'une voix sèche :

— Je t'épouserai.

Elle leva les yeux.

— Ce n'est pas vrai.

Il la prit aux épaules brutalement.

— Si! C'est vrai. Tu entends? C'est vrai. Je t'épouserai.

Elle baissait la tête et il ne pouvait voir son visage.

— Tout de suite?

Une sauvage envie de rire le saisit.

— Dès qu'on pourra.

Elle tenait la tête baissée obstinément.

— Alors, dit-il, tu viens?

— Non.

Il la lâcha, fit quelques pas sans but dans la pièce, puis vint s'asseoir sur le lit, la tête dans ses mains.

— Bien, dit-il à voix presque basse, moi, je pars.

Pendant une seconde il ne se passa rien. Puis elle bougea. Elle fit deux pas en avant, et s'assit sur le lit à côté de lui. Elle s'assit tranquillement, les mains l'une sur l'autre.

— C'est loin où vous voulez aller?

Il eut un petit rire.

— Il n'y a pas loin à aller.

— Mais les Allemands vous prendront, quand ils arriveront.

— Je m'habillerai en civil.

— Ah! dit-elle.

Et elle eut l'air de réfléchir.

— Mais quand les Allemands seront ici, il n'y aura plus de bombardements?

Il eut le même petit rire de nouveau.

— Bien sûr que non.

— Eh bien alors, dit-elle posément, vous n'avez qu'à partir, si vous avez peur des bombes, et quand les Allemands seront ici, vous reviendrez.

Il la regarda une pleine seconde.

— En somme, dit-il d'une voix sifflante, tu as résolu le problème. Tu ne quittes pas ta maison et tu gardes le mari!

Elle le regarda.

— Ce n'est pas possible que vous reveniez, quand les Fritz seront là?

Il se mit à rire, et ses yeux étaient pleins de colère.

— Oh si! dit-il, oh si! Ça, c'est possible!

— Alors, pourquoi vous ne le feriez pas?

— Oh assez! cria-t-il, assez! Assez pour l'amour de Dieu!

Il sauta à bas du lit.

— Allons, dit-il violemment, tu viens?

Il était debout au pied du lit. Il la regardait. Elle pointait le menton en avant et son visage était calme et ferme. Puis brusquement, ce fut comme si on lui avait retiré d'un seul coup son masque d'adulte. Ses traits parurent se figer, se contracter, se ramasser sur eux-mêmes, une grimace comique et enfantine tira sa lèvre, ses yeux se fixèrent sur Maillat avec angoisse, comme s'il eût menacé de la gifler, et il eut l'impression ridicule, tout à coup, d'être un papa moustachu en train de gronder sa fille. Puis les yeux de Jeanne cessèrent de le fixer. Ils parurent s'abstraire, se réfugier en eux-mêmes. L'instant d'après, elle s'abattit sur le lit comme un pantin disloqué. Maillat n'avait pas bougé. Il regardait les frêles épaules secouées par les sanglots. « C'est une petite fille », pensa-t-il avec étonnement. Les secondes passèrent une à une.

— Tu te décides?

Il y eut un assez long silence. Puis elle dit d'une voix d'enfant :

— Oui.

« J'ai gagné », pensa Maillat. Mais il n'éprouvait aucun plaisir de sa victoire. Une immense lassitude l'accablait.

Elle sanglotait de plus belle. Au bout d'un moment, il s'étendit à ses côtés et entoura ses épaules de son bras.

— Mon tout petit, dit-il doucement, ça te fait tant de peine que ça de quitter ta maison?

Il la sentit se raidir contre lui.

— Julien, dit-elle en relevant la tête, laissez-moi jusqu'à demain. Demain, nous partirons, je vous le promets.

— Non. Tout de suite.

Elle s'accrocha à lui, les yeux pleins de larmes.

— Oh Julien! Je vous en   prie, demain, Julien! Demain!

— Non.

— Mais, Julien, je ne peux pas quitter ma maison comme ça. Il faut que je la range.

Il pensa : « la ranger! » Elle veut « ranger sa maison! » mais il n'avait même plus la force de rire.

— Non, dit-il d'un air morne.

Elle se serrait contre lui de toutes ses forces.

— Mais, Julien, je vous assure, il faut que je la range. Et puis, qu'est-ce que ça peut faire de ne partir que demain? On partira aussi bien demain!

Il regarda son bracelet-montre, et l'effort qu'il dut faire pour lever son bras jusqu'à son visage lui parut incroyable. Six heures. Six heures déjà. Il laissa retomber son bras lourdement. Peut-être que les Fritz ne viendraient pas ce soir, après tout. Et tout d'un coup il se vît errer avec Jeanne sur les routes dans le soir tombant, et quémander un abri de ferme en ferme.

— Demain! Julien, demain!

— Si tu veux.

C'était venu tout seul, d'un seul coup, aussi facilement qu'un abcès qui crève.

— Oh! dit Jeanne, je suis heureuse.

Elle se pelotonnait contre lui.

— Je ne vois pas pourquoi. Demain, il faudra quand même partir.

— Ça n'est pas pareil.

Et il comprit que le lendemain elle essaierait de le fléchir de nouveau, qu'elle recommencerait à combattre. Il se sentait triste et usé.

Il la prit à bras-le-corps, posa la tête sur sa poitrine, ferma les yeux. Il se souvint d'une phrase d'Alexandre tout d'un coup. C'était en sortant du Sana. Ils parlaient de l'infirmière blonde, et Maillat avait remarqué qu'elle n'avait pas de seins. Et Alexandre avait répondu : « Ça m'est égal. Je m'en sers jamais. » Et ils avaient ri, et ils marchaient à ce moment-là sous le soleil. Le gravier de l'allée grinçait sous leurs pas. C'était hier. Hier seulement. Et Maillat subitement vit la tête d'Alexandre, toute seule, séparée du tronc, avec son cou sanglant de guillotiné. Il essaya de revoir Alexandre comme il était *avant*. Il essaya de le revoir avec sa démarche de troglodyte, sa façon de balancer les épaules, ou de lever les jambes pour piétiner les braises du foyer. Mais ce n'était plus possible. Il ne pouvait plus voir que sa tête.

— Oh! dit Jeanne, vous entendez? C'est la D.C.A.?

— Mais non, c'est un torpilleur.

Il reprit après quelques secondes :

— Il tire contre les Fritz, à terre.

— J'ai peur, dit Jeanne.

Il lui entoura le cou de son bras.

— Ecoutez! dit-elle.

— Oui, dit Maillat. Cette fois, c'est ça.

— C'est la D.C.A.?

— Oui.

— Alors, ils viennent?

Entre les claquements de la D.C.A., Maillat entendit un vrombissement doux et lointain, comme un vol d'insectes un soir d'été.

— C'est eux, dit-il, la gorge sèche.

Il se dressa.

— Allons, fit-il, il faut partir.

Elle le regarda.

— Mais vous avez dit qu'on ne partirait que demain.

Il la prit aux épaules et la secoua violemment.

— Mais tu n'entends donc pas! Ils viennent!

— Ils ne viennent peut-être que sur les bateaux.

Il la lâcha. « Est-ce que je m'affole? » pensa-t-il honnêtement.

Il la prit dans ses bras.

— On ne peut pas courir ce risque, dit-il patiemment. Ils viennent peut-être sur la ville.

Elle releva la tête.

— On n'en sait rien.

— Ecoute, dit-il la gorge serrée, quand on le saura, il sera trop tard.

Il était exténué par sa propre patience.

— Allons, tu viens?

Elle se dégagea subitement de son étreinte, et le regarda avec des yeux froids.

— Vous pouvez partir, dit-elle sèchement.

— Comment « je peux partir »? Tu ne viens pas?

— Non.

— Parce que je ne veux plus attendre jusqu'à demain?

— Oui.

— C'est de la folie, voyons!

— C'est comme ça. Je partirai demain, ou pas du tout.

— Bon! dit-il en se levant. Eh bien, moi, je pars.

C'était comme un cauchemar où il n'arrêtait pas de redire et de refaire les mêmes choses pour l'éternité.

— Moi, je pars, répéta-t-il.

Il y eut comme un déclic dans sa tête, et il se mit à répéter en lui-même : « Moi, je pars. Moi, je pars. Moi, je pars. Moi, je pars... »

— Faites comme vous voulez, dit la voix de Jeanne.

— Tu as bien réfléchi?

— Oui.

— Alors, demanda-t-il stupidement, tu ne viens pas?

— Demain seulement.

Il était debout au pied du lit. Il la regarda, et il lui sembla que c'était le même regard qu'il avait dirigé sur elle tout à l'heure. Il était debout au pied du lit, exactement à la même place, et il l'avait regardée, et il avait dit : « Allons, tu viens? » C'était le même moment qui revenait. Il n'en finissait plus de le revivre.

— Moi, je pars, répéta-t-il stupidement, et sa tête était tout à fait vide.

Il lui semblait obscurément qu'il n'avait plus qu'à se souvenir de ce qu'il avait déjà fait, et à le refaire.

La D. C. A. claqua rageusement, et Maillat sursauta comme un homme qui se réveille.

— Jeanne! cria-t-il.

Il marcha sur elle, et l'empoigna par les épaules.

— Je t'emmènerai de force! cria-t-il.

Ce fut comme un trou pendant quelques secondes, puis tout d'un coup il se vit couché sur elle de tout son

poids, et les mains nouées autour de ses épaules, luttant
farouchement pour essayer de l'arracher du lit. « Non »,
dit une voix lointaine au-dessous de lui. « Non! Non! »
Et subitement il pensa : « Comme ce matin. Exactement
comme ce matin! » Ses muscles se détendirent. Il la lâcha.

Elle se releva d'un bond, gagna la porte, et se tint
debout à côté d'elle, la main sur la poignée. Maillat était
étendu de tout son long sur le lit. Il ne bougeait pas et se
cachait le visage des deux mains.

— Mais qu'est-ce que vous avez?

Il ne répondait pas. Tout son corps était secoué de
spasmes. Elle s'approcha et, de force, lui écarta les deux
mains du visage.

— Mais qu'est-ce que vous avez? cria-t-elle d'une voix
effrayée.

— C'est fini.

Il se passa la main sur le visage. Au bout d'un moment
il se leva et resta debout en face d'elle, les bras pendants,
le regard vide.

Il s'écoula quelques secondes. Autour d'eux la D. C. A.
n'en finissait pas. Le ronronnement au-dessus de leurs
têtes était plus fort, maintenant. Quand les grosses pièces
de la D. C. A. claquaient, on ne l'entendait plus. Puis il
reprenait, plus proche à chaque fois.

— Vous ne partez pas? dit Jeanne en levant la tête.

Il resta silencieux si longtemps qu'elle se demanda s'il
avait entendu sa question.

— Vous ne partez pas?

— Non.

Elle battit des paupières, baissa les yeux, et il sentit
qu'elle luttait désespérément contre elle-même. Comme
Atkins, pensa-t-il. Comme Atkins, hier, au moment de
sauter. Exactement comme Atkins.

Au bout d'un moment elle releva la tête.

— Ils ne viennent peut-être que sur les bateaux.

Il ferma les yeux.

— On va le savoir, dit-il tristement.

Il ajouta au bout d'un moment : « Allons, viens t'étendre. » Il parlait d'une voix douce et faible comme celle d'un malade.

Ils étaient allongés côte à côte sur le lit. Du temps coula. La D. C. A. claquait sans arrêt. Maillat avait les deux mains sous la nuque. Il ne bougeait pas, ne disait rien. Il lui semblait qu'il avait atteint une région de lui-même, où la parole et le mouvement n'avaient plus cours.

Il y eut une série d'explosions toutes proches. La maison bougea violemment coup sur coup. Maillat tourna le visage vers Jeanne et la regarda.

— C'est eux? dit-elle en se levant sur son coude.

Elle avait l'air absurdement étonné. Il fit signe que oui de la tête.

— C'est eux, répéta-t-elle, et il sentit aux secousses qu'elle communiquait au lit qu'elle se mettait à trembler.

— Il faut se lever, dit-elle fiévreusement. Il faut descendre à la cave.

« Il faut se lever », pensa Maillat, « et descendre. » Oui, c'est ça, c'est ce qu'il fallait faire. Il fallait se lever tout de suite et descendre. Il entendit Jeanne dire tout près, à son oreille : « Il faut se lever. » Il fit « oui » de la tête, mais il restait étendu sans un mouvement, sans une parole. Il écoutait la D. C. A. tonner. Elle n'avait jamais claqué si fort, si rageusement. Il lui sembla tout d'un coup qu'il y avait dans cette rage quelque chose de futile. « Ça tape! », dit-il en lui-même, « ça tape! » Sa pensée avait quelque chose de sec et de détaché.

— Julien! cria Jeanne, levez-vous! Levez-vous, je vous en supplie!

Il remarqua fugitivement que le front de Jeanne était couvert de sueur.

— Julien! cria Jeanne, mais, Julien! je vous en supplie, Julien!

Et tout d'un coup, elle le prit à bras-le-corps et s'efforça
de le soulever. Il voyait son visage rougir tout près du
sien. « Oui », pensa-t-il, « il faut se lever et descendre.
Se lever tout de suite et descendre ». Il vit les lèvres de
Jeanne se tordre sous l'effort, puis elle lâcha prise, et il
retomba sur le lit comme une masse.

— Julien! cria une voix à son oreille.

Il sentait qu'elle le saisissait aux épaules de nouveau.

— Julien!

« Il faut se lever », pensa Maillat, « il faut se lever et
descendre ». Puis il pensa : « à la cave. Comme ce matin
Exactement comme ce matin. » Il entendit Jeanne crier
à son oreille « Julien! » C'était un cri lointain et faible,
comme de quelqu'un qui vous appelle du fond d'un bois.
Puis il n'entendit plus rien et au bout d'un moment, il
tourna la tête de son côté. Elle était étendue sur le flanc.
Ses paupières étaient à demi fermées et ses cils étaient
animés d'un frémissement rapide et incessant. Ses yeux,
vus de si près, paraissaient immenses et troubles. Il détourna son visage et regarda droit dans le vide.

Ces explosions, pensa-t-il, ces explosions qui n'en finissent plus! Puis il pensa. « Tout ce bruit! » et il eut
envie de rire. Les sifflements sur leurs têtes étaient
plus forts maintenant. Il sentit que le lit bougeait de
nouveau sous lui et il comprit que Jeanne recommençait à
trembler.

Il y eut un fracas tout proche, et ce fut comme si une
main gigantesque saisissait la maison et la secouait brutalement. Il vit Jeanne se tasser sur elle-même comme
une bête malade. Elle tremblait de la tête aux pieds et ses
paupières n'arrêtaient pas de battre. Il semblait à Maillat
qu'il la regardait de très loin.

La D. C. A. se tut tout d'un coup et on n'entendit plus

de nouveau qu'un ronronnement doux et inlassable, comme un vol d'insectes un soir d'été.

— Julien!

Elle parlait d'une voix faible et pleine de larmes comme un enfant qui se plaint.

— Julien.

Il fit « oui » de la tête.

— Pourquoi ne m'avez-vous pas emmenée?

Il répéta avec effort :

— Emmenée?

— Loin d'ici! Loin de cette maison!

Il fixait le vide devant lui.

— Oui, dit-il, oui.

Une seconde s'écoula, puis sa tête roula doucement sur le traversin du côté de Jeanne. Il la regarda. Puis il ouvrit la bouche de nouveau, et sa voix était rauque, comme s'il y avait des mois qu'il n'avait plus parlé.

— Oui, dit-il, j'aurais dû.

Un sifflement prodigieux descendit sur eux. Elle se serra frénétiquement contre lui, et il eut, dans un éclair, la vision, tout près, de ses yeux noirs, immenses et traqués, fixés sur lui.

Il y eut un fracas inhumain, et Maillat sentit le lit se dérober sous lui et descendre dans le vide. Il ouvrit la bouche comme un nageur qui se noie. Il ne voyait plus rien. De sa main gauche il tenait toujours le bras de Jeanne. Il fit effort pour la voir, mais ne réussit pas. « Dieu merci », pensa-t-il, « la bombe n'est pas tombée sur la maison. C'est le souffle qui l'a jetée par terre. » Il lui semblait que sa pensée était très lucide. Il fit effort pour voir Jeanne de nouveau. Mais tout paraissait vague et trouble. Il voulut faire remonter sa main gauche le long de l'épaule de Jeanne jusqu'à sa tête. Sa main avançait très lentement. Il s'irritait de cette lenteur. Puis il y eut comme un trou et il ne pensa plus à rien.

Sa main recommença à avancer, et arriva jusqu'au cou de Jeanne. Il s'arrêta pour respirer. Sa poitrine était prise comme dans un étau. Il sentait qu'elle était toute mouillée, et il se demanda pourquoi il s'était mis à transpirer si fort tout d'un coup. Sa main avançait très lentement sur la nuque de Jeanne. Elle avançait avec une lenteur inexplicable, pouce par pouce. Au-dessus du menton de Jeanne elle n'avança plus. Elle avait heurté un obstacle. « Qu'est-ce que c'est? » pensa Maillat. Sa pensée avait quelque chose de net et de métallique qui le rassurait. « Je suis très calme », pensa-t-il. Il y eut comme un trou de nouveau. Puis il se rappela qu'il cherchait le visage de Jeanne.

Sa main lui paraissait très lointaine, à peine à lui. C'était étrange d'avoir une main si loin de soi. Il tâtonna de nouveau et le mouvement de ses doigts lui fit plaisir. Mais c'était du bois tout simplement, là, sous sa main gauche. Une arête vive, deux arêtes. Mais c'était une poutre tout simplement. Il répéta plusieurs fois en lui-même : « Mais c'est une poutre, tout simplement. » Sa poitrine était serrée et ligotée plus fort. Il respirait difficilement, mais il n'éprouvait pas de douleur. « Je suis très calme », pensa-t-il. Il se souvint tout d'un coup. Une poutre? Une poutre sur la tête de Jeanne? Non, non, ne pas s'affoler surtout, rester calme. Eh bien, mais c'était bien simple. Il allait se lever et retirer cette poutre. Elle devait souffrir, Jeanne. Mais il allait se lever et retirer cette poutre. C'était bien simple. Il n'allait quand même pas rester couché ainsi dans le noir jusqu'au soir. Il allait se lever, voilà tout. C'était étonnant que sa poitrine ruisselât à ce point de sueur.

L'instant d'après, la terre s'ouvrit sous lui, et il se mit à tomber dans le vide. Il tombait comme au fond d'un puits, entre deux parois de terre verticales. Elles filaient autour de lui à une vitesse folle. Il tombait en rejetant la tête en arrière pour voir le ciel. Il voyait très loin et très haut au-dessus de sa tête un petit cercle d'étoiles. Déjà elles paraissaient plus pâles. Il jeta les bras autour de lui. Sa main s'accrocha à une motte de terre qui faisait saillie. Il eut un moment d'espoir frénétique. Mais la terre s'effrita et s'ébula dans ses mains. Il rejeta la tête en arrière et ouvrit les yeux tout grands. Alors, toutes les étoiles s'éteignirent d'un seul coup. Et Maillat ne sut même pas qu'il était en train de mourir.

DU MÊME AUTEUR

Romans

WEEK-END À ZUYDCOOTE, *N.R.F.,* Prix Goncourt 1949.

LA MORT EST MON MÉTIER, *N.R.F.,* 1952.

L'ÎLE, *N.R.F.,* 1962, Prix de la Fraternité (M.R.A.P.).

UN ANIMAL DOUÉ DE RAISON, *N.R.F.,* 1967.

DERRIÈRE LA VITRE, *N.R.F.,* 1970.

LES HOMMES PROTÉGÉS, *N.R.F.,* 1974.

MADRAPOUR, *Le Seuil,* 1976.

FORTUNE DE FRANCE, *Plon,* 1978.

EN NOS VERTES ANNÉES, *Plon,* 1979.

PARIS MA BONNE VILLE, *Plon,* 1980.

LE PRINCE QUE VOILÀ, *Plon,* 1982.

Histoire contemporaine

MONCADA, PREMIER COMBAT DE FIDEL CASTRO, *Laffont,* 1965.

AHMED BEN BELLA, *N.R.F.,* 1965.

Théâtre

Tome I. — SISYPHE ET LA MORT, FLAMINEO, LES SONDERLING, *N.R.F.,* 1950.

Tome II. — NOUVEAU SISYPHE, JUSTICE À MIRA-MAR, L'ASSEMBLÉE DES FEMMES, *N.R.F.,* 1957.

Biographie

VITTORIA, PRINCESSE ORSINI, *Éditions Mondiales,* 1959.

Essais

OSCAR WILDE, appréciation d'une œuvre et d'une destinée, *Hachette*, 1948 (épuisé). Thèse de Doctorat d'Etat.

OSCAR WILDE OU LA « DESTINÉE » DE L'HOMOSEXUEL, *N.R.F.*, 1955.

Traductions

John Webster : LE DÉMON BLANC *(Aubier)*.

Erskine Caldwell : LES VOIES DU SEIGNEUR, *N.R.F.*, 1950.

Jonathan Swift : VOYAGES DE GULLIVER (Lilliput, Brobdingnag, Houhynhms), *E.F.R.*, 1956-1960.

En collaboration avec Magali Merle :

Ernesto « Che » Guevara : SOUVENIRS DE LA GUERRE RÉVOLUTIONNAIRE, *Maspero*, 1967.

Ralph Ellison : HOMME INVISIBLE, *Grasset*, 1969.

P. Collier et D. Harowitz : LES ROCKEFELLER, *Le Seuil*, 1976.

COLLECTION FOLIO

Dernières parutions

*Impression Brodard et Taupin
à La Flèche (Sarthe),
le 23 mars 1995.
Dépôt légal : mars 1995.
1er dépôt légal dans la collection : juillet 1972.
Numéro d'imprimeur : 6074 L-5.*

ISBN 2-07-036775-4 / Imprimé en France.